D1061867

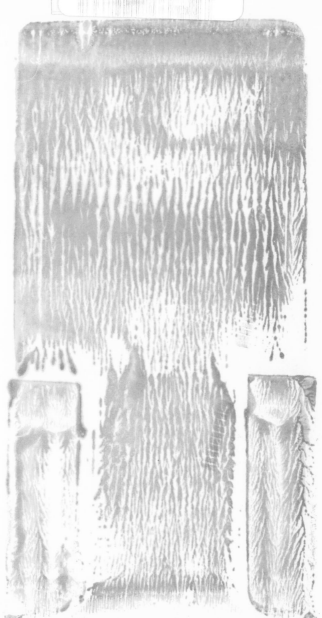

ATHLONE RENAISSANCE LIBRARY

Tales from the
Heptaméron

ATHLONE RENAISSANCE LIBRARY

General Editors: G. BULLOUGH and C. A. MAYER

MARGUERITE DE NAVARRE
Tales from the Heptaméron
edited by H. P. Clive

CALVIN
Three French Treatises
edited by Francis M. Higman

D'AUBIGNÉ
Les Tragiques (selections)
edited by I. D. McFarlane

Tudor Verse Satire
edited by K. W. Gransden

MARGUERITE DE NAVARRE

Tales from the
Heptaméron

selected and edited by

H. P. CLIVE

Professor of French
Carleton University, Ottawa

UNIVERSITY OF LONDON
THE ATHLONE PRESS
1970

Published by
THE ATHLONE PRESS
UNIVERSITY OF LONDON
at 2 Gower Street, London WC1

Distributed by
Tiptree Book Services Ltd
Tiptree, Essex

Australia and New Zealand
Melbourne University Press

U.S.A.
Oxford University Press Inc
New York

0 485 13801 8 *cloth*
0 485 12801 2 *paperback*

Printed in Great Britain by
WESTERN PRINTING SERVICES LTD
BRISTOL

CONTENTS

INTRODUCTION

SHORT BIOGRAPHY OF
MARGUERITE DE NAVARRE

1492 April 11: Birth of M. at Angoulême. Her parents: Charles d'Orléans, comte d'Angoulême, and Louise de Savoie.

1494 September 12: Birth of M.'s brother François, the future François I.

1496 January 1: Death of Charles d'Orléans.

1498 April 8: Death of Charles VIII; he is succeeded by Louis XII (who marries his widow, Anne de Bretagne, the following year). François d'Angoulême becomes heir-apparent.

M.'s youth is spent at Cognac in Angoulême, at Blois, and at Amboise where Louise de Savoie resides from 1499 onward. M. receives an excellent education which includes instruction in several languages and study of the Bible and philosophy.

1509 December 2: M. marries Charles, duc d'Alençon.

1514 January 10: Death of Anne de Bretagne.

May 18: Marriage of François d'Angoulême to Claude de France, daughter of Louis XII and Anne de Bretagne.

October 9: Marriage of Louis XII to Mary, sister of Henry VIII.

1515 January 1: Louis XII dies without male issue. He is succeeded by François d'Angoulême who becomes François I.

1519 June: Charles I of Spain is elected Holy Roman Emperor and takes the title of Charles V. He will be the principal enemy of François I during the remainder of the latter's reign.

1521 Marguerite begins a correspondence extending over some four years with Guillaume Briçonnet, bishop of Meaux, a leader of the evangelical movement and an advocate of peaceful church reform. His religious ideas and especially his intense mysticism profoundly influence M.'s thought.

1524 July 26: Death of Queen Claude.

1525 February 24: Battle of Pavia, at which François I is taken prisoner.

April 11: Death of Charles d'Alençon.

August–December: M. travels to Spain to visit her brother who is held captive there, and to negotiate his release.

1526 January: Treaty of Madrid, under which François I obtains his freedom upon acceptance of certain conditions which include the renunciation of all claim to Italy and Flanders.

March: François I returns to France.

1527 January: Marriage of M. to Henri d'Albret, king of Navarre.

1528 November 16: Birth of M.'s daughter, Jeanne d'Albret, whose son will become Henri IV.

1529 Renewed hostilities and further French military setbacks lead in August to the Peace of Cambrai negotiated by Louise de Savoie and Margaret of Austria. M. participates in the discussions.

1530 July 7: Marriage of François I to Eleanore, sister of Charles V.

July 15: Birth of M.'s son Jean, who dies five months later.

1531 September 22: Death of Louise de Savoie.

Publication of M.'s religious poem *Le Miroir de l'âme pécheresse*.

1533 The Sorbonne accuses M.'s almoner Gérard Roussel of heresy and condemns *Le Miroir de l'âme pécheresse*. François I intervenes in his sister's favour.

1534 October 17–18: The display in Paris and elsewhere of posters violently attacking the Catholic mass and communion (*Affaire des placards*) sets off a wave of religious persecutions. M. deems it prudent to leave the Court.

1535 November: M. returns to the French Court.

1536–8 Renewal of war against Charles V. Marguerite takes an active part in public affairs, inspects troops, etc.; later attends peace talks.

1541 June 14: Against her own and her parents' wishes, Jeanne d'Albret is forced by François I to marry the Duke of Cleves. M.'s prestige is waning.

1542–4 Further war against Charles V. The most important events include:

Summer 1542: unsuccessful siege of Perpignan by the French.

1543: Defeat and defection of the Duke of Cleves; successful defence of the fortified town of Landrecies.

1544: Victory of the comte d'Enghien at Ceresole; campaigns in Picardy and Champagne; termination of the hostilities by the Peace of Crespy (September). Also in September 1544: invasion of the Pas-de-Calais by English troops who capture Boulogne.

M. spends most of this period in Navarre, especially at Nérac, Mont-de-Marsan and Pau; she does not rejoin the French Court until the spring of 1544.

1546 February: M. and her husband return to Navarre.

1547 March 31: Death of François I. Prostrate with grief, M. makes a four months' retreat at a convent at Tusson.

Publication at Lyons of the *Marguerites de la Marguerite des Princesses* and the *Suyte des Marguerites de la Marguerite des Princesses* containing several plays and a large number of poems; a few of the latter have already appeared separately.

1548 July: M. rejoins the Court, but her relations with the new king, Henri II, are strained.

October 20: On Henri II's orders, Jeanne d'Albret, whose previous marriage was annulled by Pope Paul III in 1545, marries Antoine de Bourbon, duc de Vendôme.

1549 September: M. retires to the castle of Odos near Tarbes. December 21: Death of M. at Odos.

Note on posthumous publications: M.'s *nouvelles* were first published by P. Boaistuau in 1558, and in an amended edition by Cl. Gruget in 1559 (see Bibliography). In 1896 Abel Lefranc published *Les Dernières Poésies de Marguerite de Navarre*, containing notably the poems *Les Prisons* and *La Navire* as well as M.'s last plays.

THE *HEPTAMÉRON*

Marguerite de Navarre, who is celebrated for her generous patron-
age of many contemporary writers, was herself a prolific author.
Her literary output comprises, notably, several long religious
poems (e.g. *Le Miroir de l'âme pécheresse* and *Le Triomphe de
l'Agneau*); some shorter spiritual pieces (e.g. the *Chansons religieuses*); a vast allegorical poem, *Les Prisons*, on the spiritual evolu-
tion of man; an important secular poem, *La Coche*, in the tradition
of medieval debates on love; four biblical and seven non-biblical
plays; and the collection of tales known as the *Heptaméron*, from
the title chosen by Claude Gruget for the posthumous edition of
1559.[1]

Whilst the origin of the French *nouvelle* can be traced back to
earlier medieval literature—e.g. the *lais* of Marie de France, the
numerous moral tales associated with the Virgin Mary and with
different saints, the *fabliaux*, and various stories written during
the thirteenth and fourteenth centuries—its spectacular rise as an
important prose genre in the fifteenth and sixteenth centuries is
due primarily to the influence of the Italian *novella* and in particular of Boccaccio's *Decameron*. The great success of the latter work,
of which a French version was completed by Laurent de Premierfait in 1414, inspired the composition, in or before 1462, of the
Cent Nouvelles Nouvelles, the first major collection of French prose
tales. The continuing popularity of the *Decameron* is attested by the
publication, between 1485 and 1541, of at least eight editions
of Laurent de Premierfait's version; but being based on a Latin
text, it was often faulty, and whatever merit it had possessed was
destroyed by the many arbitrary alterations made in the printed
editions. It is therefore not surprising that Marguerite should have
commissioned a new translation, this time from the original
Italian. The person she entrusted with this task was Antoine Le
Maçon, a high government official[2] who had an excellent know-
ledge of Italian and considerable literary skill. His translation,

---

[1] For a representative anthology of Marguerite's writings, see H. P. Clive
(ed.), *Marguerite de Navarre: Œuvres choisies* (New York, 1968). 2 vols.

[2] Among other appointments, he held those of Receiver General of Finances
in Burgundy and Royal Councillor.

published in 1545, evidently enjoyed a considerable success, for it was reissued at least ten times during the following fifteen years. A distinguished modern scholar, Henri Hauvette, considered it 'un des meilleurs ouvrages que le XVIᵉ siècle nous ait légués dans le genre de la traduction'.[1]

It is not known when Marguerite began to compile her own collection—perhaps around the year 1540, although some critics have suggested earlier dates. What is certain, however, is that she was still engaged on her task shortly before her death, for Nouvelle LXVI describes an incident which occurred after her daughter's marriage to Antoine de Bourbon in October 1548. Brantôme relates that she worked on her stories during her travels: 'Elle composa toutes ses Nouvelles, la pluspart dans sa lityère en allant par pays . . . Je l'ay ouy ainsin conter à ma grand'mère [Louise de Daillon], qui alloyt tousjours avecq' elle dans sa lityère, comme sa dame d'honneur, et luy tenoit l'escritoyre dont elle escrivoit...'[2] The Prologue (ll. 324–5) shows clearly that, like Boccaccio, Marguerite proposed to write a hundred stories, arranged in ten sections or days. However, the various manuscripts as well as Gruget's edition of 1559 contain only seventy-two stories which can with certainty be attributed to Marguerite;[3] and while it is, of course, possible that others may still come to light, all the available evidence suggests that Marguerite failed to complete her collection. Gruget had presumably reached the same conclusion when he coined the title *L'Heptaméron des Nouvelles . . .* for his edition of 1559.

The general setting of Marguerite's tales recalls that of the *Decameron*. In both works ten men and women spend several days cut off from the outside world—in the *Decameron* because they

---

[1] H. Hauvette and J. Chouzet, 'Antoine Le Maçon et sa traduction du « Décaméron » (1545)', *Bulletin italien*, viii (1908), 311.

[2] L. Lalanne (ed.), *Œuvres complètes de Pierre de Bourdeille, seigneur de Brantôme* (Paris, 1864–82), viii, 126.

[3] At least four others have been attributed to her: a story transcribed in BN Mss 1513 and Dupuy 736, as well as in Pierpont Morgan Library, New York, Ms 242; and the three stories substituted in Gruget's 1559 edition for Nouvelles XI, XLIV and XLVI of the manuscripts. The authenticity of the first is uncertain, that of the other three very doubtful. The four tales are printed in the appendix to M. François's edition of the *Heptaméron* (Paris, 1943), together with a variant version of Nouvelle LII.

wish to escape the plague raging in Florence, in the *Heptaméron*
because the flooded mountain streams have made the roads im-
passable; they decide to while away their enforced seclusion by
taking turns at narrating stories. Marguerite indicates that her
collection, unlike Boccaccio's, contains no tale 'qui ne soit veritable histoire', and she takes great pains to convince the reader
of the truthfulness of the stories: partly by giving them precise
geographical locations and linking them with well-known contemporary persons; partly by stressing the speakers' personal acquain-
tance with the heroes of the *nouvelles* or their relatives ('il n'y a nul
de vous qui ne connoisce les parens d'un coté et d'autre'[1]; 'qui
auroit connu le personnage comme moy'[2]); and partly by repeated
insistence on the factual basis of the stories ('asseurez vous que la
chose est veritable'[3]; 'nous avons tant juré de dire verité, que je
suis contraint . . . de ne la celer'[4]). However, despite Marguerite's
claim that all the incidents are founded on fact, some are almost
certainly based on existing stories; nevertheless the *Heptaméron*
tales are by no means as derivative as some editors have suggested.
In the first place, many supposed analogies with earlier literature
turn out, on closer examination, to be far too slight to constitute
proof of imitation. Furthermore, when Marguerite on occasion
incorporates in her narrative details from earlier stories (e.g. in
Nouvelle XXXVI), this does not necessarily disprove the authenticity of the events she describes. And even when she does appear
to be adapting existing stories, she is as a rule not content simply
to retell them, but considerably modifies them. The most important analogues which Marguerite can be expected to have known
and which she seems to have followed are cited in the notes
(pp. 160 ff.). The latter contain, however, no reference to Matteo
Bandello's *novelle* which used to be considered one of the most
prominent sources of the *Heptaméron*; it is now widely held that of
the two writers Bandello, and not Marguerite, was the imitator.

    The principal subject of the *Heptaméron* is love, in all its count-
less manifestations, from lechery and the ruthless gratification of
sexual desire to romantic passion and selfless devotion. Marguerite
is not concerned with describing the spiritual or psychological
transformation which lovers may undergo as a result of their
passion. Indeed, one speaker asserts that 'Amour ne change point

[1] Nouvelle IX.   [2] Nouvelle XXVI.   [3] Nouvelle IX.   [4] Nouvelle XXXI.

le cueur, mais le montre tel qu'il est, fol aus folz, et sage aus sages'.[1] Many stories derive their interest from the clash of contrasting moral qualities: virtue combats depravity, continence joins battle with promiscuity, faithfulness opposes infidelity, chaste love is set beside wanton passion. In a wider sense, the *Heptaméron* presents different concepts of love which it illustrates in a variety of situations placed within the context of contemporary society. For the book is not a theoretical treatise on love, but a realistic portrayal of its various aspects set against the background of public morality; indeed, more than one story is concerned with lovers who infringe social conventions.

The *Heptaméron* is essentially a didactic work (there may well be a link between its didacticism and the author's emphasis on its complete truthfulness). The didactic purpose is most clearly reflected in the discussions in the course of which Parlamante and her friends[2] examine the moral implications of the stories. These conversations constitute one of the most interesting features of the book, for they offer the reader many a fascinating glimpse of the intellectual and social life of the period. Moreover, Marguerite has a marked flair for writing natural and lively dialogue; and the great variety of tone, which ranges from the light-hearted to the profoundly serious, ensures that the reader's interest is constantly engaged. Furthermore, Marguerite succeeds admirably in endowing each member of the group with a well-defined character which is skilfully developed in the discussions and convincingly sustained by the stories he or she chooses to relate. This individuality of character is most sharply delineated in the attitude adopted towards love. The two extreme positions are occupied by Dagoncin (or Dagoucin), a dreamily romantic idealist, inclined to turn women into spiritual abstractions, and Hircain (or Hircan), a cynical sensualist who regards continence as a violation of natural law, and dismisses a woman's preoccupation with her 'honour' as pure humbug and hypocrisy. If love for Hircain is a game which only two can play (though preferably with a frequent change of partners), it becomes essentially a solitary experience for Dagoncin whose primary concern is to love, irrespective

[1] Nouvelle XXVI.
[2] Parlamante probably represents Marguerite herself. For the possible identity of the other characters, see the notes to the Prologue.

of whether the affection is returned or not. The lover must refrain from any action which could tarnish his lady's honour, and this profound regard for her reputation may lead him to keep his passion a secret even from her, so as to protect her from any suspicions, however ill-founded, of improper conduct. Indeed, the desire to conceal one's love is, according to Dagoncin, evidence of its intensity; and the supreme proof of the lover's devotion is his readiness to die rather than disclose it. The fullest exposition of Dagoncin's ideal of *fin amor* will be found in the discussions of Nouvelles VIII and LIII. Also of particular interest in this connection is Nouvelle IX in which Dagoncin tells of a young man who died as a result of his 'perfette amour' for a lady of higher birth.

If this latter story clearly illustrates Dagoncin's attitude to love, Hircain's reaction is no less characteristic: 'Voyla le plus grand fol dont j'oÿ jamais parler. Est il raisonnable, par ma foy, que nous mourons pour les femmes, qui ne sont faites que pour nous, et que nous craindons leur demander ce que Dieu leur commande nous donner?' Hircain's standpoint is thus diametrically opposed to that of Dagoncin. The latter approaches women with a chaste reverence in which one recognizes the courtly love ideal, refined and spiritualized by the admixture of a potent dose of neo-platonism. Hircain, for his part, views woman as a highly imperfect being, and he would have agreed with Rabelais's doctor Rondibilis that in creating her, Nature 'a eu esguard à la sociale delectation de l'homme et à la perpetuité de l'espece humaine plus qu'à la perfection de l'individuale muliebrité'.[1] Since it is woman's function to gratify man's sexual urges, he who fails to ask of her what is no more than his due acts not only foolishly, but also contrary to natural law. In any case, Nature has endowed woman with the same desire and capacity for sexual enjoyment as man. If, therefore, she refuses to accede to his wishes, her conduct is not virtuous but hypocritical, and motivated by a misguided regard for social conventions or by false pride;[2] most of the time, though, she is only too ready to be conquered by the male aggressor. The relationship between the sexes is frequently depicted by Hircain and the other men (with the exception of Dagoncin) as literally a battle, and effective use is made of military metaphors. 'Oncques place ne fut bien assaillie qu'elle ne

[1] *Tiers Livre* xxxii.　　　　[2] See, for instance, Nouvelle XXVI.

fut prise', affirms Saffredan.[1] And Géburon, during a discussion of 'tactics' employed by men, remarks: 'J'ai autresfois veu assieger des places et prendre par force, pour ce qu'il n'etoit possible, ne par argent ne par menaces, faire parler ceus qui les gardoient. Car on dit que place qui parlamante est demy gangnée'.[2] All is fair in love and war!

The third main concept of love is expressed by Parlamante; and since it is quite probable that she represents Marguerite herself, her attitude is of particular interest. At first glance, Parlamante's views might appear to be very similar to Dagoncin's. Certainly, she closely echoes his own words in her famous platonic definition of lovers as persons 'qui cerchent en ce qu'ilz ayment quelque perfection, soit beauté, bonté, ou bonne grace, tousjours tendans à la vertu; et qui ont le cueur si haut et si honnette qu'ilz ne voudroient, pour mourir, le mettre aus choses basses, que l'honneur et la conscience repreuvent'.[3] However, despite certain obvious points of contact, Parlamante's attitude is essentially different from that of Dagoncin, whose rather sterile idealism she replaces with the realistic outlook of a devout Christian, conscious of living in an imperfect world. The fact is that Dagoncin's notion of a love, the object of which is the contentment of the lover rather than the creation of a spiritually enriching human relationship, is at once socially destructive and difficult to reconcile with Christian ethics. For Marguerite human love is not an end in itself, but a means to an end: the first necessary step in man's ascent towards communion with God: 'Encores ai je une opinion, que jamais homme n'aymera perfettement Dieu, qu'il n'ait perfettement aymé quelque creature en ce monde'.[4] Clearly there is no place on this Neoplatonic 'ladder of love' for a passion which in its most perfect form leads to the lover's death. Unlike Dagoncin, Marguerite views love as an essentially reciprocal relationship, and one, moreover, which has a physical as well as a spiritual aspect: 'L'ame au corps jointe et unie, c'est l'homme', declares La Sage in Marguerite's *Comédie jouée au Mont de Marsan*.[5] Marguerite is no ascetic who would deny the demands of the flesh. At the same time, it is understandable that she particularly stresses the spiritual side—if only in reaction to Hircain's views; for what she

---

[1] Nouvelle ix.   [2] Nouvelle xviii.   [3] Nouvelle xix.
[4] Ibid.   [5] ll. 321-2.

condemns above all is the concept of a love which has for its sole object the brutish gratification of physical desires. The *Heptaméron*, in its stories as well as in the discussions, repeatedly gives prominence to the tragic consequences of unbridled passion, just as it demonstrates more than once the destructive effect of romantic idealism.

It is characteristic of Marguerite's outlook that she should lay special stress on the happiness attainable in marriage. This idea contradicts the assumption underlying much medieval literature,[1] and in particular the courtly romances, that true love exists only outside marriage. The *Heptaméron* extols the delights of conjugal bliss—all the more pleasurable for being enjoyed with an untroubled conscience.[2] Parlamante defines the conditions for a happy marriage as follows: 'il faut que les personnes se soumettent à la volonté de Dieu, ne regardans ny à la gloire, ny à l'avarice, ny à la volupté, mais par une amour vertueuse et d'un consentement desirent vivre en l'etat de maryage, comme Dieu et nature l'ordonnent'.[3] Marriage is thus regarded as an institution established by divine and natural law; its object is the perfect union of two bodies and two souls. The *Heptaméron* contains several examples of married couples bound together by ties of deep affection and devotion.[4] The strongest praise of Christian marriage is offered by the pious Oysille: 'Dieu a mis si bon ordre, tant à l'homme qu'à la femme, que si l'on n'en abuse, je tien le mariage le plus bel et plus seur etat qui soit en ce monde.'[5] To appreciate fully the importance of Marguerite's eulogy of marriage, it must be set in the wider context of contemporary religious controversy. The Christian humanists had coupled their condemnation of ecclesiastical celibacy with praise of marriage; and the argument that it is an institution established by God and sanctioned by natural law is commonly encountered in anti-monastic treatises such as the *Encomium matrimonii* of Erasmus (1518).

Of the remaining men, Symontaut and Saffredan share in large measure Hircain's cynical views of women. It is true that Symontaut's outlook is tinged with a certain romanticism and that Saffredan professes some fine sentiments; however, Parlamante is clearly right in taking the former's fervent remarks with a grain of salt,

[1] Notably the stories illustrating the *mal mariée* theme.   [2] Nouvelle XL.
[3] Ibid.   [4] E.g. in Nouvelles XXVI, LXIII, LXVII.   [5] Nouvelle XXXVII.

and Saffredan blandly admits that his courtly manners are merely
a stratagem, for 'nous couvrons notre Diable du plus bel Ange que
nous pouvons'.[1] Géburon, on the other hand, does adopt a more
genuinely sympathetic attitude towards women, but he acknow-
ledges rather ruefully that it is mainly the result of his advancing
years and failing powers.[2]

Among the ladies, Ennasuyte and Longarine are staunch femi-
nists who delight in provoking the male interlocutors by their un-
favourable comments on masculine behaviour. Nommerfide, the
youngest, is also the gayest and her stories are invariably short and
amusing. Though skilfully presented and carefully differentiated,
these three women make a less forceful impression on the reader
than Parlamante. Finally, the old and venerable Oysille, to whom
the others look up as to a mother,[3] is of particular interest for her
contribution to the other main theme of the *Heptaméron*, religion.

Although this subject is not as fully developed in this work as
in Marguerite's spiritual poetry, the book does bring out at least
two important aspects of Christian humanist thought: anti-clericalism and evangelism; the two are, of course, closely linked.
Many of the stories expose the hypocrisy, avarice and sexual
depravity of monks and friars. In this respect, the *Heptaméron*
might be said to be merely continuing a well-established tradition,
for satire of the clergy had become a stock feature of later medieval
literature. This satire assumed, however, a fierce new topicality
in the sixteenth century, which is strikingly reflected in the violent
attacks made by the pious Oysille and other speakers on the
clergy, and especially the mendicants. Equally significant is the
fact that some of the most outspoken passages were toned down in
Gruget's edition.

Parallel with the criticism of the morals of the clergy runs the
theme of evangelism. The singular importance of the Bible, both
as an inexhaustible source of spiritual nourishment and delight[4]
and as the ultimate authority in matters of doctrine and belief,[5]
is stressed throughout the *Heptaméron*. Each morning Oysille reads

[1] Nouvelle XII.　　　[2] Nouvelle XVI (not included in this anthology).
[3] Prologue, ll. 207–8.
[4] In this connection, see especially Oysille's speech in the Prologue.
[5] It constitutes 'la vraye touche pour sçavoir les paroles vrayes ou mensongieres' (Nouvelle XLIV).

a passage from the Scriptures to the rest of the company. No less characteristic than the preeminent place accorded to the Bible are the references to private meditation and prayer,[1] and the emphasis on the supreme importance of faith which alone 'peut montrer et faire recevoir le bien que l'homme charnel et animal ne peut entendre'.[2] The fundamental aim of evangelism was to intensify the spiritual aspects of the Christian's life. Attention was accordingly focused on personal piety and private devotions rather than on formal public rituals, the edifying content of which was frequently obscured by pomp and ceremonial. Similarly, it was often felt that the hierarchical structure of the Church interposed too many intermediaries between man and God, thus making it more difficult for the believer to achieve direct communion with the divine. It should be added that Marguerite's writings displayed from the outset a marked inclination towards mysticism, which became increasingly stronger during the final years of her life.

At the same time, there is, of course, no suggestion in the *Heptaméron* or in Marguerite's other works of doing away with public worship, which in fact regulates the daily life of the company, for everyone attends mass and vespers. In the same way, Marguerite's anti-clericalism reflects her hostility towards contemporary abuses rather than any desire to abolish the monastic orders; at any rate, she is known to have given generous support to convents and to have spent religious retreats in them, notably a lengthy one at Tusson after the death of Francis I. In December 1549, at Odos, she was to receive the last rites from a Franciscan, Gilles Caillau.

It will be seen from this Introduction that the *Heptaméron*, in addition to its intrinsic literary merit, offers a fascinating insight into the intellectual trends and social mores of the period. It is a most entertaining work; it is also, and above all, a profoundly moral one.

The present anthology reproduces the text of the splendid Ms BN 1524 copied by Adrien de Thou, an uncle of the famous historian Jacques-Auguste de Thou. A lawyer by profession, he held appointments as Councillor and from 1567 'Maître des requêtes' at the Parlement in Paris. He died on 25 October 1570.

The manuscript bears the title *LE DECAMERON DE TRES-*

[1] E.g. Prologue, ll. 237–48, 336–7.   [2] Nouvelle XIX.

*HAUTE & TRESILLUSTRE PRINCESSE, MADAME MAR-
GUERITE DE FRANCE* . . . It contains seventy-two stories, followed by a sufficient number of blank pages to accommodate a
further twenty-eight. Evidently de Thou was hoping that the
missing stories would still come to light. The preface is dated
8 August 1553, i.e. five years before the earliest printed edition.
Ms BN 1524 offers an excellent text based on the collation of
several manuscripts, and even includes a list of variant readings.
In addition, 'pour faire conformer ces Nouvelles de la Royne de
Navarre . . . à celles de Jan Boccace', de Thou provided summaries for all the stories. These summaries appear all together at
the beginning of the manuscript, but it can be assumed that, like
Boccaccio and later Gruget, de Thou would also have placed
them separately over the individual stories in the printed edition
he was evidently planning. In the present selection the summaries
appear over the respective stories only. In the early Italian editions (as well as in that of Claude Gruget) the summary precedes
the number of each *novella*; it has, however, seemed more advan-
tageous, for the sake of clarity, to follow here the practice of
modern editors of putting the number first. For the same reason,
de Thou's system of numbering each day's stories from 1 to 10
has been replaced by Gruget's consecutive numbering from 1 to
72, which is preferable in a selection of tales.[1]

The most interesting feature of Ms BN 1524, which distinguishes
it from other extant manuscripts as well as from the printed editions, is the division of the discussions into two parts. The conver-
sation relating to the preceding tale appears as usual immediately
below it; but the remarks introducing the next story have been
transferred to the head of that story. This rearrangement has led
in many, though not all, cases to slight textual modifications,
consisting mostly in the transformation of one or two sentences
from direct into indirect speech, but occasionally entailing also
the addition of a linking phrase. The new presentation is certainly
a more logical and clearer one; it also—and this was no doubt the
main object—conforms more closely to the scheme adopted in the
Decameron where each story is preceded by a short introductory
passage (though not followed by any discussion).

---

[1] It has also been found convenient to give to the opening section the title
'Prologue' used by Gruget.

M. Yves Le Hir, in his recent edition of Ms BN 1524,[1] maintains that de Thou must have taken the divided form of the dialogue, together with the aforesaid alterations, from a now lost manuscript offering a more polished text (prepared by Marguerite herself) than the extant manuscripts and early editions. However, the arguments advanced in support of this view are not conclusive and one cannot rule out the possibility that de Thou was himself responsible for these changes. The fact that the latter do not appear either in Boaistuau's edition of 1558 or in Gruget's 'amended' version of 1559 could moreover be regarded as lending weight to such a supposition; for it might be assumed that if Marguerite had really left an improved text, it would have been used for one or both of these publications. At the same time it must, however, be emphasized that in each instance only a very short passage—generally the opening sentence of the introduction to the next tale—is affected and that the modifications have as a rule been skilfully carried out. Accordingly, even if the changes were attributable to de Thou himself, this would in no way, given its overall excellence, make the manuscript any the less suitable as the basis for an edition.

The text has required few corrections. A list of rejected readings will be found on pp. 158-9; the few additions are indicated by square brackets in the text. De Thou's spelling has been carefully reproduced; it exemplifies the serious efforts made in the sixteenth century to devise an orthographic system which reflects pronunciation, primarily through the omission of silent letters. In the comparatively rare cases of words appearing in the text in two different spellings, both have been retained as they occur.[2] The usual distinction has been made between *i* and *j*, and between *u* and *v*. An accent has been placed on [e] in the final syllable of a word (in *é, és, ée, ées*), on the preposition *à*, and on the adverbs *là*, *où, çà*. The punctuation has been slightly modified, mainly through the insertion of additional commas, to facilitate comprehension and remove any possible ambiguity; and rather more extensive paragraphing has been used.

[1] See the Bibliography.

[2] The two feminine forms *grande* and *grand'* (de Thou regularly adds the apostrophe) are likewise reproduced as they appear in the text.

SELECT BIBLIOGRAPHY

PRINCIPAL EDITIONS OF THE *HEPTAMÉRON*

Histoires des Amans fortunez, ed. P. Boaistuau (Paris, 1558).

L'Heptaméron des Nouvelles de tresillustre et tresexcellente Princesse Marguerite de Valois, Royne de Navarre, remis en son vray ordre, confus auparavant en sa première impression, ed. Cl. Gruget (Paris, 1559).

Heptaméron français, ou les Nouvelles de Marguerite, Reine de Navarre, ed. J. R. de Sinner, with illustrations by S. Freudenberg, 3 vols. (Berne, 1780–1).

L'Heptaméron, ou Histoire des amants fortunés, ed. 'le bibliophile Jacob', i.e. P. Lacroix (Paris, 1841).

L'Heptaméron des nouvelles de . . . Marguerite d'Angoulême, reine de Navarre, ed. A.-J.-V. Le Roux de Lincy, 3 vols. (Paris, 1853–4).

L'Heptaméron des nouvelles de . . . Marguerite d'Angoulême, reine de Navarre, ed. B. Pifteau, 2 vols. (Paris, 1875).

L'Heptaméron des nouvelles de Marguerite d'Angoulesme, royne de Navarre, ed. F. Dillaye, 3 vols. (Paris, 1879).

L'Heptaméron de la Reine Marguerite de Navarre, ed. F. Frank, 3 vols. (Paris, 1879).

Marguerite de Navarre. L'Heptaméron des nouvelles . . . , ed. P. Lacroix, 2 vols. (Paris, 1879–80).

L'Heptaméron des nouvelles de très haute et très illustre princesse Marguerite d'Angoulême, reine de Navarre, ed. Le Roux de Lincy and A. de Montaiglon, 4 vols. (Paris, 1880).

Marguerite de Navarre. L'Heptaméron . . . , ed. M. François (Paris, [1943]).

Marguerite de Navarre. Nouvelles, ed. Y. Le Hir (Paris, 1967).

BOOKS AND ARTICLES FOR CONSULTATION

Febvre, L., *Autour de l'*Heptaméron. *Amour sacré, amour profane* (Paris, 1944).

Festugière, J., *La philosophie de l'amour de Marsile Ficin et son influence sur la littérature française au XVI siècle* (Paris, 1941).

François, M., 'Adrien de Thou et l'*Heptaméron*' in *Humanisme et Renaissance*, v (1938), 16–36.

Gelernt, J., *World of Many Loves: The* Heptameron *of Marguerite de Navarre* (Chapel Hill, North Carolina, 1966).

Imbart de la Tour, P., *Les origines de la Réforme*, 4 vols. (Paris, 1905–35). See, in particular, Vol. iii: *L'Evangélisme (1521–1538)*, pp. 290–7.

Jourda, P., *Marguerite d'Angoulême, duchesse d'Alençon, reine de Navarre*, 2 vols. (Paris, 1930). The second volume contains a detailed study of the *Heptaméron*.

Jourda, P., *Une princesse de la Renaissance. Marguerite d'Angoulême, reine de Navarre* (Paris, 1932).

Krailsheimer, A. J., 'The *Heptaméron* reconsidered' in *The French Renaissance and its Heritage: Essays presented to Alan M. Boase* (London, 1968), pp. 75–92.

Lefranc, A., *Les idées religieuses de Marguerite de Navarre, d'après son œuvre poétique* (Paris, 1898). Reprint of articles published in *Bulletin de la Société de l'histoire du protestantisme français*, 1897–8.

Lefranc, A., *Grands écrivains de la Renaissance* (Paris, 1914). See p. 63: 'Le platonisme dans la littérature en France à l'époque de la Renaissance'; p. 139: 'Marguerite de Navarre et le platonisme de la Renaissance'.

Nelson, J. C., *Renaissance Theory of Love* (New York, 1958).

Pabst, W., *Novellentheorie und Novellendichtung* (Hamburg, 1953). Section on France: pp. 163–230.

Redenbacher, F., 'Die Novellistik der französischen Hochrenaissance' in *Zeitschrift für französische Sprache und Literatur*, xlix (1926), 1–72.

Ritter, R., *Les Solitudes de Marguerite de Navarre (1527–1549)* (Paris, 1953).

Telle, E.-V., *L'œuvre de Marguerite d'Angoulême, reine de Navarre, et la querelle des femmes* (Toulouse, 1937).

[PROLOGUE]

Le premier jour de septembre, que les bains des montz Pyrenées commencent entrer en vertu, se trouverent à ceus de Cauderetz[1] plusieurs personnes, tant de France et Espagne que d'autres lieus: les uns pour boire de l'eaue, les autres pour s'y bagner, et les autres pour y prendre de la fange; qui sont choses si merveilleuses, que 5 les malades abandonnez des medecins s'en retournent tout gueris. Ma fin n'est de vous declarer la situation ne la vertu des dits bains, mais seulement de raconter ce qui sert à la matiere que je veuil ecrire.

En ces bains là demeurerent tous les malades plus de troys se- 10 maines, jusques à ce que par leur amandement ilz connurent qu'ilz s'en pouvoient retourner. Mais sur le tems de ce retour veindrent les pluyes si merveilleuses et si grandes, qu'il sembloit que Dieu eut oublyé la promesse qu'il avoit faite à Noë,[2] de ne detruire plus le monde par eaue. Car toutes les cabanes et logis du dit Cauderetz 15 furent si remplyes d'eaue qu'il fut impossible d'y demourer. Ceus qui etoyent venuz du coté d'Espagne s'en retournerent par les montagnes, le mieus qu'il leur fut possible; et ceus qui connois-çoient les addresses des chemins furent ceus qui mieus echaperent. Mais les seigneurs et Dames françoys, pensans retourner aussi 20 facilement à Therbes[3] comme ilz etoyent venuz, trouverent les petis ruysseaus si for cruz qu'à pene les peurent ilz gayer. Mais quand ce veint à passer le Gave Bearnoys,[4] qui en alant n'avoit point deus piez de profondeur, le trouverent tant grand et impe-tueus qu'ilz se detournerent pour cercher les pontz, lesquelz, pour 25 n'ettre que de boys, furent emportez par la vehemence de l'eaue. Et quelques uns, cuydans rompre la roideur du cours pour ettre plusieurs ensemble,[5] furent emportez si promptement que ceus qui les vouloyent suyvre perdeirent le desir et le pouvoir d'aler apres. Parquoy, tant pour cercher chemin nouveau que pour ettre de 30 diverses opinions, se separerent. Les uns traverserent la hauteur des montagnes, et, passans par Arragon, veindrent en la comté de Roussillon, et de là, à Narbonne. Les autres s'en alerent droit à Barselonne, d'ond par la mer les uns tirerent à Marseille et les autres à Aiguesmortes.[6] 35

Mais une dame veuve, de longue experience, nommée Oysille,[7] se delibera d'oublyer toute crainte par les mauvais chemins jusques à ce qu'elle fut venue à Notre Dame de Serrance,[8] non qu'elle fut si superstitieuse qu'elle pensat que la glorieuse Vierge
40 laissat la dextre de son fiz, où elle est, pour venir demeurer en terre deserte, mais seulement pour envye de voir le devot lieu duquel elle avoit tant oÿ parler; aussi qu'elle etoit seure, s'il y avoit moyen d'echaper d'un danger, que les Moynes le devoyent bien trouver. Et feit tant qu'elle y arriva, passant de si etranges
45 lieus, et si difficiles à monter et decendre, que son aage et poisenteur ne la garderent point d'aler la plus par du chemin à pié. Mais la pitié fut que la meilleure partie de ses gens et chevaus demeurerent mortz par les chemins, et arriva à Serrance avec un homme et une femme seulement, où elle fut charitablement receue
50 des Religieus.

Il y avoit aussi en la compagnie des Françoys deus gentizhommes qui etoyent alez aus bains plus pour accompagner les Dames dont ilz etoyent serviteurs, que pour faute qu'ilz eussent de santé. Ces gentizhommes icy, voyans la compagnie se departir,
55 et que les marys de leurs Dames les emmenoient à par, penserent de les suyvre de loin, sans se declarer à personne. Mais, un soir, etans les deus gentizhommes maryez et leurs femmes arrivez en la maison d'un homme, plus bandouiller que païsant, et les deus junes gentishommes logez en une borde tout joindant de là, en-
60 viron la mynuyt oÿrent un tresgrand bruyt. Ilz se leverent avec leurs valetz, et demanderent à l'ote, quel tumulte c'etoit. Le pauvre homme, qui avoit sa par de la peur, dit que c'etoient mauvais garsons qui venoient partager la proye qui etoit chez leur compagnon bandouiller. Parquoy les gentishommes inconti-
65 nent preindrent leurs armes, et avec leurs valetz s'en alerent secourir les Dames, pour lesquelles ilz estimoient la mor plus heureuse que la vie apres elles. Ainsi qu'ilz arriverent au logis, trouverent la premiere porte rompue, et les deus gentishommes avec leurs serviteurs se defendans vertueusement. Mais, pour ce
70 que le nombre des bandouillers etoit plus grand, aussi qu'ilz etoient for blessez, commençoient à se retirer, ayans desja perdu grand' partie de leurs serviteurs. Les deus gentishommes, regardans aus fenettres, veirent les deus Dames plorantes et cryantes si for que la pitié et l'amour leur creut le cueur, de sorte que,

comme deus ours enragez decendentz des montagnes, fraperent 75
sur ces bandouillers tant furieusement qu'il y en eut si grand
nombre de mortz que le demeurant ne voulut plus attendre leurs
coups; mais s'en fuyrent où ilz sçavoient bien leur retraite. Les
gentishommes ayans deffait ces mechans, dont l'ote etoit l'un des
mortz, et ayans entendu que l'otesse etoit pire que son mary, 80
l'envoyerent apres luy par un coup d'epée, et, entrans en une
chambre basse, trouverent l'un des gentishommes marye[z] qui
rendoit l'esperit; l'autre n'avoit eu nul mal, si non qu'il avoit son
abillement tout persé de coupz de traitz et son epée rompue. Le
pauvre gentilhomme, voiant le secours que ces deus luy avoient 85
fait, apres les avoir embrassez et mercyez, les pria de ne les abandonner point, qui etoit requeste fort aysée à faire. Parquoy, apres
avoir fait enterrer le gentilhomme mort, et reconforté sa femme
au mieus qu'ilz peurent, preindrent leur chemin où Dieu les con-
seilloit, sans sçavoir lequel ilz devoient tenir. S'il vous plait sçavoir 90
le nom des trois gentishommes et des Damoyselles: le maryé avoit
nom Hircain[9] et sa femme Parlamante,[10] et l'autre Damoyselle
veuve, Longarine,[11] et l'un des deus junes gentilshommes etoit
Dagoncin,[12] l'autre Saffredan.[13]

Et apres qu'ilz eurent eté tout le jour à cheval, aviserent sur le 95
soir un clocher, où le mieus qu'il leur fut possible, non sans travail
et pene, arriverent, et furent de l'Abbé et des Moynnes humainne-
ment receus. L'Abbaye se nomme Saint Savin.[14] L'Abbé,[15] qui
etoit de for bonne maison, les logea honorablement. Et, en les
menant en leur logis, leur demanda de leurs fortunes; et quand il 100
eut entendu la verité du fait, leur dit qu'ilz n'etoient pas tous
seulz qui avoient par à ce gateau: car il y avoit en une chambre
deus Damoyselles qui avoient echapé pareil danger, ou plus grand,
d'autant qu'aus hommes y a quelque misericorde, et aus bestes
non. Car les pauvres Dames, à demye lieue de Peirchite,[16] avoient 105
trouvé un ours decendant de la montagne, devant lequel avoient
pris la course à si grand' hate qu'à l'entrée du logis leurs chevaus
tomberent mortz souz elles, et deus de leurs femmes, qui etoient
venues long tems apres, leur avoient conté que l'ours avoit tué
tous leurs serviteurs. Lors les deus Dames et les troys gentishommes 110
entrerent en la chambre où elles etoient et les trouverent plorantes,
et connurent que c'etoient Nommerfide[17] et Ennasuyte,[18] lesquelles, en s'embrassant et racontant ce qui leur etoit avenu,

commencerent à se reconforter avec les saintes exhortations du
115 bon Abbé, de s'ettre ainsy retrouvées. Et le matin oÿrent la
Messe bien devotement, louant Dieu des perilz qu'ilz avoient
echapez.

Ainsi qu'ilz etoient tous à la Messe, va entrer en l'Eglise un
homme tout en chemise, fuyant comme si quelqu'un le chassoit,
120 et cryant à l'ayde. Incontinent Hircain et les autres gentishommes
alerent au devant de luy pour voir que c'etoit, et veirent deus
hommes apres luy, leurs epées tirées, lesquelz, voians si grande
compagnie, voulurent prendre la fuyte. Mais Hircain et ses compagnons les suyvirent de si pres, qu'ilz y laisserent la vie. Et
125 quand le dit Hircain fut retourné, trouva que celuy qui etoit en
chemise etoit un de leurs compagnons, nommé Geburon,[19] lequel
leur conta comme, etant en une borde aupres de Peirchite, arriverent troys hommes, luy etant au lit; mais, tout en chemise, avec
son epée seulement, en blessa si bien un qu'il demeura sur la
130 place. Et, tandis que les deus autres s'amusoient à recueuillir leur
compagnon, voiant qu'il etoit nu et eus armés, pensa qu'il ne les
pouvoit gangner si non à fuyr, comme le moins chargé d'abille-
mentz, d'ond il louoit Dieu et ceus qui en avoient fait la vengence.

Apres qu'ilz eurent ouÿ la Messe et diné, envoyerent voir s'il
135 etoit possible de passer la riviere du Gave. Et connoisçans l'impossibilité du passage, furent en une merveilleuse crainte, combien
que l'Abé leur offrit plusieurs fois la demeure du lieu jusques à ce
que les eaues fussent abaissées; ce qu'ilz accorderent pour ce jour.
Et au soir, en s'en alant coucher, arriva un viel Moynne, qui tous
140 les ans ne failloit point à la Notre Dame de Septembre[20] d'aler à
Serrance. Et, en luy demandant des nouvelles de son voyage, dit
qu'à cause des grandes eaues etoit venu par les montagnes, et par
les plus mauvais chemins qu'il eut jamais faitz; mais qu'il avoit
veu une bien grand' pitié: c'est qu'il avoit trouvé un gentilhomme
145 nommé Symontaut,[21] lequel, ennuyé de la longue demeure que
faisoit la riviere à s'abbaisser, s'etoit deliberé de la forcer, se
confiant en la bonté de son cheval, et avoit mis tous ses serviteurs
à l'entour de soy pour rompre l'eaue. Mais, quand ce fut au grand
cours, ceus qui etoient les plus mal montez furent emportez, malgré
150 hommes et chevaus, tout à val l'eaue, sans jamais en retourner.
Le gentilhomme, se voiant seul, tourna son cheval de là ond il
venoit, qui ne sceut ettre si promptement qu'il ne faillit souz luy.

Mais Dieu voulut que ce fut si pres de la rive, que le gentilhomme, non sans boire beaucoup d'eaue, se tr[a]innant à quatre piez, saillit sur les durs caillous, tant las et foible qu'il ne se pouvoit 155 soutenir. Et luy aveint si bien qu'un berger, ramenant au soir ses brebis, le trouva assis parmy les pierres, tout mouillé et non moins triste de ses gens qu'il avoit veuz perdre devant soy. Le berger, qui entendit mieus sa necessité en le voiant qu'en ecoutant sa parole, le preind par la main et le mena en sa pauvre maison, 160 où avec petites buchettes le secha le mieus qu'il peut. Et ce soir là Dieu y amena ce viel Religieus, lequel luy enseigna le chemin de Notre Dame de Serrance, en l'asseurant que là il seroit mieus logé qu'en autre lieu, et y trouveroit une ancienne veuve nommée Oysille, laquelle etoit compagne de ses aventures. 165

Quand toute la compagnie oÿt parler de la bonne Dame Oysille et du gentil chevalier Symontaut, feirent une joye inestimable, louant le Createur qui, en se contentant des serviteurs, avoit sauvé les maitres et maitresses. Et sur toutes en loua Dieu de bon cueur Parlamante, car long tems avoit qu'elle le tenoit pour tres- 170 affectionné serviteur. Et apres s'ettre enquis du chemin de Ser- rance, combien que le vieillard le leur fit for difficile, pour cela ne laisserent l'entreprise d'y aler; et des ce mesme jour se meirent en chemin, si bien en ordre que rien ne leur manquoit. Car l'Abé les fournit des meilleurs chevaus qui fussent en Lavedan,[22] de bonnes 175 capes de Bear, de force vivres, et de gentis compagnons pour les mener seurement par les montagnes; lesquelles passées plus à pié qu'à cheval, en grande sueur et travail, arriverent à Notre Dame de Serrance, où l'Abbé,[23] combien qu'il fut assez mauvais homme, ne leur ausa refuser logis, pour la crainte du Seigneur du Bear,[24] 180 duquel il sçavoit qu'ilz etoient bien aymez. Mais luy, qui etoit vray hypocrite, leur feit le meilleur visage qu'il luy fut possible et les mena voir la bonne Dame Oysille et le gentilhomme Symon- taut.

La joye fut si grande en toute cette compagnie miraculeuse- 185 ment assemblée, que la nuyt leur sembla courte à louer Dieu dedans l'Eglise de la grace qu'il leur avoit faite. Et apres avoir pris sur le matin un peu de repos, alerent tous oÿr la Messe et recevoir le saint sacrement d'union,[25] auquel tous Chretians sont unis en un, supplyans Celuy qui les avoit assemblés par sa bonté 190 perfaire leur voyage à sa gloire. Apres diner envoierent sçavoir si

les eaues etoient point ecoulées, et, trouvans que plus tot elles
etoient crues et que de long tems ne pourroient seurement passer,
delibererent de faire un pont sur le bout des deus rochers, qui sont
195 for pres l'un de l'autre, où il y a encores des planches pour les
gens de pié qui, venans d'Olleron,[26] veulent passer par le Gave.
L'Abbé, qui fut bien ayse qu'ilz faisoient cette depense, à fin que le
nombre des pelerins et pelerines augmentat, les fournit d'ouvriers, mais il n'y meit pas un denier, car son avarice ne le perme-
200 toit.

Et, pour ce que les ouvriers dirent qu'ilz ne sçauroient avoir
fait le pont de dys ou douze jours, la compagnie, tant d'hommes
que de femmes, commença fort à s'ennuyer. Mais Parlamante,
qui etoit femme d'Hircain, laquelle n'etoit jamais oysive ne melen-
205 cholique, ayant demandé congé à son mary de parler, dit à
l'ancienne Dame Oysille: « Ma Dame, je m'ebaÿ que vous, qui
avez tant d'experience et qui maintenant aus femmes tenez lieu
de mere, ne regardez quelque passetems pour adoucir l'ennuy
que nous porterons durant notre longue demeure. Car, si nous
210 n'avons quelque occupation plaisante et vertueuse, nous sommes
en danger de devenir malades. » La june veuve Longarine ajouta
à ce propos: « Mais qui pis est, nous deviendrons facheuses, qui
est une maladie incurable. Car il n'y a nul ne nulle de nous, s'il
regarde sa perte, qui n'ait occasion d'extreme tristesse. » En-
215 nasuyte, tout en riant, luy repondit: « Chacun n'a pas perdu son
mary comme vous, et pour perte de serviteurs ne se faut desesperer, car l'on en recouvre assez. Toutesfois, je suis bien d'opinion
que nous aions quelque plaisant exercice pour passer le tems le
plus joyeusement que nous pourrons. » Sa compagne Nommerfide
220 dit que c'etoit bien avisé, et que si elle etoit un jour sans passetems,
elle seroit morte le lendemain.

Tous les gentishommes s'accorderent à leur avis et prierent la
Dame Oysille qu'elle voulut ordonner ce qu'ilz auroient à faire,
laquelle leur repondit: « Mes enfans, vous me demandez une
225 chose que je treuve for difficile: de vous enseigner un passetems
qui vous puisse delivrer de voz ennuys. Car ayant cerché ce
remede toute ma vie, n'en ai jamais trouvé qu'un, qui est la lecture des saintes lettres,[27] en laquelle je treuve la vraye et perfette
joye de l'esperit, d'ond procede le repos et la santé du cors. Et, si
230 vous me demandez quelle recette me tient si joyeuse et si saine sur

ma vieillesse, c'est qu'incontinent que je suy levée, je pren la
sainte Ecriture et la li, et, en voiant et contemplant la volonté de
Dieu, qui pour nous a envoié son fiz en terre annoncer cette
sainte parole et bonne nouvelle, par laquelle il promet remission
de tous pechez [et] satisfaction de toutes dettes par le don qu'il nous 235
fait de son amour, passion et merites, cette consyderation me
donne tant de joye que je pren mon Psautier et, le plus humblement qu'il m'est possible, chante de cueur et prononce de bouche
les beaus Psalmes et Cantiques que le saint Esperit a composez au
cueur de David et des autres autheurs. Et ce contentement que 240
j'en ai me fait tant de bien que tous les maus qui le jour me
peuvent avenir me semblent ettre benedictions, veu que j'ai en
mon cueur, par foy, Celuy qui les a portez pour moy. Pareillement, avant souper, je me retire pour donner pature à mon ame de
quelque leçon. Et puys au soir fai une recollection de tout ce que 245
j'ai fait la journée passée, pour demander pardon de mes fautes
et le remercyer de ses graces, et en son amour, crainte et pais, pren
mon repos asseuré de tous maus. Parquoy, mes enfans, voila le
passetems auquel me suis arretée long tems apres avoir cerché en
tous autres et non trouvé contentement de mon esperit. Il me 250
semble que si tous les matins vous voulez donner une heure à la
lecture et puys durant la Messe faire voz devotes oraisons, vous
trouverez en ce desert la beauté qui peut ettre en toutes les villes.
Car qui connoit Dieu voit toutes choses belles en luy, et sans luy
tout laid. Parquoy je vous prie recevoir mon conseil, si voulez 255
vivre joyeusement. »

Hircain preind la parole et dit: « Ma Dame, ceus qui ont leu la
sainte Ecriture, comme je croi que nous tous avons fait, confes-
seront votre dire ettre veritable. Mais si faut il que vous regardez
que ne sommes encores si mortifiez qu'il ne nous faille quelque 260
passetems et exercice corporel. Car si nous sommes en noz maisons,
nous avons la chace et volerie, qui nous font passer et oublyer mile
foles pensées, et les femmes ont leur menage, leurs ouvrages et
quelquesfois les danses où elles prenent honnette exercice; qui me
fait dire, parlant pour la par des hommes, que vous, qui ettes la 265
plus ancienne, nous lirez au matin de la vie que menoit notre
Seigneur Jesus Christ, et les grandz et admirables œuvres qu'il
a faitz pour nous. Puys, apres diner jusques à Veppres, faut
choisir quelque passetems qui ne soit point dommageable à l'ame,

270 et soit plaisant au cors. Et ainsi passerons la journée joyeusement. »

La Dame Oysille dit qu'elle avoit tant de pene d'oublier toutes
les vanitez, qu'elle auroit peur de faire mauvaise election à tel
passetems, mais qu'il faloit remettre cet affaire à la pluralité des
275 opinions, priant Hircain d'ettre le premier opinant. « Quant est
de moy, dit il, si je pensoie que le passetems que je voudroie
choisir fut aussi agreable à quelqu'une de la compagnie comme à
moy, mon opinion seroit bien tot dite; dont pour cette fois me
tairai, et en croirai ce que les autres en diront. » Sa femme
280 Parlamante commença à rougir, pensant qu'il parlat pour elle,
et, un peu en colere et demy en riant, luy dit: « Hircain, peut ettre
que celle que vous pensez en devoir ettre la plus marrye auroit
bien de quoy se recompenser s'il luy plaisoit. Mais laissons là les
passetems où deus seulement peuvent avoir par, et parlons de celuy
285 qui doit ettre commun à tous. » Hircain dit à toutes les Dames:
« Puis que ma femme a si bien entendu la glose de mes propos et
qu'un passetems particulier ne luy plait pas, je croi qu'elle sçaura
mieus que nul autre dire celuy où chacun prendra plaisir, et des
cette heure je me tien à son opinion comme celuy qui n'en a nulle
290 autre que la siene. » A quoy toute la compagnie s'accorda.

Parlamante, voiant que le sor du jeu etoit tombé sur elle, leur dit
ainsi : « Si je me sentoi aussi suffisente que les anciens, qui ont
trouvez[28] les artz, je inventeroie quelque jeu ou passetems pour
satisfaire à la charge que me donnez. Mais, connoisçant mon sçavoir
295 et ma puissance, qui à pene peut rememorer les choses bien faites,
je me tiendrai tresheureuse d'ensuyvre de pres ceus qui ont desja
satisfait à votre demande. Entre autres, je croi qu'il n'y a nul de
vous qui n'ait leu les cent nouvelles de Jan Bocace, nouvellement
traduites d'italian en françoys,[29] desquelles le Roy treschretian
300 Françoys, premier de ce nom, Monseigneur le Dauphin,[30] ma
Dame la Dauphine,[31] ma Dame Marguerite,[32] ont fait tant de cas,
que si Bocace, du lieu où il etoit, les eut peu oÿr, il devoit ressus-
citer à la louange de telles personnes. A l'heure j'oÿ les deus
Dames dessus nommées, et plusieurs autres de la Cour, qui se
305 delibererent d'en faire autant, si non en une chose differente de
Bocace: c'est de n'ecrire nouvelle qui ne soit veritable histoire. Et
promeirent les dites Dames, et Monseigneur le Dauphin avec
elles, d'en faire chacun dys et d'assembler jusques à dys personnes

qu'ilz pensoient plus dignes de raconter quelque chose, sauf ceus
qui avoient etudié et etoient gentz de lettres. Car Monseigneur le   310
Dauphin ne vouloit que leur art y fut melé; et aussi de peur que
la beauté de la rhetorique feit tor en quelque partie à la verité de
l'histoire. Mais les grandz affaires[33] depuis survenus au Roy,
aussi la pais[34] d'entre luy et le Roy d'Angleterre, l'accouchement[35] de ma Dame la Dauphine, et plusieurs autres choses[36]   315
dignes d'empecher toute la Cour, ont fait du tout mettre en
oubly cette entreprise, qui par notre long loysir pourra en dys
jours ettre mise à fin, attendant que notre pont soit perfet. Et s'il
vous plait que tous les jours, depuis midy jusques à quatre
heures,[37] nous alons dans ce beau pré, le long de la riviere du   320
Gave, où les arbres sont si feuilluz que le soleil n'y sçauroit
percer l'ombre n'y echaufer la frecheur, là, assis à noz ayses,
chacun dira quelque histoire qu'il aura veue ou bien oÿe dire à
quelque homme digne de foy. Au bout des dys jours aurons perachevé la centene. Et si Dieu fait que notre labeur soit trouvé digne   325
des yeus des seigneurs et Dames dessus nommez, nous leur en
ferons presens au retour de ce voyage, en lieu d'images ou paternotres, vous asseurant qu'ilz auront ce present icy plus aggreable.
Toutesfois, quoy que je die, si quelqu'un d'entre nous trouve
chose plus plaisante, je m'accorderai à son opinion. » Mais toute   330
la compagnie repondit qu'il n'etoit possible d'avoir mieus avisé
et qu'il leur tardoit que le lendemain ne fut venu pour commencer.

     Ainsi passerent joyeusement cette journée, ramentevans les uns
aus autres ce qu'ilz avoient veu de leur tems. Si tot que le matin   335
fut venu, s'en alerent à la chambre de ma Dame Oysille, qu'ilz
trouverent desja en ses oraisons, et, quand ilz eurent ouÿ une
bonne heure sa leçon et puis devotement la Messe, s'en alerent
diner à dys heures, et apres se retira chacun en sa chambre pour
faire ce qu'il avoit à faire; et ne faillirent pas à midy de se trouver   340
au pré, selon leur deliberation, qui etoit si beau et plaisant qu'il
auroit besoin d'un Bocace pour le depindre à la verité. Mais vous
vous contenterez que jamais n'en fut veu un pareil. Quand l'assemblée fut toute assise sur l'herbe verde, si mole et delicate qu'il ne
leur faloit ny carreau ny tapys, Symontaut commença à dire : « Qui   345
sera celuy de nous qui aura commandement sur les autres ? »
Hircain luy repondit : « Puis que vous avez commencé la parole,

c'est raison que vous commandez; car au jeu nous sommes tous egaus.—Pleut à Dieu, dit Symontaut, que je n'eusse bien en ce monde que de pouvoir commander à toute cette compagnie. » A cette parole Parlamante l'entendit tresbien, qui se preind à tousser, parquoy Hircain ne s'apperceut de la couleur qui luy montoit aus joues . . .

NOUVELLE QUATRIEME

Un june gentilhomme, voyant une Dame de la meilleure maison de Flandre, sœur de son maitre, veuve de son premier et second mary, et femme for deliberée, voulut sonder si les propos d'une honnette amytié luy deplairoyent. Mais, ayant trouvé reponse contraire à sa contenance, essaya la prendre par force, à laquelle resista for bien. Et sans jamais faire semblant des dessins et effors du gentilhomme, par le conseil de sa Dame d'honneur, s'eloingna petit à petit de la bonne chere qu'elle avoit accoutumé luy faire. Ainsi, par sa fole outrecuydance, perdit l'honnette et commune frequentation qu'il avoit plus que nul autre avec elle.

« Mes Dames, à fin que Saffredan et toute la compagnie connoisce que toutes Dames ne sont pas semblables à la Royne de laquelle il a parlé, et que tous les folz et hazardeus ne vienent pas à leur fin, et aussi pour ne celer l'opinion d'une Dame qui jugea le depit d'avoir failly à son entreprise[1] pire à porter que la mor, je vous raconterai[2] une histoire, en laquelle je ne nommerai les personnes, pour ce que c'est de si fresche memoire, que j'auroie peur de deplaire à quelques uns de leurs parens bien proches. 5

Il y avoit au païs de Flandres une Dame[3] de si bonne maison, qu'il n'en etoit point de meilleure, veuve de son premier et second 10 mary, desquelz n'avoit eu nulz enfans vivens. Durant sa viduité, se retira avec un sien frere,[4] dont elle etoit fort aymée, lequel etoit bien grand seigneur et mary d'une fille de Roy.[5] Ce june Prince etoit homme for sujet à son plaisir, aymant chace, passetems et Dames, comme la junesse le requeroit; et avoit une femme for 15 fascheuse, à laquelle les passetems du mary ne plaisoient point. Parquoy le seigneur menoit tousjours avec sa femme sa sœur, qui etoit de la plus joyeuse et meilleure compagnie qu'il etoit possible, toutesfois sage et femme de bien.

Il y avoit en la maison de ce grand seigneur un gentilhomme,[6] 20 duquel la grand' beauté et bonne grace passoit tous ses

compagnons. Ce gentilhomme, voiant la sœur de son maitre femme
joyeuse et qui rioit volontiers, pensa qu'il essayeroit si les propoz
d'une honneste amytié luy deplairoient. Ce qu'il feit; mais il
25 trouva en elle reponse contraire à sa contenance. Et combien que
sa reponse fut telle qu'il appertenoit à une Princesse et vraye
femme de bien, si est ce que, le voiant tant beau et honnette
comme il etoit, elle luy pardonna aysement sa trop grande audace,
et montroit bien qu'elle ne prenoit point de deplaisir quand il
30 parloit à elle, en luy disant souvent qu'il ne luy teint plus telz
propos; ce qu'il luy promeit, pour ne perdre l'aise et l'honneur
qu'il avoit de l'entretenir. Toutesfois, à la longue augmenta si for
son affection, qu'il oublya la promesse qu'il luy avoit faite, non
qu'il entrepreint se hazarder par paroles, car il avoit trop contre
35 son gré experimenté les sages reponses qu'elle sçavoit faire. Mais
il pensa que s'il la pouvoit trouver en lieu à son avantage, qu'elle
qui etoit veuve, june, en bon poinct et de for bonne complexion,
prendroit peut ettre pitié de luy et d'elle ensemble.

Pour venir à ses fins, dit à son maitre qu'il avoit aupres de sa
40 maison for belle chace, et que s'il luy plaisoit aler prendre troys ou
quatre cerfz au moys de may, il n'avoit point encores veu plus
beau passetems. Le seigneur, tant pour l'amour qu'il portoit à ce
gentilhomme que pour le plaisir de la chace, luy otroia sa requeste,
et ala en sa maison, qui etoit belle et bien en ordre, comme du
45 plus riche gentilhomme qui fut au païs. Et logea le dit seigneur et
la Dame en un cors de maison, et en l'autre, vis à vis, celle qu'il
aymoit plus que soy mesme, la chambre de laquelle il avoit si bien
accoutrée, tapissée par le haut, et si bien natée,[7] qu'il etoit impossible s'appercevoir d'une trape qui etoit en la ruelle de son lyt,
50 laquelle decendoit en celle où logeoit sa mére,[8] laquelle etoit une
vieille Dame catarreuse. Et pour ce qu'elle avoit la toue, craignant
faire bruyt à la Princesse qui logeoit sus elle, changea sa chambre
à celle de son fiz.

Et, tous les soirs, cette vieille Dame portoit des confitures à la
55 Princesse pour sa collation, à quoy assistoit le gentilhomme, qui,
pour ettre fort aymé et privé de son frere, n'etoit refusé d'ettre à
son abiller ou desabiller, où tousjours il voioit occasion d'augmenter son affection. De sorte qu'un soir, apres qu'il eut fait
veiller cette Princesse si tard que le sommeil qu'elle avoit le chassa
60 de la chambre, s'en ala à la siene. Et, quand il eut pris la plus

gorgiase et mieus perfumée de toutes ses chemises, et un bonnet de nuyt tant bien accoutré qu'il n'y manquoit riens, luy sembla bien, en se mirant, qu'il n'y avoit Dame qui sceut refuser sa beauté et bonne grace. Parquoy, se promettant en soy mesme heureuse issue de son entreprise, s'en ala mettre en son lyt, où il n'esperoit faire 65 long sejour, pour le desir et seur espoir qu'il avoit d'en aquerir un plus honorable et plaisant.

Et, si tot qu'il eut envoié tous ses gens dehors, se leva pour fermer la porte apres eus, et longuement ecouta si en la chambre de la Princesse, qui etoit au desus, il oÿroit aucun bruyt. Et, 70 quand il se peut asseurer que tout etoit en repos, il voulut commencer son dous travail, et peu à peu abatit la trape, qui etoit si bien faite et accoutrée de drap, qu'il ne feit aucun bruyt ; et par là monta en la chambre et ruelle du lyt de sa Dame, qui commençoit à dormir. A l'heure, sans avoir egard à l'obligation qu'il avoit à 75 son maitre, ny à la maison dont etoit la Dame, sans luy demander congé ny faire reverence, se coucha aupres d'elle, qui le sentit plus tot entre ses bras qu'elle n'apperceut sa venue. Mais elle, qui etoit forte, se defeit de ses mains, et, en luy demandant qui il etoit, se meit à le fraper, mordre et egratigner, de sorte qu'il fut con- 80 traint, pour la peur qu'il eut qu'elle appelat, de luy fermer la bouche de la couverture. Ce qu'il luy fut impossible de faire. Car, voiant qu'il n'epargnoit riens de toutes ses forces pour luy faire une honte, elle n'epargna riens des sienes pour l'en engarder, et appela tant qu'elle peut sa Dame d'honneur,[9] qui couchoit en sa chambre, 85 ancienne et sage femme autant qu'il en etoit point, laquelle tout en chemise courut à sa maitresse.

Et, quand le gentilhomme vid qu'il etoit decouvert, eut si grand' peur d'ettre connu de sa Dame, que le plus tot qu'il peut decendit par sa trape. Et, autant qu'il avoit eu desir et asseurance 90 d'ettre bien venu, autant etoit il desesperé de s'en retourner en si mauvais etat. Il trouva son mirouer et sa chandelle sur sa table, et, regardant son visage tout sanglant d'egratignures et morsures qu'elle luy avoit faites, dont le sang en sailloit sur sa belle chemise, qui etoit plus sanglante que d'aurée, commença à dire : « O 95 beauté, tu as maintenant le loyer de ton merite. Car, par ta vaine promesse, j'ai entrepris une chose impossible, et qui peut ettre, au lieu d'augmenter mon contentement, est redoublement de mon malheur, etant asseuré que, si elle sçait que, contre la promesse

100 que luy ai faite, j'aye entrepris cette folie, je perdrai l'honnette et
commune frequentation que j'ai plus que nul autre avec elle; ce
que ma gloire a bien deservy. Car, pour faire valoir ma beauté et
bonne grace, je ne la devoi pas cacher en tenebres. Pour gangner
l'amour de son cueur, je ne devoi pas essayer à prendre par force
105 son chaste cors. Mais devoi par long service et humble patience
attendre qu'Amour en fut victorieus, pour ce que sans luy n'ont
pouvoir toutes les vertuz et puissances de l'homme. » Ainsi passa
la nuyt en telz pleurs, regretz et douleurs qui ne se peuvent
raconter. Et, au matin, voiant son visage si dechiré, feit semblant
110 d'ettre for malade et de ne pouvoir voir la lumiere, jusques à ce
que la compagnie fut hors de la maison.

　　La Dame, qui etoit demeurée victorieuse, sçachant qu'il n'y
avoit homme en la Cour de son frere, qui eut ausé faire une si
etrange entreprise, que celuy qui avoit eu la hardiesse de luy
115 declarer son amour, s'asseura que c'etoit son otte. Et, quand elle
eut cerché avec sa Dame d'honneur les endrois de la chambre pour
trouver qui ce pouvoit ettre, ce qui ne fut possible, luy dit par
grand' colere: « Asseurez vous que ce ne peut ettre autre que le
seigneur de ceans, et que le matin venu je ferai en sorte vers mon
120 frere, que sa teste sera temoin de ma chasteté. » La Dame d'honneur,
la voiant ainsi courroucée, luy dit: « Ma Dame, je suy tresaise de
l'amour qu'avez à votre honneur, pour lequel augmenter ne
voulez epargner la vie d'un qui l'a trop hazardée par la force de
l'amour qu'il vous porte. Mais bien souvent tel le cuyde croitre
125 qui le diminue. Parquoy je vous supplye, ma Dame, me vouloir
dire la verité du fait. » Et, quand la Dame luy eut contée[10] tout
au long, la Dame d'honneur luy dit: « Vous m'asseurez donc qu'il
n'a eu autre chose de vous que les egratignures et coupz de
poing.— Je vous asseure, dit la Dame, que non; et que, s'il n'a
130 trouvé un bon cyrurgien, je pense que demain les marques y
paroitront.— Or, puis qu'ainsi est, ma Dame, dit la Dame d'honneur, il me semble que vous avez plus d'occasion de louer Dieu,
que de penser à vous venger de luy. Car vous pouvez croire, puis
qu'il a eu le cueur si grand d'entreprendre une telle chose, et le
135 depit qu'il a d'y avoir failly, vous ne luy sçauriez donner mor qui
ne luy fut aysée à porter. Si vous desyrez ettre vengée de luy,
laissez faire à l'amour et à la honte, qui le sçauront trop mieus
tormenter que vous. Si vous le faites pour votre honneur, gardez

vous, ma Dame, de tomber en pareil danger que le sien. Car en
lieu d'acquerir le plus grand plaisir qu'il eut sceu avoir, il a receu 140
le plus extreme ennuy que gentilhomme sçauroit porter. Aussi
vous, ma Dame, cuydant augmenter votre honneur, le pourriez
bien diminuer. Et si vous en faites la plainte, vous ferez sçavoir ce
que nul ne sçait. Car, de son coté, vous ettes asseurée que jamais
ne sera revelé. Et quand Monsieur votre frere en fera la justice 145
qu'en demandez, et que le pauvre gentilhomme en veint à mourir,
si courra le bruyt par tout qu'il aura fait de vous à sa volonté, et
la plus par diront qu'il a eté bien difficile qu'un gentilhomme ait
fait telle entreprise, si la Dame ne luy a donné grande occasion.
Vous ettes belle et june, vivente en toute compagnie bien joyeuse- 150
ment. Il n'y a nul en cette Cour qui ne voie la bonne chere que
vous faites au gentilhomme dont vous avez soupçon; qui fera
juger chacun que, s'il a fait cette entreprise, ce n'a eté sans
quelque faute de votre coté. Et votre honneur, qui jusques icy
vous a fait aler la teste levée, sera mis en dispute en tous les lieus 155
où cette histoire sera racontée. »

La Princesse, entendant les bonnes raisons de sa Dame d'honneur, connut qu'elle luy disoit verité, et qu'à juste cause elle
seroit blamée, veue la bonne et privée chere qu'elle avoit tousjours accoutumé faire au gentilhomme. Et demanda à sa Dame 160
d'honneur ce qu'elle avoit à faire, laquelle luy dit: « Ma Dame,
puis qu'il vous plait recevoir mon conseil, voiant l'affection dont il
procede, il me semble que vous devés avoir joye en votre cueur
que le plus beau et honnette gentilhomme que j'aye veu en ma
vie n'a sceu, par amour ne par force, vous mettre hors du chemin 165
de vraye honnetteté; et en cela, ma Dame, vous humilier devant
Dieu, reconnoisçant que ce n'a point eté par votre vertu. Car
maintes femmes, ayans mené vie plus austere que vous, ont eté
humiliées par hommes moins dignes d'ettre aymez que luy, et
devez plus que jamais craindre recevoir propos d'amytié, pour ce 170
qu'il y en a assez qui sont tombées la seconde fois au danger
qu'elles ont evité la premiere. Ayez memoire, ma Dame, qu'Amour
est aveugle, et qu'il aveuglit de sorte que là où l'on pense le
chemin plus seur, c'est à l'heure qu'il est le plus glissant. Il me
semble, ma Dame, que vous ne devez à luy ny à autre faire sem- 175
blant du cas qui vous est avenu; et encores qu'il en voulut dire
quelque chose, findre du tout ne l'entendre, pour eviter deus

dangers: l'un est de la vaine gloire de la victoire qu'en avez eue, l'autre de prendre plaisir en ramentevant choses qui sont si plai-
180 santes à la chair, que les plus chastes ont bien affaire à se garder d'en sentir quelques etincelles, encore qu'elles les fuyent le plus qu'elles peuvent. Aussi, ma Dame, à fin qu'il ne pense par tel hazard avoir fait chose qui vous ait eté agreable, je suis bien d'avis que peu à peu vous vous eloingnez de la bonne chere
185 qu'avez accoutumé luy faire, à ce qu'il connoisce de combien vous deprisez sa folie, et combien votre bonté est grande, qui s'est contentée de la victoire que Dieu vous a donnée, sans demander autre vengence de luy. Et Dieu vous doint grace, ma Dame, de continuer l'honnetteté qu'il a mise en votre cueur; et, connoisçant
190 que tout bien vient de luy, vous l'aymez et servez mieus que n'avez accoutumé. » La Princesse, deliberée de croire le conseil de sa Dame d'honneur, s'endormit aussi joyeusement que le pauvre gentilhomme veilla de tristesse.

Le lendemain le seigneur, s'en voulant aler, demanda son otte,
195 auquel on dit qu'il etoit si malade qu'il ne pouvoit voir la clairté, ne oÿr parler personne; dont le Prince fut fort ebaÿ, et le voulut aler voir. Mais, sçachant qu'il reposoit, ne le voulut eveiller, et s'en ala ainsi de sa maison, sans luy dire à Dieu, emmenant avec soy sa femme et sa sœur, laquelle, entendant les excuses du gentil-
200 homme, qui n'avoit voulu voir le Prince ny la compagnie au partir, se teint asseurée que c'etoit celuy qui luy avoit fait tant de torment, lequel n'ausoit montrer les marques qu'elle luy avoit faites au visage. Et, combien que son maitre l'envoiat souvent querir, si ne retourna il point à la Cour, qu'il ne fut bien guery de
205 toutes ses playes, hors mis de celles que l'amour et le depit luy avoient faites au cueur. Quand il fut retourné vers luy, et qu'il se retrouva devant sa victorieuse ennemye, ce ne fut sans rougir, et luy, qui etoit le plus audacieus de toute la Cour, fut si etonné, que souvent devant elle perdoit toute contenance. Parquoy fut toute
210 asseurée que son soupçon etoit vray, et peu à peu s'en etrangea, non pas si finement qu'il ne s'en apperceut tresbien; mais il n'en ausa faire semblant, de peur encores d'avoir pis, et garda cette amour dedans son cueur, avec la patience de l'eloingnement qu'il avoit merité.

215   Voyla, mes Dames, qui devroit donner grand' crainte à ceus

qui presument ce qui ne leur appertient, et qui doit bien augmenter le cueur aus Dames, voiant la vertu de cette june Princesse
et le bon sens de sa Dame d'honneur. Si à quelqu'un[e] de vous
avenoit pareil cas, le conseil et remede y est desja donné.

— Il me semble, dit Hircain, que le gentilhomme, dont vous 220
avez parlé, etoit si depourveu de cueur, qu'il ne meritoit ettre
ramenteu. Car, ayant une telle occasion, ne devoit pour vieille
ne pour june laisser son entreprise; et faut bien dire que son
cueur n'etoit pas for plein d'amour, veu que la crainte de mor et
de honte y trouva encores place. » Nommerfide repondit à Hir- 225
cain: « Et qu'eut fait le pauvre gentilhomme, veu qu'il avoit
deux femmes contre luy?— Il devoit tuer la vieille, dit Hircain, et
quand la june se fut veue sans secours, eut eté demy vincue.—
Tuer! dit Nommerfide. Vous voudriez doncques faire d'un
amoureus un meurdrier? Puis que vous avez cette opinion, on 230
doit bien craindre de tomber en voz mains.— Si j'en etoi jusques
là, dit Hircain, je me tiendrai pour deshonoré si je ne venoie à
fin de mon intention. » A l'heure Geburon dit: « Trouvez vous
etrange qu'une Princesse, nourrie en tout honneur, soit difficile à
prendre d'un seul homme? Vous deveriez donc beaucoup plus 235
vous emerveiller d'une pauvre femme qui echapa la main de
deus.— Geburon, dit Ennasuyte, je vous donne ma voys à dire la
cinquieme nouvelle, car je pense que vous en sçavez quelqu'une
de cette pauvre femme, qui ne sera point facheuse. »

NOUVELLE CINQUIEME

Deus Cordeliers de Nyor, passans la riviere au Por de Coulon, voulurent prendre par force la bateliere qui les passoit. Mais elle, sage et fine, les endormit si bien de paroles, que, leur accordant ce qu'ilz demandoyent, les trompa et meit entre les mains de la justice, qui les rendit à leur Gardian pour en faire telle punition qu'ilz meritoyent.

« Puis que vous m'avez eleu à parler, dit Geburon, je vous dirai une histoire que je sçai, pour en avoir fait inquisition veritable sur le lieu. Et par là vous verrez que tout le sens et la vertu des femmes n'est pas en la teste des Princesses, ny toute l'amour et
5 finesse en ceus où le plus souvent on estime qu'elles soient.

Au port de Coulon,[1] pres Nyor, y avoit une bateliere qui jour et nuyt ne faisoit que passer un chaqu'un. Aveint que deus Cordeliers[2] de Nyor[3] passerent la riviere tout seulz avec elle. Et, pour ce que le passage est l'un des plus longz qui soit en
10 France, pour la garder d'ennuyer, veindrent à la pryer d'Amours, à quoy elle leur feit la reponse qu'elle devoit. Mais eus, qui pour le travail du chemin n'etoient lassez, ne pour la froideur de l'eaue refroidis, ny aussi pour le refuz de la femme honteus, se delibererent la prendre par force, ou, si elle se plaindoit, la jeter dedans la
15 riviere. Elle, aussi sage et fine qu'ilz etoient cautz et malicieus, leur dit : « Je ne suis pas si malgracieuse que j'en fai le semblant. Mais je vous veuil prier m'ottroier deus choses, et puis vous connoitrez que j'ai meilleure envye de vous obeir que vous n'avez de me prier. »
20 Les Cordeliers luy jurerent par leur bon saint Françoys[4] qu'elle ne leur sçauroit demander chose qu'ilz ne luy accordassent, pour avoir ce qu'ilz desyroient d'elle. « Je vous requier premierement, dit elle, que vous me jurez et prometez que jamais à homme vivant nul de vous ne declarera notre affaire. » Ce qu'ilz luy
25 promeirent tresvolontiers. Aussi leur dit : « Que l'un à par de l'autre veuille faire son plaisir de moy. Car j'auroie trop de honte

que tous deus me veissent ensemble. Regardez lequel me voudra
avoir le premier. » Ilz trouverent sa requeste tresjuste, et accorda
le plus june que le plus viel commenceroit.

Et, en approchant d'une petite ile, dit au june beau Pere: 30
« Dites là voz oraisons, jusques à ce que j'aye mené votre compagnon icy devant à une autre ile. Et si à son retour il se loue de moy,
nous le lerrons icy et nous nous en irons ensemble. » Le june sauta
dedans l'ile, attendant le retour de son compagnon, lequel la
dite bateliere mena en une autre. Et quand ilz furent au bord, 35
findant d'attacher son bateau à un arbre, luy dit: « Mon amy,
regardez où nous nous metrons. » Le beau Pere entra en l'ile,
pour cercher lieu qui seroit plus à propos. Mais si tot qu'elle le
vid en terre, donna du pié contre l'arbre et se retira avec son
bateau dans la riviere, laissant ces deus beaus Peres aus desertz, 40
ausquelz elle cria tant qu'elle peut: « Attendez, Messieurs, que
l'Ange de Dieu[5] vous viene consoler. Car de moy n'aurez aujourd-
huy chose qui vous puisse plaire. »

Ces deus pauvres Religieus, connoisçans la tromperie, se meirent à genous sur le bord de l'eaue, la priant ne leur faire cette 45
honte, et que, si elle les vouloit doucement amener au port, ilz
luy prometoient ne luy demander riens. Mais elle leur repondit,
en s'en alant tousjours: « Je seroie doublement fole, apres avoir
echapé voz mains, si je m'y remetoie. » Et, en entrant au village,
va appeler son mary et ceus de la justice, pour venir prendre les 50
deus lous enragez, desquelz, par la grace de Dieu, elle avoit
echapé les dens. Ceus de la justice s'y en alerent si bien accompagnez, qu'il ne demeura grand ne petit, qui ne voulut avoir par
à cette chace. Ces pauvres *fratres*, voians venir si grand' compagnie, se cachoient chaqu'un en son ile, comme Adam[6] quand il se 55
vid nu devant la face de Dieu. La honte meit leur peché devant
leurs yeus, et la crainte d'ettre punis les faisoit trembler si for,
qu'ilz etoient demy mortz. Mais cela ne les garda d'ettre pris et
menez en prison, qui ne fut sans ettre moqués et huez d'hommes
et femmes. [Les uns disoient:] « Fiez vous en ces beaus Peres, qui 60
nous prechent chasteté, et puis la veulent oter à noz femmes! »
Et les autres disoient: « Ce sont sepulchres par dehors blanchis,
et par dedans pleins de mortz et pourritures.[7] » Et puys une autre
voys disoit: « Par leurs fruytz connoissez vous quelz arbres ce
sont.[8] »   65

Croiez que tous les passages que l'Evangile dit contre les hypocrites furent alleguez contre ces pauvres prisonniers, lesquelz, par
le moyen du Gardian, qui en grand' diligence les veint demander,
asseurant ceus de la justice qu'il en feroit plus grand' punition
70 que les seculiers n'auseroient faire, et que pour satisfaire à partie[9]
ilz diroient tant de Messes et prieres qu'on les en voudroit charger,
furent renvoiez par le juge à leur couvent, en enterinant la
requeste du Gardian, qui etoit homme de bien; et là furent
chapitrez de sorte qu'oncques puys ne passerent riviere sans faire
75 le signe de la croys et se recommander à Dieu.

Je vous prie, mes Dames, pensez, si cette pauvre bateliere eut
l'esprit de tromper deus si malicieus hommes, que doivent faire
celles qui ont tant veu et leu de beaus exemples? Quand il n'y
auroit que la bonté des vertueuses dames qui ont passé devant
80 leurs yeus, la vertu des femmes bien nourries se doit autant
appeler coutume que vertu. Mais de celles qui ne sçavent riens,
qui n'oyent quasi en tout l'an deus bons sermons, qui n'ont loysir
que de penser à gangner leur pauvre vie, et qui, si for pressées,
gardent tant soingneusement leut chasteté, c'est là où l'on connoit
85 la vertu qui est naïvement dedans le cueur. Car où le sens et la
force de l'homme est[10] estimée moindre, c'est où l'esprit de Dieu
fait de plus grandz œuvres. Et bien malheureuse est la Dame qui
ne garde soingneusement le thesaur qui luy apporte tant d'honneur, etant bien gardé, et tant de deshonneur au contraire. »
90 Longarine luy dit: « Il me semble, Geburon, que ce n'est pas
grand' vertu de refuser un Cordelier, mais plus tot que ce seroit
chose impossible de l'aymer.— Longarine, ce luy repondit Geburon, celles qui n'ont point accoutumé d'avoir telz serviteurs que
vous, ne tienent point facheus les Cordeliers. Car ilz sont hommes
95 aussi beaus, fortz et reposez trop plus que nous autres, qui sommes
tous cassez du harnoys,[11] et si parlent comme Anges et sont impor-
tuns comme Diables. Parquoy celles qui n'ont veu robes que de
bureau sont bien vertueuses, quand elles echapent de leurs mains. »
Nommerfide dit tout haut: « Ah, par ma foy, vous en direz ce que
100 vous voudrez, mais j'eusse mieus aymé coucher en la riviere que
de coucher avec un Cordelier. » Oysille luy dit en riant: « Vous
sçavez donc bien nouer? » Ce que Nommerfide trouva mauvais,
pensant qu'Oysille n'eut telle estime d'elle qu'elle desyroit. Par-

quoy luy dit en colere : « Il y en a qui ont refusé des personnes plus agreables qu'un Cordelier, et n'en ont point fait sonner la trom- 105 pette. » Oysille, se prenant à rire de la voir courroucée, luy dit : « Encores moins ont elles fait sonner le tabourin de ce qu'elles avoient accordé. » . . .

NOUVELLE HUITIEME

Bornet, ne gardant telle loyauté à sa femme qu'elle à luy, eut envye de coucher avec sa chambriere, et declara son entreprise à un sien compagnon, qui, souz espoir d'avoir part au butin, luy porta telle faveur et ayde que, pensant coucher avec sa chambriere, il coucha avec sa femme, au desceu de laquelle il feit participer son compagnon au plaisir qui n'appertenoit qu'à luy seul, et se feit coqu soy mesme, sans la honte de sa femme.

Longarine, en se prenant bien fort à rire, commença à dire: « Puis que vous avez envye que je vous face rire selon ma coutume, si ne sera ce pas aux depens des femmes, et si vous dirai choses pour vous montrer combien elles sont aysées à tromper, quand
5 elles mettent en leur fantasie la jalousie, avec une estime de leur bon sens de vouloir tromper leurs marys.[1]

En la conté d'Alex[2] y avoit un homme nommé Bornet,[3] qui avoit epousé une honneste et femme de bien, de laquelle il aymoit l'honneur et la reputation, comme je croi que tous les marys qui
10 sont icy font de leurs femmes. Et combien qu'il voulut que la siene luy gardat loyauté, il ne vouloit pas que la loy fut egale à tous deus. Car il ala ettre amoureus de sa chambriere, auquel change il ne gangnoit que le plaisir qu'apporte quelquesfois la diversité des viandes. Il avoit un voysin de pareille condition que
15 luy, nommé Sendras, tabourin et couturier, et y avoit entre eus telle amytié que, hors mise la femme, ils n'avoient rien departi ensemble.[4] Parquoy il declara à son amy l'entreprise qu'il avoit sur sa chambriere, lequel non seulement la trouva bonne, mais ayda de tout son pouvoir à la perachever, esperant avoir part au
20 butin. La chambriere, qui ne s'y vouloit consentir, se voiant pressée de tant de cotez, l'ala dire à sa maitresse, la priant luy donner congé de s'en retourner chez ses parens, car elle ne pouvoit plus vivre en ce torment. La maitresse, qui aymoit bien for son mary, duquel elle avoit eu soupçon, fut bien ayse d'avoir gangné

ce point sur luy. Et pour luy montrer que justement elle en avoit 25
eu doute, dit à sa chambriere: « Faites bonne mine, faites; et peu
à peu tenez bons propos à mon mary, puis apres donnez luy
assignation de coucher avecq' vous en mon garderobes, et ne
faillez à me dire la nuyt qu'il devra venir, et gardez que nul n'en
sçache rien. »   30

La chambriere feit tout ainsi que sa maitresse luy avoit commandé, dont le maitre fut si ayse qu'il en ala faire la feste à son
compagnon, lequel le pria, veu qu'il avoit eté du marché, d'en
avoir le demeurant. La promesse faite et l'heure venue, le maitre
s'en ala, comme il cuydoit, coucher avec sa chambriere. Mais sa 35
femme, qui avoit renoncé à l'authorité de commander, pour le
plaisir de servir, s'etoit mise à la place de sa chambriere, et receut
son mary, non comme femme, mais findant la contenance d'une
fille etonnée, si bien que son mary ne s'en apperceut point.

Je ne vous sçauroi dire lequel etoit le plus ayse des deus, ou luy 40
de penser tromper sa femme, ou elle de tromper son mary. Et
quand il eut demeuré avec elle, non selon son vouloir, mais selon
sa puissance, qui sentoit son viel maryé, s'en ala hors la maison,
où il trouva son compagnon beaucoup plus june et plus fort que
luy, auquel il feit la feste d'avoir trouvé la meilleure robe qu'il 45
eut point veue. Son compagnon luy dit: « Vous sçavez ce que
m'avez promis.— Alez doncq' vitement, dit le maitre, de peur
qu'elle ne se leve, ou que ma femme ait affaire d'elle. » Le compagnon s'y en ala, et trouva encores cette mesme chambriere que
le mary avoit meconnue, laquelle, cuydant que ce fut son mary, 50
ne le refusa de chose qu'il luy demandat; j'enten *demander* pour
prendre, car il n'ausoit parler. Il y demeura bien plus longuement
que ne feit pas le mary, dont la femme etonnée, qui n'avoit point
accoutumé d'avoir telles nuytées, s'emerveilla for. Toutesfois, elle
eut patience, se reconfortant aus propoz qu'elle avoit deliberé luy 55
tenir le lendemain, et à la moquerie qu'elle luy feroit recevoir.

Sur le point du jour cet homme se leva d'aupres elle, et, en se
jouant à elle, au partir du lyt, luy arracha un anneau qu'elle
avoit au doigt, duquel son mary l'avoit epousée, chose que les
femmes de ce païs là gardent en grande superstition, et honorent 60
fort une femme qui garde tel anneau jusques à la mor; et, au
contraire, si par fortune le perd, elle est desestimée, comme ayant
donné sa foy à autre qu'à son mary. Et fut trescontente qu'il luy

otat, pensant qu'il seroit seur temoin de la tromperie qu'elle luy
65 avoit faite.

Quand le compagnon fut retourné devers le maitre, il luy
demanda: « Et puis? » Il luy repondit qu'il etoit de son opinion,
et que, s'il n'eut craint la venue du jour, encores y fut il demeuré.
Ilz se vont tous deus reposer le plus longuement qu'ilz peurent,
70 et au matin, en s'abillant, le mary apperçut l'anneau que son
compagnon avoit au doigt, tout pareil à celuy qu'il avoit donné
à sa femme en maryage; et demanda à son compagnon qui le luy
avoit baillé. Mais, quand il entendit qu'il l'avoit arraché du doigt
de la chambriere, fut fort etonné, et commença à donner de la
75 teste contre la muraille, disant: « Ah! vertu Dieu, me seroi je bien
fait coqu moy mesme, sans que ma femme en sceut rien? » Son
compagnon, pour le reconforter, luy dit: « Peut ettre que votre
femme bailla son anneau hyer au soir en garde à sa chambriere. »

80 Mais, sans rien repondre, le mary s'en va en sa maison, là où
il trouva sa femme plus belle, plus gorgiase et plus joyeuse qu'elle
n'avoit accoutumé, comme celle qui se rejouïssoit d'avoir sauvé
la conscience de sa chambriere, et d'avoir experimenté son mary
jusques au bout, sans riens y perdre que le dormir d'une nuyt.
85 Le mary, la voiant avec son bon visage, dit en soy mesme: « Si
elle sçavoit ma bonne fortune, elle ne me feroit pas si bonne
chere. » Et, en parlant à elle de plusieurs propoz, la preind par la
main, et avisa qu'elle n'avoit point l'anneau, qui ne luy departoit
jamais de son doigt. Dont il deveint tout transi, et luy demanda
90 en voys tremblente: « Qu'avez vous fait de votre anneau? »
Mais elle, qui fut bien ayse qu'il la metoit au propoz qu'elle
avoit envye luy tenir, luy dit: « O le plus mechant de tous les
hommes, à qui est ce que vous le cuydez avoir oté? Vous pensiez
bien que ce fut à ma chambriere, pour l'amour de laquelle vous
95 avez dependu plus des deus partz de voz biens, que jamais ne
feites pour moy. Car, à la premiere fois que vous y ettes venu
coucher, je vous ai jugé homme tant amoureus d'elle qu'il
n'etoit possible de plus. Mais, apres que futes sailly dehors et
puys encores retourné, sembloit que fussiez un Diable sans ordre
100 ne mesure. O malheureus, pensez quel aveuglement vous a prins
de louer tant mon cors et mon embompoint, dont par si long tems
vous seul avez eté jouÿssant, sans en faire grande estime. Ce n'est

doncq' pas la beauté et l'embompoint de votre chambriere qui
vous a fait trouver ce plaisir si agreable, mais c'est le peché infame
de la vilaine concupiscence qui brule votre cueur, et vous rend 105
les sens si hebetez, que, par la fureur en laquelle vous metoit
l'amour de cette chambriere, je croi que vous eussiez pris une
chevre coiffée pour une belle fille. Or il est tems, mon mary, de
vous corriger, et vous contenter autant de moy, en me connoisçant
votre et femme de bien, que vous avez fait, pensant que je fusse 110
une pauvre mechante. Ce que j'ai fait a eté pour vous retirer de
votre malheureté, à fin que sur notre vieillesse nous vivons en
bonne amytié et repoz de conscience. Car, si vous voulez continuer la vie passée, j'ayme mieus me separer de vous, que de
voir de jour en jour la ruyne de votre ame, de votre cors et de voz 115
biens devant mes yeus. Mais, s'il vous plait reconnoitre votre
fauce opinion, vous deliberant vivre selon Dieu, gardant ses com-
mandementz, j'oublirai toutes les fautes passées, comme je veuil
que Dieu oublye l'ingratitude de ne l'aymer comme je doi. »

Qui fut bien ebaÿ et desesperé, ce fut ce pauvre mary, voiant sa 120
femme tant sage, belle et chaste, avoir eté delaissée de luy pour
une qui ne la valoit pas, et, qui pis est, avoir eté si malheureus que
de la faire mechante sans son sceu, et de faire participer un autre
au plaisir qui n'etoit que pour luy seul, se forgea[nt] en luy
mesme des cornes de perpetuelle moquerie. Mais, voiant sa femme 125
assez courroucée de l'amour qu'il avoit portée à sa chambriere,
se garda bien de luy dire le mechant tour qu'il luy avoit fait, et en
luy demandant pardon, avec promesse de changer entierement
sa mauvaise vie, luy rendit l'anneau qu'il avoit repris de son
compagnon, auquel il pria de ne reveler point sa honte. Mais, 130
comme de toutes choses dites à l'aureille et preschées souz le
tect,⁵ quelque tems apres, la verité en fut connue et l'appeloit on
coqu sans la honte de sa femme.

Il me semble, mes Dames, que, si tous ceus qui ont fait de
pareilles offences à leurs femmes etoient punis de semblable 135
punition, Hircain et Saffredan devroient avoir belle peur. »
Saffredan luy dit : « Et dea, Longarine, n'y en a il point en la
compagnie d'autres mariez qu'Hircain et moy?— Si a bien, repondit elle, mais non pas qui vousissent jouer un tel tour.— Où avez
vous veu, repliqua Saffredan, que nous ayons pourchassé les 140

chambrieres de noz femmes ?— Si celles à qui il touche, dit Longarine, vouloient dire verité, l'on trouveroit bien chambriere à qui
l'on a donné congé avant son quartier.[6]— Vrayement, dit Geburon, vous ettes une bonne Dame, qui, en lieu de faire rire la
145 compagnie, comme vous avez promis, metez ces deus pauvres
gens en colere.— C'est tout un, dit Longarine, mes qu'ilz ne
vienent point à tirer les epées, leur colere ne fera que redoubler
notre rire.— Mais il est bon ![7] dit Hircain. Si noz femmes vouloient
croire cette Dame, elle brouilleroit le meilleur menage qui soit
150 en la compagnie.— Je sçai bien devant qui je parle, dit Longarine.
Car voz femmes sont si sages et vous ayment tant, que, quand
vous leur feriez des cornes aussi poisentes que celles d'un dain,
encores voudroient elles persuader à tout le monde que ce sont
chapeaus de roses. »

155 La compagnie et mesmes ceus à qui il touchoit se preindrent
tant à rire, qu'ilz meirent fin à leur propoz. Mais Dagoncin, qui
n'avoit encores sonné mot, ne se peut tenir de dire: « L'homme
est bien deraisonnable quand il a de quoy se contenter et veut
cercher autre chose. Car j'ai veu souvent, pour cuyder trouver
160 mieus et ne se contenter de la suffisance, que l'on tombe en pis, et
n'est on point plaint; car l'inconstance est tousjours blamée. »
Symontaut luy dit: « Mais que ferez vous à ceus qui n'ont pas
trouvé leur moitié ?[8] Appelez vous inconstance de la cercher en
tous lieus où on la peut trouver?— Pour ce que l'homme ne peut
165 sçavoir, dit Dagoncin, où est cette moitié dont l'union est si egale
qu'une partie ne differe de l'autre, il faut qu'il s'arrette où Amour
le contraind; et, pour quelque occasion qui puisse avenir, ne
change le cueur ny la volonté. Car, si celle que vous aymez est
tellement semblable à vous et d'une mesme volonté, ce sera vous
170 que vous aymerez, et non pas elle.— Dagoncin, dit Hircain, vous
voulez tomber en une fauce opinion, comme si nous devions
aymer les femmes sans en ettre aymez.— Hircain, dit Dagoncin,
je veuil dire que, si notre amour est fondée sur la beauté, bonne
grace, amour et faveur d'une femme, et notre fin soit plaisir,
175 honneur ou profit, l'amour ne peut longuement durer. Car, si la
chose sur laquelle nous la fondons defaut, notre amour s'envole
hors de nous. Mais je suis ferme en mon opinion, que celuy qui
ayme, n'ayant autre fin ne desir que de bien aymer, laissera plus
tot son ame par la mor, que cette forte amour saille de son

cueur.— Par ma foy, dit Symontaut, je ne croi pas que jamais 180
vous ayés eté amoureus. Car, si vous aviez senti ce fœu comme les
autres, vous ne nous pindriez point icy la Republique[9] de Platon,
qui s'ecrit et ne s'experimente point.— Si, j'ai aymé, dit Dagoncin, j'ayme encores, et aymerai tant que vivrai. Mais j'ai si
grand' peur que la demonstration face tor à la perfection de mon 185
amour, que je crain que celle de qui je devroie desirer l'amitié
semblable, l'entende. Et mesmes je n'ose penser ma pensée, de
peur que mes yeus en revelent quelque chose. Car tant plus je tien
ce fœu celé et couvert, et plus en moy croist le plaisir de sçavoir
que j'ayme perfettement.— Ha, par ma foy, dit Geburon, si ne 190
croi je pas que vous ne fussiez bien aise d'ettre aymé.— Je ne di
pas le contraire, dit Dagoncin, mais quand je seroie autant aymé
que j'ayme, si n'en sçauroit croitre mon amour, non plus que
diminuer pour ettre aussi peu aymé que j'ayme for. » A l'heure
Parlamante, qui soupçonnoit sa fantasie, luy dit: « Donnez vous 195
garde, Dagoncin. Car j'en ai veu d'autres que vous, qui ont mieus
aymé mourir que parler.— Ceus là, ma Dame, dit Dagoncin,
j'estime tresheureus.— Voire, dit Saffredan, et dignes d'ettre mis
au reng des Innocens, desquelz l'Eglise chante: *Non loquendo, sed
moriendo confessi sunt.*[10] J'ai tant oÿ parler de ces transis d'Amour, 200
mais encores n'en vi je jamais mourir un. Et puis que je suis
echapé, veuz les ennuys que j'en ai portez, je ne pense point que
jamais autre en puisse mourir.— Ha, Saffredan, dit Dagoncin,
vous voulez doncq' ettre aymé, et ceus de votre opinion n'en
meurent jamais. Mais j'en sçai assez bon nombre qui ne sont 205
mortz d'autre maladie que d'aymer perfettement.— Or, puis que
vous en sçavez des histoires, dit Longarine, je vous donne ma voys
pour nous en raconter quelque bonne, qui sera la neufieme de
cette journée. »

La perfette amour qu'un gentilhomme portoit à une Damoyselle, par ettre trop celée et meconnue, le mena à la mor, au
grand regret de s'amye.

« A fin, dit Dagoncin, que les signes et miracles,[1] suyvant ma
veritable parole, vous puissent induire à y ajouter foy, vous alle-
guerai ce qui aveint il n'y a pas encores troys ans.

Entre Dauphiné et Provence[2] y avoit un gentilhomme beau-
5 coup plus riche de vertu, beauté et honnetteté que d'autres biens,
lequel ayma tant une Damoyselle, que je ne nommerai, pour
l'amour de ses parens qui sont venuz de bonnes et grandes
maisons. Mais asseurez vous que la chose est veritable. Et, à cause
qu'il n'etoit de maison de mesme elle,[3] n'ausoit decouvrir son
10 affection. Car l'amour qu'il luy portoit etoit si grande et perfette,
qu'il eut mieus aymé mourir que de desirer une seule chose qui
eut eté à son deshonneur. Et, se voiant de si bas lieu au pris d'elle,
n'avoit nul espoir de l'epouser. Parquoy son amour n'etoit fondée
sur nulle fin, si non de l'aymer de tout son pouvoir, le plus
15 perfettement qu'il luy etoit possible. Ce qu'il feit si longuement,
qu'à la fin elle en eut quelque conscience. Et, voiant l'honnette
amytié qu'il luy portoit, tant plene de vertuz et bons propos, se
sentoit fort honorée d'ettre aymée d'un si vertueus personnage, et
luy faisoit tant de bonne chere, que luy, qui ne l'avoit pretendue
20 meilleure, se contentoit tresfor.
Mais la malice, ennemye de tout repoz, ne peut souffrir cette
honnette et heureuse vie. Car quelques uns alerent dire à la mere
de la fille qu'ilz s'ebaÿssoient que ce gentilhomme pouvoit tant
faire en sa maison, et que l'on soupçonnoit que la beauté de sa
25 fille le y tenoit plus qu'autre chose, pour le voir si souvent parler
à elle. La mere, qui ne se doutoit en façon quelconque de l'honnetteté du gentilhomme, duquel elle se tenoit aussi asseurée que
de ses propres enfans, fut for marrye d'entendre qu'on le prenoit
en mauvaise par, tant qu'à la fin, craignant le scandale par la

malice des hommes, le pria, pour quelque tems, ne hanter en sa 30
maison comme il avoit accoutumé, chose qu'il trouva de mauvaise
digestion, sçachant que les honnettes propoz qu'il tenoit à sa fille
ne meritoient point tel eloingnement. Toutesfois, pour faire taire
les mauvaises langues, se retira tant de tems, que le bruyt cessa; et
y retourna comme il avoit accoutumé, n'ayant son absence 35
amoindri sa bonne volonté. Mais, etant en la maison, entendit
que l'on parloit de marier cette fille avec un gentilhomme qui luy
sembloit n'ettre point si riche, qu'il luy deut tenir le tor d'avoir
s'amye plus tot que luy. Et commença à prendre cueur et employer ses amys pour parler de sa par, pensant que, si le choys en 40
etoit baillé à la Damoyselle, qu'elle le prefereroit à l'autre. Toutesfois, la mere de la fille et les parens eleurent l'autre, pour ce qu'il
etoit beaucoup plus riche; dont le pauvre gentilhomme preind tel
deplaisir, sachant que s'amye perdoit autant de contentement que
luy, que peu à peu, sans autre maladie, commença à diminuer, et 45
en peu de tems changea de telle sorte, qu'il sembloit qu'il couvrit
la beauté de son visage du masque de la Mor, où d'heure à heure
il aloit joyeusement.

Si est ce qu'il ne se pouvoit garder d'aler quelquesfois, et le plus
souvent qu'il luy etoit possible, parler à celle qu'il aymoit tant. 50
Mais, à la fin, la force luy faillit, et fut contraint garder le lyt;
dont il ne voulut avertir celle qu'il aymoit, pour ne luy donner
part de son ennuy. Et, se laissant ainsi aler au desespoir et à la
tristesse, perdit le boire et le manger, le dormir et le repoz, en
sorte qu'il n'etoit possible le reconnoitre, pour la maigreur et 55
l'etrange visage qu'il en avoit. Quelcun en avertit la mere de
s'amye, qui etoit Dame for charitable, et d'autre par aymoit tant
le gentilhomme, que, si tous les parens eussent eté de l'opinion
d'elle et de sa fille, ilz eussent preferé l'honnetteté de luy à tous
les biens de l'autre. Mais les parens du coté du pere n'y voulurent 60
entendre. Toutesfois, avecq' sa fille, ala visiter le pauvre malade,
qu'elle trouva plus mort que vif. Et, connoisçant la fin de sa vie
approcher, s'etoit le matin confessé et avoit receu le saint sacrement, pensant mourir sans plus voir personne. Mais luy, à deus
doigtz de la mor, voiant entrer celle qui etoit sa vie et resurrec- 65
tion,[4] se sentit si fortifié, qu'il se jeta en sursaut sur son lyt,
disant à la Dame: «Quelle occasion vous a meue, ma Dame, de
venir visiter celuy qui a desja le pié en la fosse, et de la mor

duquel vous ettes cause?— Comment? dit la Dame. Seroit il
70 bien possible que celuy que nous aymons tant peut recevoir la mor
par notre faute? Je vous prie, dites moy pour quelle raison vous
tenez ces propoz.— Ma Dame, ce luy dit il, combien que tant
qu'il m'a eté possible j'aye dissimulé l'amour que je porte à ma
Damoyselle votre fille, si est ce que mes parens, parlans du
75 mariage d'elle et de moy, en ont plus declaré que je ne vouloi,
veu le malheur qui m'est avenu d'en perdre l'esperance, non pour
mon plaisir particulier, mais pour ce que je sçai qu'avec nul
autre ne sera jamais si bien traitée ny tant aymée qu'elle eut eté
avecques moy. Le bien que je voi qu'elle perd du meilleur et plus
80 affectionné amy qu'elle ait en ce monde, me fait plus de mal que
la perte de ma vie, que pour elle seule je vouloi conserver. Toutesfois, puis qu'elle ne luy peut de rien servir, ce m'est grand gain
de la perdre. »
   La mere et la fille, oyant ces propoz, meirent pene de le recon-
85 forter, et luy dit la mere: « Prenez bon courage, mon amy, et je
vous promey ma foy que, si Dieu vous redonne santé, jamais ma
fille n'aura autre mary que vous, et la voicy presente, à laquelle je
commande vous en faire promesse. » La fille, en plorant, meit pene
de luy donner seureté de ce que sa mere prometoit. Mais luy,
90 connoisçant bien qu'ores qu'il eut recouvré sa santé, il n'auroit
pas s'amye, et que les bons propoz qu'elle tenoit n'etoient seulement que pour essayer à le faire un peu revenir, leur dit que, si
ce langage luy eut eté tenu il y avoit troys mois, qu'il eut eté le
plus sain et plus heureus gentilhomme de France; mais que le
95 secours venoit si tard qu'il ne pouvoit ettre creu ny esperé. Et,
quand il vid qu'elles s'efforçoient de le faire croire, leur dit:
« Or, puis que je voi que me promettez le bien qui jamais ne me
peut avenir, encores que vous le voulussiez, pour la foiblesse
où je suis, je vous en demande un autre beaucoup moindre que
100 jamais je n'eu la hardiesse de requerir. »
   A l'heure, toutes deus le luy jurerent, et dirent qu'il demandat
hardiment. « Je vous supply, dit il, que vous me donnez entre mes
bras celle que vous me promettez pour femme, et luy commandez
qu'elle m'embrasse et baise. » La fille, qui n'avoit point accoutumé
105 telles privautez, en cuyda faire difficulté, mais la mere le luy commanda expressement, voiant qu'il n'y avoit plus en luy sentiment
ny force d'homme vif. La fille doncq', par commandement,

s'avança sur le lyt du pauvre malade, luy disant: « Mon amy, rejouïssez vous. » Le pauvre languissant, le plus for qu'il peut en son extreme foiblesse, etendit ses bras tout denuez de chair et de sang, et avecq' toute la force de son cors embrassa la cause de sa mor. Et, en la baisant de sa pale et froide bouche, la teint le plus longuement qu'il luy fut possible, et luy dit: « L'amour que je vous ai portée a eté si honnette, que jamais, hors maryage, ne souhetai de vous autre bien que celuy que j'ai maintenant, avec lequel je rendrai joyeusement mon esprit à Dieu, qui est perfette amour et charité, lequel connoit la grandeur de mon amour, luy supplyant, laissant le cors entre voz bras, recevoir l'esprit entre les siens. » Et, en ce disant, la reprend entre ses bras par une telle vehemence, que, le cueur affoibly ne pouvant porter cet effor, fut abandonné de toutes ses vertuz et espritz. Car la joye les feit tellement dilater que le siege de l'ame luy faillit, et s'envola à son Createur. Et, combien que le pauvre cors demeurat longuement sans vie, et pour cette occasion ne pouvoit plus tenir sa prise, toutesfois l'amour que la Damoyselle avoit tousjours celée se declara à l'heure si for, que la mere et les serviteurs du mort eurent bien à faire[5] à separer cette union. Mais à force oterent la vive, pis que morte, d'entre les bras du mort, qu'ilz feirent honorablement enterrer. Mais le plus grand triomphe des obseques furent les larmes, les pleurs et les crys de cette pauvre Damoyselle, qui d'autant plus se declara apres la mor, qu'elle s'etoit dissimulée durant la vie, quasi comme satisfaisant au tor qu'elle luy avoit tenu. Et depuis, comme j'ai entendu, quelque mary qu'on luy donnat pour l'appaiser, n'a jamais eu joye en son cueur.

Vous semble il, Messieurs, qui n'avez voulu croire à ma parole, que cet exemple ne soit pas suffisant pour vous faire confesser que perfette amour mene les gens à la mor, par ettre trop celée et meconnue? Il n'y a nul de vous qui ne connoisce les parens d'un coté et d'autre. Parquoy n'en pouvez plus douter, et nul qui ne l'a experimenté ne le peut croire. »

Les Dames, oyant cela, eurent toutes la larme à l'œil. Mais Hircain leur dit: « Voyla le plus grand fol dont j'oÿ jamais parler. Est il raisonnable, par votre foy, que nous mourons pour les femmes, qui ne sont faites que pour nous, et que nous craindons leur demander ce que Dieu leur commande nous donner? Je n'en

parle pour moy, ny pour tous les mariez. Car j'ai autant ou plus
de femmes qu'il ne m'en faut, mais je di cecy pour ceus qui en
ont necessité, lesquelz me semblent ettre sotz de craindre celles à
qui ilz devroient faire peur. Et ne voyez vous pas bien le regret
150 que cette pauvre Damoyselle avoit de sa sotie? Car, puis qu'elle
embrassoit le cors mort, chose repugnante à nature, elle n'eut
point refusé le cors vivant, s'il eut usé d'aussi grand' audace,
qu'il feit de pitié en mourant.— Toutesfois, dit Oysille, si montra
bien le gentilhomme l'honnette amytié qu'il luy portoit, dont il
155 sera à jamais louable devant tout le monde. Car trouver chasteté
en un cueur amoureus est chose plus divine qu'humaine.— Ma
Dame, dit Saffredan, pour confirmer le dire d'Hircain, auquel je
me tien,[6] je vous supplye croire que fortune ayde aus audacieus,
et qu'il n'y a homme, s'il est aymé d'une Dame, mes qu'il sçache
160 poursuyvre sagement et affectionnement, qu'à la fin n'en ait du
tout ou en partie ce qu'il demande. Mais l'ignorance et la fole
crainte font perdre aus hommes beaucoup de bonnes aventures,
et si ilz fondent leur perte sur la vertu de leur amye, laquelle n'ont
jamais experimentée du bout du doigt seulement. Car oncques
165 place ne fut bien assaillie qu'elle ne fut prise.— Mais, dit Parlamante, je m'ebaÿ de vous deus comme vous ausez tenir telz
propoz. Celles que vous avez aymées ne vous sont gueres tenues,
ou votre adresse a eté en si mechant lieu que vous estimez les
femmes toutes pareilles.— Ma Damoyselle, dit Saffredan, quant
170 est de moy, je suis si malheureus que je n'ai de quoy me vanter;
mais si ne puis tant attribuer mon malheur à la vertu des Dames
qu'à la faute de n'avoir assez sagement entrepris ou bien prudemment conduit mon affaire; et n'allegue pour tous Docteurs, que la
vieille du *Rommant de la Rose*, laquelle dit:

175   Nous sommes faitz, beaus fiz, sans doutes,
            Toutes pour tous, et tous pour toutes.[7]

Parquoy je ne croirai jamais que, si l'amour est une fois au
cueur d'une femme, que l'homme n'en ait bonne issue, s'il ne
tient à sa beterie. » Parlamante luy dit: « Et si je vous en nommoie
180 une, bien aymante, bien requise, pressée et importunée, toutesfois
femme de bien, victorieuse de son cueur, de son cors, d'amour et
de son amy, avouriez vous que la chose veritable soit possible?—
Vrayement, dit il, ouy. » . . .

NOUVELLE DOUZIEME

Le Duc de Florence, n'ayant jamais peu faire entendre à une Dame l'affection qu'il luy portoit, se decouvrit à un gentil-homme, frere d'elle, et le pria l'en faire jouÿr. Ce qu'apres plusieurs remontrances au contraire, luy accorda de bouche seulement. Car il le tua dedans son lyt, à l'heure qu'il esperoit avoir victoire de celle qu'il avoit estimée invincible. Et ainsi delivrant sa patrie d'un tel tyran, sauva sa vie et l'honneur de sa maison.

Dagoncin, remerciant Nommerfide de la bonne estime qu'elle avoit de son bon sens, commença à dire: « L'histoire que j'ai deliberé vous raconter est pour vous faire voir comment Amour aveuglit les plus grans et honnettes cueurs, et comme une mechanceté est difficile à vincre par quelque benefice ou bien que ce soit.   5

Depuis dys ans en çà, en la ville de Florence y avoit un Duc[1] de la maison de Medicis, lequel avoit epousé ma Dame Marguerite,[2] fille batarde de l'Empereur. Et pour ce qu'elle etoit encores si june qu'il ne luy etoit licite coucher avec elle, attendant son aage, la traita for doucement. Car, pour l'epargner, fut amoureus   10
de quelques autres Dames de la ville, qu'il aloit voir la nuyt, tandis que sa femme dormoit. Entre autres, le fut d'une for belle, sage et honneste Dame,[3] laquelle etoit sœur d'un gentilhomme que le Duc aymoit comme soy mesme, et auquel il donnoit tant d'authorité en sa maison, que sa parole etoit obeÿe et crainte   15
comme celle du Duc, qui n'avoit secret en son cueur qu'il ne luy declarat, en sorte qu'on le pouvoit nommer le second luy mesme.
Et voiant le Duc la sœur de ce gentilhomme ettre si femme de bien qu'il n'avoit moien de luy declarer l'amour qu'il luy portoit, apres avoir cerché toutes les occasions à luy possibles, veint à ce   20
gentilhomme qu'il aymoit tant, et luy dit: « S'il y avoit chose en ce monde, mon amy, que je ne vousisse faire pour vous, je craindroie à vous declarer ma fantasie, et encores plus vous prier m'y ettre aydant; mais je vous porte tant d'amour, que, si j'avoi

25 femme, mere ou fille, qui peut servir à sauver votre vie, je les
emploiroie plus tot que de vous laisser mourir en ce torment, et
j'estime l'amour que vous me portez ettre reciproque à la miene;
et que si moy, qui suis votre maitre, vous porte telle affection, pour
le moins ne me la sçauriez porter moindre. Parquoy je vous
30 declarerai un secret, dont le taire me met en l'etat que voiez,
duquel n'espere amandement que par la mor ou par le service
que m'y pouvez faire. »

Le gentilhomme, oyant les raisons de son maitre, et voiant son
visage non fint, tout bagné de larmes, en eut si grande compassion
35 qu'il luy dit : « Monsieur, je suis votre creature, tout le bien et
honneur que j'ai en ce monde vient de vous. Vous pouvez parler
à moy comme à votre ame, etant seur que ce qui sera en ma
puissance est en voz mains. » A l'heure, le Duc commença à luy
declarer l'amour qu'il portoit à sa sœur, qui etoit si grande et si
40 forte, que, si par son moien il n'en avoit la jouïssance, il ne voioit
pas qu'il peut vivre longuement, car il sçavoit bien qu'envers elle
prieres ne presens ne servoient de rien. Parquoy le pria que, s'il
aymoit sa vie autant que luy la siene, trouvat moien de luy recouvrer le bien que sans luy n'esperoit jamais avoir.

45 Le frere, qui aymoit sa sœur et l'honneur de sa maison plus que
le plaisir du Duc, luy voulut faire quelques remontrances, le supplyant en tous autres endroits le vouloir employer, hors mis en
une chose si cruelle à luy, que de pourchasser le deshonneur de
son sang, et que son cueur et son honneur ne se pouvoient accorder
50 à luy faire ce service. Le Duc, enflammé d'un courrous importable,
meit le doigt à ses dens, se mordant l'ongle, et luy repondit par
grand' fureur : « Or bien, puis que je ne trouve en vous nulle
amytié, je sçai que j'ai à faire. » Le gentilhomme, connoisçant la
cruauté de son maitre, eut crainte et luy dit : « Monseigneur, puis
55 qu'il vous plait, je parlerai à elle et vous dirai sa reponse. » Le Duc
luy repondit, en se departant de luy : « Si vous aymez ma vie, aussi
ferai je la votre. »

Le gentilhomme entendit bien que cette parole vouloit dire, et
fut un jour ou deus sans voir le Duc, pensant ce qu'il auroit à
60 faire. D'un coté, luy venoit au devant l'obligation qu'il avoit à
son maitre, les biens et honneurs qu'il avoit receus de luy; de
l'autre coté, l'honneur de sa maison, l'honnetteté et chasteté de sa
sœur, qu'il sçavoit bien ne se devoir jamais consentir à telle

mechanceté, si par sa tromperie elle n'etoit prise à force, chose si
etrange qu'à jamais luy et les siens seroient diffamez. Preind 65
conclusion de ce different, qu'il aymoit mieus mourir que de faire
un si mechant tour à sa sœur, l'une des plus femmes de bien[4] de
toute l'Italie, mais que plus tot devoit delivrer sa patrie d'un tel
tyran que par force vouloir mettre une telle tache en sa maison.
Car il se tenoit tout asseuré que la vie des siens n'etoit pas asseurée 70
sans faire mourir le Duc. Parquoy, sans en parler à sa sœur ny à
creature du monde, delibera de sauver sa vie et venger sa honte
par un mesme moien. Et, au bout de deus jours, s'en veint au
Duc et luy dit comme, non sans grand' pene, il avoit tant bien
pratiqué sa sœur, qu'à la fin elle s'etoit consentie à faire sa 75
volonté, pourveu qu'il luy pleut tenir la chose si secrete, que nul
que son frere n'en eut connoiscence.

Le Duc, qui desiroit cette nouvelle, la creut facilement; et, en
embrassant le messager, luy prometoit tout ce qu'il luy sçauroit
demander, le priant de bien tot executer son entreprise; et prein- 80
drent jour ensemble. Si le Duc fut ayse, il ne le faut point demander.
Et, quand il vid approcher la nuyt tant desirée en laquelle il
esperoit avoir la victoire de celle qu'il avoit estimée invincible, se
retira de bonne heure tout seul avec ce gentilhomme. Et n'oublya
pas de s'acoutrer de coiffes et chemises perfumées le mieus qu'il 85
luy fut possible. Et, quand chacun fut retiré, s'en ala avec ce
gentilhomme au logis de sa Dame en une chambre for bien en
ordre.

Le gentilhomme le depouilla de sa robe de nuyt et le meit dans
le lyt, luy disant: « Monseigneur, je vous vai querir celle qui 90
n'entrera pas en cette chambre sans rougir, mais j'espere qu'avant
le matin elle sera asseurée de vous.[5] » Sur ce propos laissa le Duc,
et s'en ala en sa chambre, où il ne trouva qu'un seul homme[6] de
ses gens, auquel il dit: « Aurois tu bien le cueur de me suyvre en
un lieu où je me veuil venger du plus grand ennemy que j'aie en 95
ce monde? » L'autre, ignorant ce qu'il vouloit faire, luy dit:
« Ouy, Monsieur, et fut ce contre le Duc mesme. » A l'heure le
gentilhomme le mena si soudin, qu'il n'eut loysir de prendre
autres armes qu'un poinegnal qu'il avoit.

Et, quand le Duc l'oÿt revenir, pensant qu'il luy amenat celle 100
qu'il aymoit tant, ouvrit son rideau et ses yeus pour regarder et
recevoir le bien qu'il avoit tant attendu. Mais, en lieu de voir

celle dont il esperoit la conservation de sa vie, va voir la precipi-
tation de sa mor, qui etoit une epée toute nue que le gentilhomme
105 avoit tirée, de laquelle il frapa le Duc qui etoit tout en chemise;
lequel, denué d'armes et non de cueur, se meit en son seant
dedans le lyt et preind le gentilhomme au travers du cors, en luy
disant: « Est ce icy la promesse que vous me tenez? » Et, voiant
qu'il n'avoit autres armes que les dentz et les ongles, mordit le
110 gentilhomme au pouce; et à force de bras se defendit tant, que
tous deus tomberent en la ruelle du lyt. Le gentilhomme, qui
n'etoit trop asseuré, appela son serviteur, lequel, trouvant le Duc
et son maitre si liez ensemble qu'il ne sçavoit lequel choisir, les
tira tous deus par les piez au mylieu de la place, et avec son
115 poingnal s'essaya à couper la gorge du Duc, lequel se deffendit jusques à ce que la perte de son sang le rendit si foible qu'il n'en
pouvoit plus. Alors le gentilhomme et le serviteur le meirent dans
son lyt, où à coupz de poingnal acheverent de le tuer; puis,
tirans le rideau, s'en alerent et enfermerent le cors mort en sa
120 chambre.

Et, quand il se vid victorieus de son grand ennemy, par la mor
duquel il pensoit mettre en liberté la Chose Publique,[7] pensa que
son œuvre seroit imperfet, s'il n'en faisoit autant à cinq ou sys de
ceus qui etoient les plus prochins du Duc; et, pour en venir à fin,
125 dit à son serviteur qu'il les ala querir l'un apres l'autre, pour en
faire comme ilz avoient fait du Duc. Le serviteur, qui n'etoit
hardy ny fol, luy dit: « Il me semble, Monsieur, que vous en avez
assez fait pour cette heure, et que vous feriez mieus de penser à
sauver votre vie, que de la vouloir oter aus autres. Car, si nous
130 demeurions autant à defaire chacun d'eus, comme nous avons
fait à defaire le Duc, le jour decouvriroit plus tot notre entreprise
que ne l'aurions mise à fin, encores que nous les trouvissions sans
defence. »

Le gentilhomme, la mauvaise conscience duquel le rendit crain-
135 tif, creut son serviteur; et, le menant seul avec soy, s'en ala à un
Evesque[8] qui avoit charge de faire ouvrir les portes de la ville et
commander aus postes. Ce gentilhomme luy dit: « J'ai eu ce soir
des nouvelles qu'un mien frere[9] est à l'article de la mor. Je vien
de demander congé au Duc, lequel me l'a donnè. Parquoy, je
140 vous prie mander au poste me bailler deus bons chevaus, et au
portier de la ville m'ouvrir les portes. » L'Evesque, qui n'estimoit

moins sa priere que le commandement du Duc, son maitre, luy
bailla incontinent un bultin, par vertu duquel la porte luy fut
ouverte et les chevaus baillez, ainsi qu'il demandoit. Et, en lieu
d'aler voir son frere, s'en ala à Venise où il se feit guerir des   145
morsures que le Duc luy avoit faites, puis s'en ala en Turquie.[10]
    Le matin, tous les serviteurs du Duc, qui le voioient demeurer
si tard à revenir, soupçonnerent qu'il etoit alé voir quelque Dame.
Mais, voians qu'il demeuroit tant, commencerent à le cercher de
tous cotez. La pauvre Duchesse, qui commençoit fort à l'aymer,   150
sachant qu'on ne le trouvoit point, fut en grand' pene. Mais,
quand le gentilhomme qu'il aymoit tant ne fut non plus veu que
luy, on ala en sa maison le cercher, et, trouvant du sang à la porte
de sa chambre, on entra dedans. Mais il n'y eut homme ny
serviteur qui en sceut dire nouvelles; et, suyvant les traces du   155
sang, veindrent les pauvres serviteurs du Duc à la porte de la
chambre où il etoit, qu'ilz trouverent fermée. Mais bien tot
eurent rompu l'huys; et, voians la place toute pinte de sang,
tirerent le rideau du lyt et trouverent le pauvre cors endormy en
son lyt du dormir sans fin.   160
    Vous pouvez penser quel deuil menerent ses pauvres serviteurs,
qui apporterent le cors en son palais, où arriva l'Evesque, qui
leur conta comme le gentilhomme etoit party la nuyt en diligence,
sous couleur d'aler voir son frere. Parquoy fut connu clairement
que c'etoit luy qui avoit fait le meurdre, et fut aussi trouvé que   165
jamais sa pauvre sœur n'en avoit oÿ parler. Laquelle, combien
qu'elle fut etonnée du cas avenu, si est ce qu'elle en aima d'avantage son frere, qui l'avoit delivrée de l'infamie d'un si cruel Prince
ennemy, et sans avoir epargné le hazard de sa propre vie; et continua de plus en plus sa vie honnette en vertuz, tellement que,   170
combien qu'elle fut pauvre, pour ce que les biens de sa maison
furent confisquez, si trouverent sa sœur et elle des marys[11] autant
honnettes et riches hommes qu'il y en eut point en Italie, et ont
depuis vecu en bonne et grande reputation.

    Voyla, mes Dames, qui vous doit bien faire craindre ce petit   175
Dieu, qui prend plaisir à tormenter autant les Princes que les
pauvres, et les fortz que les foibles, [et] qui les aveuglit jusques
à oublyer Dieu, leur conscience, et à la fin leur propre vie. Et
doivent bien craindre les Princes et ceus qui sont en authorité, de

180 faire deplaisir à moindre qu'eus. Car il n'y a nul si petit qui ne
puisse nuyre, quand Dieu se veut venger du pecheur, ne si grand
qui sceut mal faire à celuy qui est en sa garde. »

Cette histoire fut bien ecoutée de toute la compagnie, mais elle
y engendra diverses opinions. Car les uns soutenoient que le
185 gentilhomme avoit fait son devoir de sauver sa vie et l'honneur de
sa sœur, ensemble d'avoir delivré sa patrie d'un tel tyran. Les
autres disoient que non, mais que c'etoit trop grande ingratitude
de mettre à mor celuy qui luy avoit fait tant de bien et d'honneur.
[Les Dames disoient qu'il etoit bon frere et vertueus citoyen; les
190 hommes, au contraire, qu'il etoit traitre et mechant serviteur. Et
faisoit fort bon oÿr les raisons alleguées des deus cotez.] Mais les
Dames, selon leur coutume, parloient autant par passion que par
raison, disant que le Duc etoit si digne de mor, que bien heureus
etoit celuy qui avoit fait le coup. Parquoy Dagoncin, voiant le
195 grand debat qu'il avoit emeu, dit: « Pour Dieu, mes Dames, ne
prenez point querelle pour une chose desja passée, mais gardez
que voz beautez ne facent point faire de plus cruelz meurdres que
celuy que j'ai conté. » Parlamante luy dit: « La *Belle Dame sans
mercy*[12] nous a appreins à dire que si gracieuse maladie ne met
200 gueres de gens à mor.— Pleut à Dieu, ma Dame, dit Dagoncin,
que toutes celles qui sont en cette compagnie sceussent combien
cette opinion est fauce. Et je croi qu'elles ne voudroient point
avoir le nom d'ettre sans mercy, ne resembler à cette incredule,
qui laissa mourir un bon serviteur par faute d'une gracieuse
205 reponse.— Vous voudriez donc, dit Parlamante, pour sauver la vie
d'un qui dit nous aymer, que meissions notre honneur et conscience en danger.— Ce n'est pas ce que je vous di, repondit Dagoncin. Car celuy qui aymeroit perfettement craindroit plus à blesser
l'honneur de sa Dame qu'elle mesme. Parquoy il me semble bien
210 qu'une reponse honnette et gracieuse, telle que perfette et honneste amytié requiert, ne pourroit qu'accroitre l'honneur et
amander la conscience. Car il n'est pas vray serviteur, qui cerche
le contraire.— Toutesfois, dit Ennasuyte, si est ce tousjours la fin
de leurs oraisons, qui commencent par honneur et finissent par
215 le contraire. Et si tous ceus qui sont icy en veulent dire la verité,
je les en croi à leur serment.[13] » Hircain jura, quant à luy, qu'il
n'avoit jamais aymé femme, hors mise la siene, à qui il ne desirat
faire offenser Dieu bien lourdement. Autant en dit Symontaut, et

ajouta qu'il avoit souvent souhaité toutes les femmes mechantes, hors mise la siene. Geburon luy dit: «Vrayement, vous meritez que 220 la votre soit telle que vous desirez les autres. Mais, quant à moy, je puis bien jurer que j'ai tant aymé une femme, que j'eusse mieus aymé mourir, que pour moy elle eut faite chose dont je l'eusse moins estimée. Car mon amour etoit tant fondée en ses vertuz, que, pour quelque bien que j'en eusse sceu avoir, je n'y eusse voulu voir une 225 tache.» Saffredan se preind à rire, en luy disant: «Je pensoie, Geburon, que l'amour de votre femme et le bon sens qu'avez, vous eut mis hors d'ettre amoureus, mais je voi bien que non. Car vous usez encores des termes, dont nous avons accoutumé de tromper les plus fines et d'ettre ecoutez des plus sages. Car qui est celle qui nous 230 fermera ses oreilles, quand nous commencerons à l'honneur et à la vertu?[14] Mais, si nous leur montrions notre cueur tel qu'il est, il y en a beaucoup de bien venuz entre les Dames, de qui elles ne tiendroient conte. Mais nous couvrons notre Diable du plus bel Ange que nous pouvons trouver; et souz cette couverture, avant 235 d'ettre connuz, recevons beaucoup de bonnes cheres, et peut ettre attirons les cueurs des Dames si avant que, pensant aler droit à la vertu, quand elles connoiscent le vice, n'ont moien ny loysir de retirer leur pié.— Vrayement, dit Geburon, je vous pensoi autre que vous ne dites, et que la vertu vous fut plus 240 plaisante que le plaisir.— Comment? dit Saffredan. Est il plus grand' vertu que d'aymer comme Dieu le commande? Il me semble que c'est beaucoup mieus fait d'aymer une femme comme femme, que d'en idolatrer comme d'une image. Et quant à moy, je tien cette opinion ferme, qu'il vaut mieus en user que d'en 245 abuser.» Les Dames furent toutes du coté de Geburon, et contraindirent Saffredan de se taire; lequel dit: «Il m'est bien aysé de n'en plus parler. Car j'en ai eté si mal traité, que je n'y veuil plus retourner.— Votre malice, ce luy dit Longarine, est cause de votre mauvais traitement. Car qui est l'honnette femme qui vous 250 voudroit pour serviteur, apres les propos que vous nous avez tenus?— Celles qui ne m'ont point trouvé facheus, dit Saffredan, ne changeroient pas leur honnetteté à la votre.»

NOUVELLE DYS HUYTIEME

Un june gentilhomme ecolier, epris de l'amour d'une bien belle Dame, pour pervenir à ses attintes, vinquit l'amour et soy mesme, combien que maintes tentations se presentassent suffisentes pour luy faire rompre sa promesse, et furent toutes ses penes tornées en contentement et recompense telle que meritoit sa ferme, patiente, loyale et perfette amytié.

« Nous sçavons bien, dit Ennasuyte, que le Roy François est un Prince tant estimé que noz louenges ne sauroient attindre à ses merites, et que notre journée seroit plus tot passée que chacun en eut dit ce qu'il luy en semble. Parquoy je vous prie, ma Dame, ce
5 dit elle à Oysille, donnez votre voys à quelqu'un qui die encores du bien des hommes, s'il y en a. » Lors Oysille dit à Hircain : « Il me semble que vous avez tant accoutumé de dire mal des femmes, qu'il vous sera fort aysé de nous faire quelque bon conte à la louenge d'un homme ; qui me fait vous donner ma voys.— Ce me
10 sera chose bien aysée, repondit il. Car il n'y a gueres que l'on m'en a fait un à la louenge d'un gentilhomme, duquel l'amour, la fermeté et la patience est si louable, que je n'en doi laisser perdre la memoire.

En une des bonnes villes du Royaume de France y avoit un
15 seigneur de bonne maison, qui s'etoit mis aus Ecoles, desirant pervenir au savoir par lequel l'honneur et la vertu s'aquierent entre les hommes vertueus. Et, combien qu'il fut si sçavant, qu'etant en l'eage de dys set à dys huit ans il sembloit ettre la doctrine mesme et l'exemple des autres, Amour toutesfois ne
20 laissa point apres toutes ses leçons de luy chanter la siene. Et, pour ettre mieus oÿ et receu, se cacha souz le visage et les yeus de la plus belle Dame qui fut en tout le païs, laquelle etoit venue en la ville pour quelque proces. Mais, avant qu'Amour s'essayat de vincre ce gentilhomme par la beauté de cette Dame, il avoit gangné le
25 cueur d'elle, en voyant les perfections qui etoient en ce seigneur.

Car en beauté, bon sens, bonne grace et bons propoz, n'y avoit
homme, de quelque etat qu'il fut, qui le passat.

Vous, qui sçavez le prompt chemin que fait ce fœu, quand il
prend à l'un des boutz du cueur et de la fantasie, sautant incontinent jusques à l'autre, jugerez bien qu'en deus si perfetz sujetz 30
n'arreta gueres Amour, qu'il ne les eut tous deus à son commandement, et qu'il ne les rendit tous deus si remplis de sa claire
lumiere, que leur penser, vouloir et parler n'etoit que flamme de
cette amour. La junesse, qui en luy engendroit crainte, luy faisoit
pourchasser son affaire le plus doucement qu'il luy etoit possible. 35
Mais elle, qui etoit vincue d'Amour, n'avoit besoin de force.
Toutesfois, la honte qui accompagne les Dames le plus qu'elle
peut, la garda pour quelque tems de montrer sa volonté. Si est ce
qu'à la fin la forteresse du cueur, où l'honneur demeure, fut
ruynée de telle sorte que la pauvre Dame s'accorda à ce qu'elle 40
n'avoit point eté discordante.

Mais, pour experimenter la patience, fermeté et amour de son
serviteur, luy otroya ce qu'il demanda avec une trop difficile
condition, l'asseurant que, s'il la gardoit, à jamais l'aymeroit
perfettement, et que, s'il y failloit, il etoit seur de ne l'avoir de sa 45
vie : c'est qu'elle etoit contente de parler à luy dedans un lyt, tous
deus couchez en leurs chemises, par un si, qu'il ne luy demanderoit
rien d'avantage que la parole et le baiser. Luy, qui ne pensoit point
qu'il y eut joye digne de comparer à celle qu'elle luy prometoit,
luy accorda. Et, le soir venu, la promesse fut accomplie, de sorte 50
que, pour quelque bonne chere qu'elle luy feit, pour quelque tentation qu'il eut, ne voulut faucer son serment. Et, combien qu'il n'estimoit sa pene moindre que celle de Purgatoire, si fut son amour si
grande et son esperance si forte, etant seur de la continuation
perpetuelle de l'amytié qu'avec si grand' pene il avoit aquise, 55
qu'il garda sa patience et se leva d'aupres d'elle sans jamais la
prier de chose contre sa promesse. La Dame, comme je croi, plus
emerveillée que contente d'un tel tour, soupçonna incontinent,
ou que son amour n'etoit pas si grande qu'elle estimoit, ou qu'il
avoit trouvé en elle moins de bien qu'il ne pensoit. 60

Et, ne considerant point de quelle honnetteté, patience et
fidelité il usoit pour garder son serment, delibera de faire encore
une autre preuve de l'amour qu'il luy portoit, avant que de tenir
sa promesse. Et, pour y pervenir, le pria de parler à une fille qui

65 etoit en sa compagnie, plus june qu'elle et bien for belle, et qu'il
   luy teint propos d'amytié, à fin que ceus qui le voyoient si souvent
   venir en sa maison pensassent que ce fut pour sa Damoyselle, et
   non pour elle. Ce june seigneur, qui se tenoit seur d'ettre autant
   aymé qu'il aymoit, obeït entierement à ce qu'elle luy commanda,
70 et se contrindit, pour l'amour d'elle, faire l'amour à cette fille,
   qui, le voyant tant beau et bien parlant, creut sa mensonge plus
   qu'une autre bonne verité, et l'ayma autant que si elle eut eté
   bien fort aymée de luy. Et, quand la maitresse vid que les choses
   en etoient si avant, et que toutesfois ce seigneur ne cessoit la
75 sommer de sa promesse, luy accorda qu'il la veint voir à une heure
   apres mynuyt, et qu'elle avoit tant experimenté l'amour et
   l'obeïssance qu'il luy portoit, que c'etoit raison qu'il fut recom-
   pensé de sa longue patience. Il ne faut point douter de la joye
   qu'en receut cet affectionné serviteur, qui ne faillit d'y aler à
80 l'heure assignée.
      Mais la Dame, pour tenter la force de son amour, dit à sa belle
   Damoyselle: « Je sçai bien l'amour qu'un tel seigneur vous porte,
   et voi bien que n'avez moindre affection que luy, qui me fait
   avoir telle compassion de vous deus, que suis deliberée de vous
85 donner lieu et loysir de parler longuement ensemble à voz
   aises. » La Damoyselle fut si transportée, qu'elle ne luy sceut findre
   son affection, mais luy dit qu'elle n'y voulut faillir. Obeïssant
   doncq' à son conseil, et par son commandement, se depouilla et
   se meit en un beau lyt toute seule en une chambre, de laquelle la
90 Dame laissa la porte ouverte et aluma de la clairté dedans, qui
   faisoit que la beauté de cette fille pouvoit ettre veue clairement ;
   et, findant s'en aler, se cacha si bien aupres du lyt, qu'on ne la
   pouvoit voir.
      Son pauvre serviteur, la cuydant trouver comme elle luy avoit
95 promis, ne faillit à l'heure ordonnée entrer en la chambre le plus
   doucement qu'il luy fut possible ; et, apres avoir fermé l'huys et
   oté sa robe et ses brodequins fourrez, s'en ala mettre au lyt où il
   pensoit trouver ce qu'il desiroit. Et ne sceut si tot avancer ses braz,
   pour embrasser celle qu'il cuydoit ettre sa Dame, que la pauvre
100 fille n'eut aussi les siens autour de son cors, en luy disant tant de
   paroles affectionnées et d'un si beau visage, qu'il n'y a si saint
   Ermite qui n'y eut perdu ses paternotres. Mais, quand il la reconnut, tant par la veue que par l'ouÿe, l'amour, qui avec si grand'

hate l'avoit fait coucher, le feit encores plus tot lever, quand il
apperceut que ce n'etoit celle pour qui il avoit tant souffert. Et, 105
avec un depit tant contre sa maitresse que contre la Damoyselle,
luy dit: « Votre folie, et la malice de celle qui vous a mise là, ne
me sçauroit faire autre que je suis, mais metez pene d'ettre femme
de bien. Car, par mon occasion, ne perdrez point ce bon nom. »
Et, en ce disant, tant courroucé qu'il n'etoit possible de plus, 110
saillit hors de la chambre, et fut long tems sans retourner au logis
de sa Dame. Toutesfois Amour, qui n'est jamais sans esperance,
l'asseura que plus la fermeté de son affection etoit grande, plus
la jouÿssance en seroit longue et heureuse.

La Dame, qui avoit veu et entendu tous ces propoz, fut tant 115
contente et ebaÿe de voir la grandeur et fermeté de son amour,
qu'il luy tardoit bien qu'elle ne le pouvoit revoir, pour luy
demander pardon des maus qu'elle luy avoit faitz à l'eprouver.
Et si tot qu'elle le peut trouver, ne faillit à luy dire tant d'honnettes et bons propos, que non seulement il oublya toutes ses 120
penes, mais les estima tresheureuses, veu qu'elles etoient tournées
à la gloire de sa fermeté et à la perfette asseurance de son amytié,
de laquelle, depuis cette heure là en avant, sans empeschement ne
facherie, il receut telle recompense qu'il la pouvoit desirer.

Je vous prie, mes Dames, trouvez moy une femme qui ait eté 125
aussi ferme, patiente et loyale en amour que cetuy cy a eté. Car
ceus qui ont experimenté telles tentations, trouvent celles que l'on
pind en saint Anthoine[1] bien petites au pris. Car qui peut ettre
chaste et patient avec la beauté et l'amour, le tems et le loysir des
femmes, sera assez suffisant pour vincre tous les diables.   130
— C'est dommage, dit Oysille, qu'il ne s'addressa à une femme
aussi vertueuse que luy. Car c'eut eté la plus perfette et honnette
amour, dont on oÿt jamais parler.— Mais je vous prie, mes Dames,
dites moy, dit Geburon, quel tour vous trouvez plus difficile des
deus.— Il me semble, dit Parlamante, que c'est le dernier. Car le 135
depit est la plus forte tentation de toutes les autres. » Longarine
dit qu'elle pensoit le premier plus malaisé à faire; car il faloit
qu'il vinquit l'Amour et soy mesme pour tenir sa promesse.
« Vous en parlez bien à voz ayses, dit Symontaut. Mais nous, qui
sçavons que la chose vaut, en devons dire notre opinion. Quant 140
est de moy, je l'estime à la premiere fois sot et à la derniere fol.

Car je croi qu'en tenant promesse à sa Dame, elle avoit autant ou plus de pene que luy. Et ne luy faisoit faire ce serment, si non pour se findre plus femme de bien qu'elle n'etoit, se tenant seure
145 qu'une forte amour ne se peut lier ny par commandement, ny par chose qui soit au monde. Mais elle voulut findre son vice si vertueus, qu'il ne pouvoit ettre gangné que par vertuz heroïques. Et la seconde fois, il se montra fol de laisser celle qui l'aymoit et qui valoit mieus que l'autre, à laquelle il avoit fait serment au
150 contraire, joint qu'il avoit bien bonne excuse, se fondant sur le depit duquel il etoit plein pour le tor qu'on luy avoit fait. » Dagoncin le reprend, disant qu'il etoit de contraire opinion, et qu'à la premiere fois il se montra ferme, patient et veritable, et, à la seconde, loyal et perfet amy. « Et que savons nous, dit
155 Saffredan, s'il etoit de ceus qui sont compris au Titre *De frigidis et maleficiatis*?[2] Mais, puis que Hircain avoit entrepris de le louer, s'il eut voulu perfaire sa louange, il nous devoit conter combien il fut gentil compagnon, quand il eut ce qu'il demandoit. Et lors nous eussions peu juger si c'eut eté vertu ou impuissance qui le
160 feit ettre si sage.— Vous pouvez bien penser, dit Hircain, que s'il me l'eut dit, je ne l'eusse non plus celé que le demeurant. Mais, à voir sa personne et connoitre sa complexion, je l'estimerai tousjours avoir eté plus tot conduit de la force d'amour que de nulle impuissance ou froideur.— Or, s'il etoit tel que vous dites, dit
165 Symontaut, il devoit rompre son serment. Car, si elle se fut courroucée pour si peu, elle se fut legerement appaisée.— Mais, dit Ennasuyte, peut ettre qu'à l'heure elle ne l'eut pas voulu.— Et puis, dit Saffredan, n'etoit il pas assez fort pour la forcer, puis qu'elle luy avoit baillé camp?— Sainte Marie, dit Nommerfide,
170 comme vous y alez! Est ce la façon d'aquerir la grace des Dames que l'on estime honnettes et sages?— Il me semble, dit Saffredan, que l'on ne sçauroit faire plus d'honneur à une femme de qui l'on desire telles choses, que de la prendre par force. Car il n'y a si petite Damoyselle qui ne veuille ettre bien long tems priée, et
175 d'autres encores à qui il faut donner beaucoup de presens avant que les gangner. Quelques unes sont si sotes, que par moyens, finesses et tromperies se laissent aler, et envers celles là ne faut cercher que les occasions. Mais, quand l'on a affaire à une si sage, qu'on ne la peut tromper, et si bonne, qu'on ne la peut gangner
180 par paroles ny presens, n'est ce pas la raison de cercher tous

moyens pour en avoir la victoire? Et quand vous oyez dire qu'un homme a pris une femme par force, croyez que cette femme là luy a oté l'esperance de tous autres moyens, et ne devez moins estimer l'homme qui a mis sa vie en danger pour donner lieu à son amour. » Geburon, se prenant à rire, luy dit: « J'ai autresfois veu 185 assieger des places et prendre par force, pour ce qu'il n'etoit possible, ne par argent ne par menaces, faire parler ceus qui les gardoient. Car on dit que place qui parlamante est demy gagnée. »

NOUVELLE DYS NEUFIEME

Polyne, voyant qu'un gentilhomme qu'elle n'aymoit moins
que luy elle, pour les deffenses à luy faites de ne parler jamais
à elle, s'etoit alé rendre Religieus en l'Observance, entra en
la Religion de sainte Claire, où elle fut receue et voylée,
metant à execution le desir qu'elle avoit eu de rendre la fin
de l'amytié du gentilhomme et d'elle semblable en abit, etat
et forme de vivre.

« Il semble, dit Ennasuyte, que toutes les amours du monde soient
fondées sur les folies que Symontaut et Saffredan vienent de
reciter. Mais il y en a qui ont bien aymé et longuement perseveré,
de qui l'intention n'a point eté telle.— Si vous en sçavez quelque
5 histoire,[1] dit Hircain, je vous donne ma place pour la dire.— Je
la sçai, dit Ennasuyte, et la dirai tresvolontiers.

Au tems du Marquis de Mantoue,[2] qui avoit epousé la sœur du
Duc de Ferrare, y avoit en la maison de la Duchesse une Damoyselle nommée Poline, laquelle etoit tant aymée d'un gentilhomme,
10 serviteur du Marquis, que la grandeur de son amour faisoit
emerveiller tout le monde, veu qu'il etoit pauvre et tant gentil
compagnon, qu'il devoit cercher, pour l'amour que luy portoit
son maitre, quelque femme riche. Mais il luy sembloit que tout
le thesaur du monde etoit en Poline, lequel il cuydoit posseder en
15 l'epousant. Et, par ce que la Marquise desiroit que Poline fut
maryée plus richement, l'en degoutoit le plus qu'il luy etoit possible, et les empeschoit souvent de parler ensemble, leur remontrant que si le maryage se faisoit, ilz seroient les plus pauvres et
miserables de toute l'Italie. Mais cette raison ne pouvoit entrer
20 en l'entendement du gentilhomme. Poline, de son coté, dissimuloit
le mieus qu'elle pouvoit son amytié. Toutesfois, elle n'en pensoit
pas moins.

Cette amytié dura longuement avec une esperance que le tems
leur apporteroit quelque meilleure fortune; durant lequel veint
25 une guerre,[3] où ce gentilhomme fut pris prisonnier avec un

Françoys, qui n'etoit moins amoureus en France que luy en Italie. Et, quand ilz se trouverent compagnons de leurs infortunes, commencerent à decouvrir leurs secretz l'un à l'autre, et confessa le Françoys que son cueur etoit aussi bien prisonnier que le sien, sans luy nommer le lieu. Mais, pour ettre tous deus au service du 30 Marquis, le Françoys sçavoit bien que son compagnon aymoit Poline, et, pour l'amytié qu'il portoit à son bien et profit, luy conseilla d'en oter sa fantasie, ce que le gentilhomme italian jura n'ettre en sa puissance, et que, si le Marquis, pour recompense de sa prison et reconnoiscence des bons services qu'il luy avoit faitz, 35 ne luy donnoit s'amye, il s'en iroit rendre Cordelier et ne serviroit jamais maitre que Dieu; ce que son compagnon ne pouvoit croire, ne voyant en luy aucun signe de religion, que la devotion qu'il avoit à Poline.

Au bout de neuf moys, fut delivré le gentilhomme françoys, qui 40 par sa bonne diligence feit tant, qu'il meit son compagnon en liberté. Lequel apres pourchassa le plus qu'il luy fut possible, envers le Marquis et la Marquise, le maryage de Poline; mais il n'y peut avenir. Car on luy metoit devant les yeus la pauvreté en laquelle il leur faudroit tous deus vivre, aussi que les parens des 45 deus cotez n'en etoient contens; et luy defendit on de plus parler à elle, à fin que cette fole fantasie s'en peut aler par l'absence et impossibilité.

Et, quand il se vid contraint d'obeïr, demanda congé à la Marquise de dire à Dieu à Poline, l'asseurant que jamais plus ne 50 parleroit à elle; ce qui luy fut accordé. Et à l'heure commença à luy tenir telz propos: « Je voi bien, Poline, que la fortune a assemblé le Ciel et la terre contre nous, non seulement pour empescher notre maryage, mais, qui plus est, pour nous oter la veue et la parole; dont noz maitre et maitresse nous ont fait si rigoreus 55 commandement, qu'ilz se peuvent bien vanter qu'en une parole ilz ont blessé deus cueurs, dont les cors ne sçauroient plus rien faire que languir, montrans bien, par cet effet, qu'oncques Amour et pitié n'entrerent en leur estommach. Je sçai bien que leur fin est nous marier tous deus bien richement, ignorans que la vraye 60 richesse consiste en contentement. Mais si m'ont ilz fait tant de mal et de deplaisir, qu'il est impossible que jamais de bon cueur je leur puisse faire aucun service. Je croi bien que, si je n'eusse point parlé de mariage, ilz ne sont pas si scrupuleus qu'ilz ne

65 m'eussent assez laissé parler à vous. Mais j'aymeroie mieus mourir,
que de changer mon opinion en pire et, apres vous avoir aymée
d'une amour si honnette et vertueuse, prouchasser envers vous ce
que je voudroie defendre envers tous. Et, pour ce qu'en vous voyant
je ne sçauroie porter cette dure penitence, et, ne vous voyant point,
70 mon cueur, qui ne peut demeurer vide, se rempliroit de quelque
desespoir dont la fin seroit malheureuse, je me suis deliberé, long
tems a, de me mettre en Religion, non que je ne sçache tresbien
qu'en tous etas l'homme se peut sauver, mais pour avoir plus de
loysir de contempler la bonté divine, laquelle, comme j'espere,
75 aura pitié des fautes de ma junesse, changeant mon cueur pour
aymer autant les choses spirituelles comme il a fait les temporelles.
Et si Dieu me fait cette grace, je m'emploirai à le prier incessamment pour vous, vous supplyant aussi par cette amytié, qui a eté
tant ferme et loyale entre nous deus, avoir memoire de moy en
80 voz oraisons et prier notre Seigneur qu'il me veuille donner autant
de patience ne vous voyant point, qu'il m'a donné de contentement en vous regardant. Et, pour ce que j'ai toute ma vie esperé
avoir de vous par mariage ce que l'honneur et la conscience permettent, je me suis contenté d'esperance. Mais, maintenant que
85 je la per, et que je ne puis jamais avoir de vous le traitement qui
appertient à un mary, au moins pour dire à Dieu, je vous prie
de me traiter en frere, et que je vous puisse baiser. »

La pauvre Poline, qui tousjours luy avoit eté rigoreuse, connoisçant l'extremité de sa douleur et l'honnetteté de sa requeste,
90 qui en tel desespoir se contentoit d'une chose si raisonnable, sans
autrement luy repondre, luy va jeter les bras au col, pleurant
d'une si grand' vehemence, que la parole, la voys et la force luy
defaillirent, et se laissa tomber entre ses bras evanouye. La pitié
que le gentilhomme en eut, avec l'amour et la tristesse, luy en
95 feit faire autant; tellement que l'une des compagnes de Poline,
les voyant tombez l'un d'un coté et l'autre de l'autre, appela du
secours, qui à force de remedes les feit revenir.

Lors Poline, qui avoit tousjours dissimulé son affection, fut fort
honteuse, quand elle apperceut de l'avoir montrée si vehemente;
100 toutesfois, la pitié du pauvre gentilhomme luy servit de juste
excuse. Et, ne pouvant plus porter cette parole de dire à Dieu
pour jamais, s'en ala[4] vitement, le cueur et les dentz si serrez,
qu'en entrant en son logis, comme un cors sans esperit, se laissa

tomber sur son lyt, et passa la nuyt en si piteuses lamentations, que ses serviteurs pensoient qu'il eut perdu tous ses parens et 105 amys et tout ce qu'il pouvoit avoir de bien sur terre. Le matin, se recommanda à notre Seigneur, et apres qu'il eut departy à ses serviteurs le peu de bien qu'il avoit, et pris avec soy quelque somme de deniers, defendit à ses gens de le suyvre, et s'en ala tout seul à la Religion de l'Observance[5] demander l'abit, deliberé de jamais 110 n'en partir.

Le Gardian, qui autresfois l'avoit veu, pensa au commence-ment que ce fut songe ou moquerie. Car il n'y avoit en tout le païs gentilhomme qui moins eut grace ou condition de Cordelier que luy, pour ce qu'il avoit en soy toutes les bonnes et honnettes vertuz 115 que l'on eut sceu desirer en un gentilhomme. Mais, apres avoir entendu ses paroles et veu ses larmes coulentes sur sa face comme ruysseaus, ignorant d'ond en venoit la source, le receut humainne-ment; et bien tot apres, voyant sa perseverance, luy bailla l'abit, qu'il receut bien devotement. De quoy furent avertis le Marquis 120 et la Marquise, qui le trouverent si etrange, qu'à pene le pouvoient ilz croire.

Poline, pour ne se montrer sujette à nulle amour, dissimula le mieus qu'il luy fut possible le regret qu'elle avoit de luy, en sorte que chacun disoit qu'elle avoit bien tot oublyé la grande affection 125 de son loyal serviteur. Et ainsi passa cinq ou sys moys, sans en faire autre demontrance, durant lequel tems luy fut par quelque Religieus montrée une chanson que son serviteur avoit composée un peu apres qu'il eut pris l'abit, de laquelle le chant est assez commun en Italie, mais j'en ai voulu traduire les mos en françoys 130 le plus pres qu'il m'a eté possible, qui sont telz:

> Que dira elle,
> Que fera elle,
> Quand me verra de ses yeus
>   Religieus?   135

> Las! la pauvrette,
> Toute seulette,
> Sans parler long tems sera;
> Echevelée,
> Deconsolée,   140
> L'etrange cas pensera.

Son penser, par avanture,
En Monastere et Cloture
A la fin la conduira.
    Que dira elle?

145

Que diront ceus
Qui de nous deus
Ont l'amour et bien privé,
Voyans qu'Amour,
Par un tel tour,
Plus perfet ont approuvé?
Regardans notre constance,
Ilz en auront repentence,
Et chacun d'eus pleurera.
    Que dira elle?

150

155

Et s'ilz vienent,
Et nous tienent
Propos, pour nous divertir,
Nous leur dirons
Que nous mourrons
Icy, sans jamais partir.
Puis que leur rigueur rebelle
Nous fait prendre robe telle,
Nul de nous ne la lairra.
    Que dira elle?

160

165

Et si prier
De marier
Nous vienent, pour nous tenter,
En nous disant
L'etat plaisant
Qui nous pourroit contenter:
Nous repondrons que notre ame
Est de Dieu amye et femme,
Qui point ne la changera.
    Que dira elle?

170

175

O Amour forte,
Qui cette porte
Par regret m'as fait passer:

Fais qu'en ce lieu
De prier Dieu
Je ne me puisse lasser.   180
Car notre Amour mutuelle
Sera tant spirituelle,
Que Dieu s'en contentera.
     Que dira elle?   185

Laissons les biens,
Qui sont lyens
Plus durs à rompre que fer;
Quitons la gloire,
Qui l'ame noire   190
Par orgueil mene en Enfer.
Fuyons la concupiscence,
Prenons la chaste innocence
Que Jesus nous donnera.
     Que dira elle?   195

Viens doncq', amye,
Ne tardes mye
Apres ton perfet amy:
Ne crains à prendre
L'abit de cendre,   200
Fuyant ce monde ennemy.
Car, d'amytié vive et forte,
De sa cendre faut que sorte
Le Phœnix, qui durera.
     Que dira elle?   205

Ainsi qu'au monde
Fut pure et munde
Notre perfette amytié,
Dedans le cloitre
Pourra paroitre   210
Plus grande de la moitié.
Car Amour loyale et ferme,
Qui jamais n'a fin ne terme,
Droit au Ciel nous conduyra.
     Que dira elle?   215

Quand elle eut bien leu cette chanson tout au long, etant à par
en une chapelle, se preind si for à plorer, qu'elle arrosa tout le
papier de larmes; et n'eut eté la crainte qu'elle avoit de se montrer
plus affectionnée qu'il n'appertenoit à une fille, n'eut failly de
220 s'aler incontinent mettre en quelque Ermytage, sans jamais voir
creature du monde. Mais la prudence qui etoit en elle la contraindit encores pour quelque tems dissimuler. Et, combien qu'elle
eut pris resolution de laisser entierement le monde, si findoit elle
tout le contraire, et changeoit si bien son visage, qu'etant en
225 compagnie, ne sembloit de rien qui soit à soy mesme. Elle porta
en son cueur cette deliberation couverte cinq ou sys moys, se
montrant plus joyeuse que de coutume.

Mais, un jour, ala avec sa maitresse à l'Observance oÿr la
grand' Messe. Et, ainsi que le Prettre, Dyacre et Souzdiacre
230 sortoient du revestiere pour venir au grand autel, son pauvre
serviteur, qui n'avoit point encores perfet l'an de probation, servoit
d'Acolyte, et, ayans les yeus contre terre, portoit les deus canettes
en ses mains couvertes d'une toyle de soye. Quand Poline le vid
en tel abit, avec lequel sa beauté et bonne grace etoient trop plus
235 augmentées que diminuées, fut si emeue et troublée, que, pour
couvrir la cause de la couleur qui luy etoit montée au visage, se
preind à toussir. Et son pauvre serviteur, qui entendoit mieus ce
son là que celuy des cloches de son Monastere, n'ausa tourner la
teste, mais, en passant par devant elle, ne peut tenir ses yeus
240 qu'ilz ne prinsent le chemin que si long tems ilz avoient tenu. Et,
en regardant Poline, fut si saisi du fœu qu'il pensoit quasi etint,
qu'en le voulant plus couvrir qu'il ne pouvoit, tomba à terre
devant elle tout de son haut. Et la crainte qu'il eut que la cause
en fut connue luy feit dire que c'etoit pour ce que le pavé de
245 l'Eglise etoit rompu en cet endroit.

Quand Poline vid que le changement d'abit ne luy pouvoit
changer le cueur, et qu'il y avoit si long tems qu'il s'etoit rendu
Religieus, que chacun pensoit qu'elle l'eut oublyé, se delibera de
mettre à execution le desir qu'elle avoit eu de rendre la fin de leur
250 amytié semblable en abit, etat et forme de vivre, comme ilz
avoient eté vivans en une maison souz pareilz maitre et maitresse.
Et pour ce que, plus de quatre moys devant, elle avoit donné
ordre à tout ce qui luy etoit necessaire pour entrer en Religion,
un matin, demanda congé à la Marquise d'aler oÿr la Messe à

sainte Claire,[6] ignorante la cause pour laquelle elle le luy deman- 255
doit.

Et, en passant par les Cordeliers, pria le Gardian de luy faire
voir son serviteur, qu'elle appeloit son parent. Et, quand elle le
vid en une chapelle à par, luy dit: « Si mon honneur eut permis
qu'aussi tot que vous je me fusse ausé mettre[7] en Religion, je 260
n'eusse tant attendu. Mais, ayant rompu par ma patience les
opinions de ceus qui plus tot jugent mal que bien, je suis deliberée
de prendre l'etat, la robe et la vie telle que je voi la votre, sans
m'enquerir quel il y fait.[8] Car, si vous avez du bien, j'en aurai ma
par, et si vous recevez du mal, je n'en veuil ettre exente, et par tel 265
chemin que vous irez en Paradis, je vous veuil suyvre, etant
asseurée que Celuy qui est le vray, perfet, et digne d'ettre nommé
Amour, nous a tirez à son service par une amytié honnette et
raisonnable, laquelle il convertira par son saint Esperit du tout à
luy; vous priant que vous et moy oublyons le viel cors d'Adam 270
qui perit, pour recevoir et revetir celuy de notre Epous Jesus
Christ. »

Ce serviteur Religieus fut tant ayse et tant content d'oÿr sa
sainte volonté, qu'en plorant de joye luy fortifia son opinion le
plus qu'il luy fut possible, luy disant que, puis qu'il ne pouvoit 275
plus avoir d'elle autre chose en ce monde que la parole, il se
tenoit bien heureus d'ettre au lieu où il auroit tousjours moyen de
la recouvrer, et qu'elle seroit telle, que l'un et l'autre n'en pourroit
que mieus valoir, vivans en un etat d'une amour, d'un cueur et
d'un esprit, tirez et conduytz de la bonté de Dieu, lequel il sup- 280
plyoit les tenir en sa main, en laquelle nul ne peut perir. Et,
prononçant ces paroles avec larmes qui procedoient d'amour et de
joye, luy baisa la main, mais elle abbaissa son visage jusques à la
siene, se donnans par vraye charité le saint baiser[9] de dilection.

Et, en ce contentement, se partit Poline, et entra en la Religion 285
de sainte Claire, où elle fut receue et voilée. Ce qu'apres elle feit
entendre à ma Dame la Marquise, qui en fut tant ebaÿe qu'elle
ne le pouvoit croire, mais s'en ala le lendemain au Monastere
pour la voir et s'efforcer de la divertir de son bon propos. A quoy
Poline luy feit reponse que, si elle avoit eu puissance de luy oter un 290
mary de chair, l'homme du monde qu'elle avoit le plus aymé, elle
s'en devoit contenter, sans cercher de la vouloir separer de Celuy
qui etoit immortel et invisible; car il n'etoit pas en sa puissance,

ny de toutes les creatures du monde. La Marquise, voyant son
295 bon vouloir, la laissa, non sans grand regret. Et depuis vequirent
Poline et son serviteur si saintement et devotement en leurs Obser-
vances, qu'il ne faut douter que Celuy, duquel la fin de la loy est
charité,[10] ne leur dit à la fin de leurs jours, comme à la Magdalene, que leurs pechez leur etoient pardonnez, veu qu'ilz avoient
300 beaucoup aymé,[11] et qu'il ne les retirat en pais au lieu où la
recompense passe tous les merites des hommes.

Vous ne pouvez icy nier, mes Dames, que l'amour de l'homme
ne se soit montrée la plus grande, mais elle luy fut si bien rendue,
que je voudroie que [tous] ceus qui se meslent d'aymer receussent
305 telle recompense.
— Il y auroit doncq', dit Hircain, plus de fols et de foles declarez,
qu'il n'y eut jamais.— Appelez vous folie, dit Oysille, d'aymer
honnettement en la junesse, et puis convertir du tout cette amour
à Dieu? » Hircain, en riant, luy repondit: « Si melencolye et deses-
310 poir sont louables, je dirai que Poline et son serviteur sont dignes
d'ettre louez.— Si est ce, dit Geburon, que Dieu a plusieurs
moyens pour nous tirer à soy, dont les commencemens semblent
ettre mauvais, mais la fin en est bonne.— Encores ai je une
opinion, dit Parlamante, que jamais homme n'aymera perfette-
315 ment Dieu, qu'il n'ait perfettement aymé quelque creature en ce
monde.— Qu'appelez vous perfettement aymer? dit Saffredan.
Estimez vous perfetz amantz ceus qui sont transis et qui adorent
les Dames de loin, sans auser montrer leur volonté?— J'appelle
perfetz amans, repondit Parlamante, ceus qui cerchent en ce
320 qu'ilz ayment quelque perfection, soit beauté, bonté ou bonne
grace, tousjours tendens à la vertu; et qui ont le cueur si haut et
si honnette, qu'ilz ne voudroient, pour mourir,[12] le mettre aus
choses basses que l'honneur et la conscience repreuvent. Car
l'ame, qui n'est creée que pour retourner à son souverain bien,
325 ne fait, tant qu'elle est dedans ce cors, que desirer d'y pervenir.
Mais, à cause que les sens, par lesquelz elle en peut avoir nouvelles,
sont obscurs et charnelz par le peché du premier pere, ne luy
peuvent montrer que les choses visibles plus approchantes de la
perfection, apres quoy l'ame court, cuydant trouver en une
330 beauté exterieure, en une grace visible et aus vertus morales, la
souveraine beauté, grace et vertu. Mais, quand elle les a cerchées

et experimentées, n'y trouvant point celuy qu'elle ayme, elle
passe outre, ainsi que l'enfant, selon sa petitesse, ayme les poupines
et autres petites choses que son œil peut voir les plus belles, et
estime richesse d'assembler de petites pierres, mais, croisçant, 335
ayme les poupines vives et amasse les biens necessaires pour la vie
humaine. Puis, quand il connoit par plus grande experience qu'es
choses transitoires n'y a nulle perfection ne felicité, desire cercher
la fonteine et source d'icelles. Toutesfois, si Dieu ne luy ouvre
l'œil de foy, seroit en danger de devenir, d'un ignorant, un 340
infidele Philosophe. Car foy seulement peut montrer et faire
recevoir le bien que l'homme charnel et animal ne peut entendre.— Ne voyez vous pas bien, dit Longarine, que la terre non
cultivée, quand elle porte beaucoup d'herbes et arbres, combien
qu'ilz soient inutiles, donne esperance qu'elle apportera bon fruyt, 345
quand elle sera defrichée et amandée? Aussi, le cueur de l'homme,
qui n'a sentiment d'amour aus choses visibles, ne viendra jamais
à l'amour de Dieu par la semence de sa parole. Car la terre de
son cueur est sterile, froide et damnée.— Voyla pourquoy, dit
Saffredan, la plus par des Docteurs ne sont point spirituelz. Car 350
ilz n'ayment jamais que le bon vin et chambrieres laides et ordes,
sans experimenter que c'est de aymer Dames honnettes.— Si je
sçavoie bien parler latin, dit Symontaut, j'allegueroie que saint
Jan dit que celuy qui n'ayme son frere qu'il voit, à grand' pene
aymera il Dieu qu'il ne voit point.[13] Car, par les choses visibles, 355
on est tiré à l'amour des invisibles.— Mais, dit Ennasuyte, *quis
est ille, et laudabimus eum,* aussi perfet que vous le dites? »

NOUVELLE VINGT QUATRIEME

Elysor, pour s'ettre trop avancé de decouvrir son amour à la
Royne de Castille, fut si cruellement traité d'elle en l'eprou-
vant, qu'elle luy apporta nuysance, puys profit.

La compagnie . . . pria ma Dame Oysille de donner sa voys à
quelcun. Laquelle incontinent se preind à dire: « Je la donne à
Dagoncin, car je le voi entrer en une contemplation telle, qu'il
me semble preparé à dire quelque bonne chose.— Puis que je ne
5   puis ny ause, repondit Dagoncin, dire ce que je pense, à tout le
moins parlerai je d'un à qui cruauté porta nuysance, et puis
profit. Combien qu'Amour s'estime si fort et puissant qu'il veut
aler tout nu, et luy est chose ennuyeuse et à la fin importable
d'ettre couvert, si est ce que bien souvent ceus qui, pour obeïr à
10 son conseil, s'avancent trop de le decouvrir, s'en trouvent mauvais
marchans, comme il aveint à un gentilhomme de Castille, duquel
vous oÿrez l'histoire.

En la maison du Roy et Royne de Castille, desquelz les noms ne
seront ditz, y avoit un gentilhomme si perfet en toute beauté et
15 bonnes conditions, qu'il ne trouvoit son pareil en toutes les Espa-
gnes. Chacun avoit ses vertus en admiration, mais encores plus
son etrangeté. Car on ne connut jamais qu'il aymat ne servit nulle
Dame. Et si en avoit à la Cour en tresgrand nombre qui etoient
dignes de faire bruler la glace. Mais il n'y en eut point qui eut
20 la puissance de prendre ce gentilhomme, lequel avoit nom Elysor.
La Royne, qui etoit femme de grand' vertu, mais non du tout
exente de la flamme qui moins est connue et plus brule, regardant
ce gentilhomme qui ne servoit nulle de ses femmes, s'en emerveilla,
et un jour luy demanda s'il etoit possible qu'il aymat aussi peu
25 qu'il en faisoit semblant. Il luy repondit que, si elle voyoit son
cueur comme sa contenance, qu'elle ne luy feroit point cette
question. Elle, voulant sçavoir ce qu'il vouloit dire, le pressa si for,
qu'il luy confessa qu'il aymoit une Dame qu'il pensoit ettre la

plus vertueuse de toute la Chretianté. Elle feit tous ses effors par
prieres et commandemens de vouloir sçavoir qui elle etoit, mais 30
il ne luy fut possible. D'ond faisant semblant d'ettre mortellement
courroucée contre luy, jura qu'elle ne parleroit jamais à luy, s'il
ne luy nommoit celle qu'il aymoit tant. D'ond il fut si fort ennuyé,
qu'il fut contraint de luy dire qu'il aymoit autant mourir, s'il
faloit qu'il luy confessat. Mais, voyant qu'il perdoit sa veue et 35
bonne grace par faute de dire une verité tant honnette, qu'elle ne
devoit ettre mal prise de personne, luy dit avec une grand'
crainte: « Ma Dame, je n'ai la force ny la hardiesse de le vous
declarer, mais la premiere fois que vous irez à la chace, je la vous
ferai voir, et suis seur que vous jugerez que c'est la plus belle et 40
perfette femme du monde. »
    Cette reponse fut cause que la Royne ala plus tot à la chace
qu'elle n'eut fait. Elysor, qui en fut averty, s'appreta comme il
avoit accoutumé pour l'aler servir, et feit faire un grand mirouer
d'acier en façon de halecret, et, le metant devant son esthommach, 45
le couvrit tresbien d'un manteau de frise noire, qui etoit tout
brodé de cannetille et couvert d'autres enrichissemens rares et
singuliers. Il etoit monté sur un cheval moreau for bien enharnaché
et garny de tout ce qui luy etoit necessaire. Le harnoys etoit tout
dauré et emaillé de noir à ouvrage moresque,[1] son chapeau de 50
soye noire, sur lequel etoit une riche ensegne,[2] où il y avoit pour
devise un Amour couvert par force, tout enrichy de pierreries.
L'epée et le poingnal n'etoient moins beaus et bien faitz, ne de
moins bonnes devises. Bref, il etoit bien en ordre, et encores plus
adroit à cheval, qu'il sçavoit si bien manier, que tous ceus qui le 55
voyoient laissoient le passetems de la chace pour regarder les
courses et saus qu'il faisoit faire à son cheval. Apres avoir conduit
la Royne jusques au lieu où etoient les toiles, en telles courses et
grans saus que vous ai ditz, s'avança de decendre de son gentil
cheval et veint pour prendre la Royne et la decendre. A la des- 60
cente de sa haquenée, et ainsi qu'elle luy tendoit les bras, il ouvrit
son manteau par devant son estommach, et la prenant entre les
siens et luy montrant son halecret de mirouer, luy dit: « Je vous
supplye, ma Dame, de regarder icy. » Et, sans attendre reponse,
la meit doucement à terre.   65
    La chace finie, la Royne retourna au chateau sans parler à
Elysor, mais apres le souper l'appela, luy disant qu'il etoit le plus

grand menteur qu'elle eut jamais veu. Car il avoit promis de luy
montrer à la chace celle qu'il aymoit le plus; ce qu'il n'avoit fait.
70 Parquoy etoit deliberée de ne faire jamais estime ne cas de luy.
Elysor, ayant peur que la Royne n'eut entendu ce qu'il luy avoit
dit, luy repondit qu'il n'avoit point failly à son commandement.
Car il luy avoit montré non la femme seulement, mais la chose
qu'il aymoit le mieus. Elle, faisant la meconnue, luy dit qu'elle
75 n'avoit point entendu qu'il luy eut montré une seule de ses femmes.
« Il est vray, ma Dame, dit Elysor, mais que vous ai je montré
decendant de cheval ?— Rien, dit la Royne, si non un mirouer
devant votre estomach.— Et en ce mirouer, ma Dame, qu'est ce
que vous avez veu ? dit Elysor.— Je n'ai veu que moy seule, »
80 repondit la Royne. « Doncq', ma Dame, pour obeïr à votre commandement, vous ai je tenu promesse. Car il n'y a ny aura jamais
autre image en mon cueur, que celle que vous avez veue au dehors
de mon estommach. Et celle là seule veuil je aymer, reverer et
adorer, non comme femme, mais comme mon Dieu en terre, entre
85 les mains de laquelle je mei ma mor et ma vie, vous supplyant
que ma grande et perfette affection qui a eté cause de ma vie,
tant que je l'ai portée couverte, ne soit ma mor en la decouvrant.
Et si je ne suis digne d'ettre de vous regardé ny accepté pour
serviteur, au moins souffrez que je vive, comme j'ai accoutumé,
90 du contentement que j'ai, dont[3] mon cueur a ausé choisir pour le
fondement de son amour un si perfet et digne lieu, duquel je ne
puis avoir autre satisfaction, si non que mon amour est si grande
et si perfette, que seulement je me doi contenter d'aymer, combien
que jamais ne puisse ettre aymé. Et, s'il ne vous plait par la con-
95 noisçance de cette grande amour m'avoir plus agreable que n'avez
accoutumé, au moins ne m'otez la vie, qui consiste au bien que
j'ai de vous voir comme j'ai accoutumé. Car je n'ai de vous nul
bien, si non autant qu'il en faut pour mon extreme necessité, et si
j'en ai moins, vous aurez moins de serviteurs, en perdant le
100 meilleur et plus affectionné que vous eutes oncques et que vous
pourriez jamais avoir. »

La Royne, ou pour se montrer autre qu'elle n'etoit, ou pour
experimenter à la longue l'amour qu'il luy portoit, ou pour en
aymer quelque autre qu'elle ne vouloit laisser pour luy, ou bien
105 le reservant quand celuy qu'elle aymoit feroit quelque faute,
pour luy bailler sa place, luy dit d'un visage ne courroucé ne

content: « Elysor, je ne vous demanderai, comme ignorante l'authorité d'amour, quelle folye vous a meu à prendre une si grande, si haute et si difficile opinion que de m'aymer. Car je sçai que le cueur de l'homme est si peu à son commandement, qu'il ne le fait pas aymer ny haÿr là où il veut; mais, pour ce que vous avez si bien couvert votre opinion, je desire sçavoir combien il y a que vous l'avez prise. » Elysor, regardant son visage tant beau, et voyant qu'elle s'enqueroit de sa maladie, espera qu'elle luy vouloit donner quelque remede; mais, voyant d'autre par la contenance de celle qui l'interrogeoit si grave et si sage, tomboit en une crainte, pensant ettre devant un juge dont il doutoit la sentence devoir ettre contre luy donnée. Si est ce qu'il luy jura que cette amour avoit pris racine en son cueur des le tems de sa grand' junesse, et qu'il n'en avoit senti nulle pene, si non depuis set ans; non pene, à dire vray, mais une maladie donnant tel contentement que la guerison etoit la mor.

« Puis qu'ainsi est, dit la Royne, que vous avez desja experimenté une si grand' fermeté, je ne doi ettre plus legere à vous croire, que vous avez eté à me declarer votre affection. Parquoy, s'il est ainsi que vous me dites, je veuil faire telle preuve de la verité que je n'en puisse jamais douter. Et, apres la preuve faite, je vous estimerai tel envers moy, que vous mesme jurez ettre; et, vous connoisçant tel que vous me dites, me connoitrez telle que vous desirez. » Elysor la supplya faire de luy telle preuve qu'il luy plairoit. Car il n'y avoit chose si difficile, qui ne luy fut tresaisée pour avoir cet heur qu'elle peut connoitre l'affection qu'il luy portoit, la supplyant de luy commander ce qu'il luy plairoit qu'il feit. Elle luy dit: « Elysor, si vous m'aymez autant que vous dites, je suis seure que, pour avoir ma bonne grace, rien ne vous sera fort à faire. Parquoy je vous commande, sur tout le desir que vous avez de l'avoir et crainte de la perdre, que des demain au matin, sans plus me voir, vous partez de cette compagnie, et vous en alez en lieu où vous n'ayez de moy, ny moy de vous, une seule nouvelle d'icy à set ans. Vous, qui en avez passé set en cette amour, sçavez bien que vous m'aymez. Puis, quand j'aurai fait pareille experience set autres, je sçaurai à l'heure et croirai ce que votre parole ne me peut faire croire ny entendre. »

Elysor, oyant ce cruel commandement, d'un coté douta qu'elle le voulut eloingner de sa presence, et, de l'autre, espera que la

preuve parleroit mieus pour luy que sa parole. Parquoy accepta
son commandement, et luy dit: « Si j'ai vecu set ans sans nulle
esperance, portant ce fœu couvert, à cette heure qu'il est connu
de vous, porterai et passerai les set autres en meilleure patience et
150 esperance. Mais, ma Dame, obeïssant à votre commandement,
par lequel je suis privé de tout le bien que j'eu jamais en ce
monde, quelle esperance me donnez vous au bout des set ans de
me reconnoitre plus loyal et fidele serviteur? » La Royne luy dit,
tirant un anneau de son doigt: « Voyla un anneau que je vous
155 donne, coupons le par la moitié, j'en garderai l'une et vous
l'autre,[4] à fin que, si le long tems avoit la puissance de m'oter la
memoire de votre visage, je vous puisse reconnoitre par cette
moytié d'anneau semblable à la miene. » Elysor preind l'anneau,
le rompit en deus, et en bailla la moytié à la Royne et reteint
160 l'autre.

Et, en prenant congé d'elle, plus mort que ceus qui ont rendu
l'ame, s'en ala à son logis donner ordre à son partement. Ce qu'il
feit en telle sorte, qu'il envoya tout son train en sa maison, et luy
seul avec un barbet s'en ala en un lieu si solitaire, que nul de ses
165 parens et amys, durans les set ans, n'en peut avoir nouvelles. De
la vie qu'il mena pendant ce tems et de l'ennuy qu'il porta pour
cette absence, ne s'en peut rien sçavoir, mais ceus qui ayment ne
le peuvent ignorer.

Au bout des set ans, justement ainsi que la Royne aloit à la
170 Messe, veint à elle un Ermite portant une grand' barbe, qui, en
luy baisant la main, luy presenta une requeste, qu'elle ne preind
la pene de regarder soudinnement, contre sa coutume, qui etoit
de prendre et lire elle mesme toutes les requestes qui luy etoient
presentées, par quelques personnes que ce fut; mais, ainsi qu'elle
175 etoit à la moytié de la Messe, ouvrit la requeste, dedans laquelle
trouva la moytié de l'anneau qu'elle avoit baillé à Elysor, d'ond
elle fut fort ebaÿe et non moins joyeuse; et, avant que lire ce qui
etoit dedans, commanda soudin à son Aumonnier qu'il luy feit
venir cet Ermite qui luy avoit presenté la requeste. L'Aumonnier
180 le cercha de tous cotez, mais il ne fut possible d'en sçavoir
nouvelles, si non que quelcun dit qu'il l'avoit veu monter à cheval.
Toutesfois, il ne sçavoit quel chemin il tenoit.

En attendant la reponse de l'Aumonnier, la Royne leut la
requeste, qu'elle trouva une aussi bien faite Epitre qu'il etoit

possible; et n'etoit le desir que j'ai de la vous faire entendre, je ne 185
l'eusse jamais ausé traduire, vous priant penser, mes Dames, que
la grace et le langage castillan est sans comparaison mieus
declarant cette passion d'amour. Si est ce que la substance en est
telle:

Le tems m'a fait, par sa force et puissance,   190
Avoir d'Amour perfette connoiscence.
Le tems apres m'a eté ordonné,
Et tel travail durant ce tems donné,
Que l'incredule a, par le tems, peu voir
Ce que l'Amour ne luy a fait sçavoir.   195
Le tems, lequel avoit fait Amour naitre
Dedans mon cueur, l'a fait, en fin, connoitre
Tout tel qu'il est. Parquoy, en le voyant,
Ne l'ai connu tel comme en le croyant.
Le tems m'a fait voir sur quel fondement   200
Mon cueur vouloit aymer si fermement.
Ce fondement etoit votre beauté,
Souz qui etoit couverte cruauté.
Le tems m'a fait voir beauté ettre rien,
Et cruauté cause de tout mon bien,   205
Par laquelle de beauté fu chassé,
Dont le regard j'avoi tant prouchassé.
Ne voyant plus votre beauté tant belle,
J'ai mieus senty votre rigueur rebelle.
Je n'ai laissé vous obeïr pourtant;   210
D'ond je me tien tresheureus et content,
Veu que le Tems, cause de l'amytié,
A eu de moy par sa longueur pitié,
En me faisant un si honnette tour,
Que je n'ai eu desir de ce retour,   215
Fors seulement pour vous dire en ce lieu
Non un bon jour, mais un perfet à Dieu.
Le Tems m'a fait voir Amour pauvre et nu
Tout tel qu'il est, et d'ond il est venu.
Et, par le Tems, j'ai le Tems regreté   220
Autant ou plus que l'avoi souhaité,
Conduit d'Amour, qui aveugloit mes sens,

D'ond rien de luy, fors regret, je ne sens.
Mais, en voyant cet Amour decevable,
225 Le Tems m'a fait voir l'Amour veritable,[5]
Que j'ai connu en ce lieu solitaire,
Où m'a falu par set ans plaindre et taire.
J'ai par le Tems connu l'Amour d'en haut,
Lequel connu, soudin l'autre defaut.
230 Par le Tems suis du tout à luy rendu,
Et par le Tems de l'autre deffendu.
Mon cueur et cors luy donne en sacrifice,
Pour faire à luy, et non à vous, service.
En vous servant, rien m'avez estimé.
235 Ce rien il a, en l'offensant, aymé.
Mor me donnez pour vous avoir servie,
Et le fuyant, il me donne la vie.
Or, par ce Tems, Amour plein de bonté
A l'autre Amour si vincu et donté,
240 Que mis à rien est retourné en vent,
Qui fut pour moy trop dous et decevant.
Je le vous quite et ren du tout entier,
N'ayant de vous ny de luy nul metier.
Car l'autre Amour perfet et perdurable
245 Me joind à luy d'un lyen immuable.
A luy m'en vai, là me veuil asservir,
Sans plus ne vous ne votre Dieu servir.
Je pren congé de cruauté, de pene,
Et du torment, du dedin, de la haynne,
250 Du fœu brulant dont vous ettes remplye,
Comme en beauté tresperfette accomplye.
Je ne puis mieus dire à Dieu à tous maus,
A tous malheurs et douloureus travaus,
Et à l'enfer de l'amoureuse flamme,
255 Qu'en un seul mot vous dire: *A Dieu, ma Dame!*
Sans nul espoir, où que soye ou soyez,
Que je vous voye ou que plus me voyez.

Cette Epitre ne fut pas leue sans grandes larmes et etonnemens,
accompagnez d'un regret incroyable. Car la perte qu'elle avoit
260 faite d'un serviteur remply d'une amour si perfette devoit ettre

estimée si grande, que nul thesaur, ny mesme son Royaume, ne
luy pouvoit oter le titre d'ettre la plus pauvre et miserable Dame
du monde, pour ce qu'elle avoit perdu tout ce que les biens ne
peuvent recouvrer. Et, apres avoir perachevé d'oÿr la Messe et
ettre retourné en sa chambre, feit un tel deuil que sa cruauté 265
meritoit. Et n'y eut montagne, rocher, ny forest, où elle n'envoyat
cercher cet Ermite. Mais Celuy qui l'avoit tiré de ses mains le
garda d'y retomber, et le mena plus tot en Paradis, qu'elle n'en
sceut avoir nouvelles en ce monde.

Par cet exemple, ne doit nul serviteur confesser ce qui luy peut 270
nuyre et en rien ayder. Et encores moins, mes Dames, par incredu-
lité devez vous demander preuve si difficile que, l'ayant, vous
perdez le serviteur.

— Vrayement, Dagoncin, dit Geburon, j'avoi toute ma vie oÿ
estimer la Dame à qui le cas est avenu, la plus vertueuse du 275
monde. Mais maintenant je la tien la plus fole et cruelle qui
oncques fut.— Toutesfois, dit Parlamante, il me semble qu'elle
ne luy faisoit point de tor de vouloir eprouver set ans s'il l'aymoit
autant qu'il disoit. Car les hommes ont tant accoutumé de mentir
en pareil cas, qu'avant que s'y fier, si fyer s'y faut, l'on n'en peut 280
faire trop longue preuve.— Les Dames, dit Hircain, sont bien
plus sages qu'elles ne souloient. Car, en set jours de preuve, elles
ont autant de seureté d'un serviteur, que les autres avoient en set
ans.— Si en y a il en cette compagnie, dit Longarine, que l'on a
aymées plus de set ans à toutes epreuves de harquebouse, des- 285
quelles l'on n'a peu encores gangner l'amytié.— Par Dieu, dit
Symontaut, vous dites vray, mais aussi les doit on mettre au reng
du viel tems; car au nouveau ne seront elles point receues.—
Encores, dit Oysille, fut bien tenu ce gentilhomme à la Dame,
par le moyen de laquelle il retourna entierement son cueur à 290
Dieu.— Ce luy fut un for grand heur, dit Saffredan, de trouver
Dieu par les chemins. Car, veu l'ennuy où il etoit, je m'ebaÿ
qu'il ne se donna aus Diables. » Ennasuyte luy dit: « Et quand
vous avez eté maltraité de votre Dame, vous ettes vous donné à
tels Maitres?— Je m'y suis donné mile et mile fois, dit Saffredan, 295
mais les Dyables, voyans que tous les tormens d'Enfer ne m'eussent sceu faire peis que ceus qu'elle me donnoit, ne me degnerent
jamais prendre, sçachant qu'il n'y a point de Diable plus impor-

table qu'une Dame bien aymée et qui ne veut point aymer.— Si
300 j'etoi vous, dit Parlamante à Saffredan, avec telle opinion que
vous avez, jamais je ne serviroye femme.— Mon affection, dit
Saffredan, a tousjours eté telle et mon cueur si grand, que là où
je ne puis commander, encores me tien je tresheureus de servir;
car la malice des Dames ne peut vincre l'amour que je leur porte.
305 Mais je vous prie en votre conscience: louez vous cette Dame
d'une si grande rigueur?— Ouy, dit Oysille. Car je croi qu'elle
ne vouloit ettre aymée ny aymer.— Si elle avoit cette volonté, dit
Symontaut, pourquoy luy donnoit elle quelque esperance apres les
set ans passez?— Je suis de votre opinion, dit Longarine. Car
310 celles qui ne veulent point aymer ne donnent nulle occasion de
continuer l'amour qu'on leur porte.— Peut ettre, dit Nommerfide,
qu'elle en aymoit quelqu'autre qui ne valoit pas cet honnette
homme là, et que pour un pire elle laissa le meilleur.— Par ma
foy, dit Saffredan, je pense qu'elle faisoit provision de luy, pour
315 le prendre à l'heure qu'elle laisseroit celuy que pour lors elle
aymoit le mieus. »

NOUVELLE VINGT SYSIEME

Par le conseil et affection fraternelle d'une sage Dame, le
seigneur d'Avannes se retira de la fole amour qu'il portoit à
une gentille femme demeurant pres Pampelune.

Geburon . . . somma Longarine de donner sa voys à quelcun;
laquelle luy dit: « Je la donne à Saffredan, mais je le prie qu'il
nous face le plus beau conte dont il se pourra aviser, et qu'il ne
regarde point tant à dire mal des femmes, que, là où il y aura du
bien, il n'en veuille montrer la verité.— Vrayement, dit Saffre-   5
dan, je l'accorde. Car j'ai en main l'histoire d'une sage et d'une
fole. Vous prendrez l'exemple qui vous plaira le mieus, et connoitrez qu'autant qu'Amour fait faire en un cueur mechant de
mechancetez, en un cueur honnette fait faire choses dignes de
louange. Car Amour de soy est bon, mais la malice du sujet luy   10
fait prendre souvent un mauvais surnom de fol, leger, cruel, ou
vilain. Toutesfois, par l'histoire que je vous veuil à present
raconter, pourrez voir qu'Amour ne change point le cueur, mais
le montre tel qu'il est, fol aus folz, et sage aus sages.

Il y avoit, au tems du Roy Louys douzieme, un june seigneur,   15
nommé Monsieur d'Avannes,[1] fiz du sire d'Alebret, frere du Roy
Jan de Navarre, avec lequel le dit d'Avannes demeuroit ordinairement. Or, etoit ce june seigneur de l'aage de quinze ans, tant beau
et tant plein de toute bonne grace, qu'il sembloit n'ettre fait que
pour ettre aymé et regardé, comme il etoit de tous ceus qui le   20
voyoient, et, plus que de nul autre, d'une Dame demourante en
la ville de Pampelune[2] en Navarre, laquelle etoit maryée à un for
riche homme, avec lequel vivoit si honnestement, que, combien
qu'elle ne fut aagée que de vingt troys ans, pour ce que son mary
approchoit du cinquantieme, s'abilloit si modestement qu'elle   25
sembloit plus veuve que maryée. Et jamais homme ne la vid aler
à noces ny à festins sans son mary, duquel elle estimoit tant la
vertu et bonté, qu'elle la preferoit à la beauté de tous autres.

Et le mary, l'ayant experimentée si sage, y preind telle seureté,
30 qu'il luy commetoit tous les affaires de sa maison.

Un jour, ce riche homme fut convyé avec sa femme aus noces
de l'une de leurs parentes, auquel lieu, pour les honorer, se trouva
le june seigneur d'Avannes, qui naturellement aymoit la danse,
comme celuy qui en son tems ne trouvoit son pareil. Et, apres
35 diner que le bal commença, fut prié le dit seigneur d'Avannes par
le riche homme de vouloir danser. Le dit seigneur luy demanda
qui il vouloit qu'il menat. Il luy repondit: « Monsieur, s'il y en
avoit une plus belle et plus à mon commandement que ma femme,
je la vous presenteroye, vous supplyant la vouloir mener danser,
40 qui ne me seroit peu d'honneur. » Ce que feit ce june Prince,
duquel la junesse etoit si grande, qu'il prenoit plus de plaisir à
sauter et à danser qu'à regarder les beautez des Dames. Et celle
qu'il menoit, au contraire, regardoit plus sa grace et beauté, que
la danse où elle etoit, combien que, par sa grand' prudence, elle
45 n'en feit un seul semblant.

L'heure du souper venue, Monsieur d'Avannes dit à Dieu à la
compagnie, et se retira au Chateau où le riche homme l'accom-
pagna sur sa mule, et en alant luy dit: « Monsieur, vous avez ce
jourd'huy fait tant d'honneur à mes parens et à moy, que ce me
50 seroit grande ingratitude si je ne m'offroie avec toutes mes
facultez à vous faire service. Je sçai, Monsieur, que telz seigneurs
que vous, qui avez peres rudes et avaritieus, avez plus souvent
faute d'argent que nous, qui par petit train et bon menage ne pen-
sons qu'à en amasser. Or est il ainsi, que Dieu, m'ayant donné une
55 femme selon mon desir, ne m'a voulu totalement bailler mon
Paradis en ce monde, me frustrant de la joye que les peres ont des
enfans. Je sçai, Monsieur, qu'il ne m'appertient vous adopter
pour tel, mais s'il vous plait m'accepter pour serviteur et me
declarer voz petitz affaires, tant que cent mile ecuz de mon bien
60 se pourront etendre, je ne faudrai vous secourir en voz necessitez. »
Monsieur d'Avannes, for joyeus de cet offre, car il avoit un pere
tel que l'autre luy avoit dechiffré, apres l'avoir bien mercyé, le
nomma par alliance son pere.

De[s] cette heure là, le riche homme preind telle amour au
65 seigneur d'Avannes, que matin et soir ne cessoit de s'enquerir s'il
luy faloit quelque chose, et ne cela à sa femme la devotion qu'il
avoit au dit seigneur et à son service, d'ond elle l'ayma double-

ment. Et, depuis cette heure là, le dit seigneur d'Avannes n'eut
faute de chose qu'il desirat. Il aloit souvent voir ce riche homme,
et boire et manger avec luy. Et, quand il ne le trouvoit point, sa 70
femme luy bailloit tout ce qu'il demandoit; et d'avantage parloit
à luy si prudemment, l'admonetant d'ettre sage et vertueus, qu'il
la craindoit et aymoit plus que toutes les femmes de ce monde.
Elle, qui avoit Dieu et l'honneur devant les yeus, se contentoit de
sa veue et parole, où git la satisfaction de l'honnette et bonne 75
amour.[3] En sorte que jamais ne luy feit signe, par lequel il peut
juger qu'elle eut autre affection à luy que fraternelle et chretianne.

Durant cette amytié couverte, Monsieur d'Avannes, par le
moyen des dessus dits, etoit for gorgias et bien en ordre; et,
approchant de l'aage de dys set ans, commença à cercher les 80
Dames plus qu'il n'avoit de coutume. Et, combien qu'il eut plus
volontiers aymée la sage femme qu'une autre, si est ce que la
peur qu'il avoit de perdre son amytié, s'elle entendoit telz propos,
le feit taire et s'amuser ailleurs, et s'ala addresser à une gentille
femme pres Pampelune, qui avoit maison en la ville, laquelle 85
avoit epousé un june homme qui sur tout aymoit les chevaus,
chiens et oyseaus; et commença, pour l'amour d'elle, à lever mile
passetems, tournoys, courses, luytes, masques, festins et autres
jeus, en tous lesquelz se trouvoit cette june Dame. Mais, à cause
que son mary etoit for fantastique, et ses pere et mere, la con- 90
noisçans belle et legere, jalous de son honneur, la tenoient for de
court, le dit seigneur d'Avannes ne pouvoit avoir d'elle autre
chose que la parole bien courte en quelque bal, combien qu'en
peu de propos le dit seigneur d'Avannes apperceut bien qu'autre
chose ne defailloit en leur amytié, que le tems et le lieu.   95

Parquoy il veint à son bon pere le riche homme, et luy dit qu'il
avoit grand' devotion d'aler visiter Notre Dame de Montserrat,[4]
le priant de retenir tout son train en sa maison, par ce qu'il y
vouloit aler seul. Mais sa femme, qui avoit ce grand Prophete
Amour en son cueur, soupçonna incontinent la verité du voyage, 100
et ne se peut tenir de dire à Monsieur d'Avannes: « Monsieur, la
Notre Dame que vous adorez n'est pas hors des murailles de cette
ville. Parquoy, je vous supplye, sur toutes choses, regardez à votre
santé. » Luy, qui la craindoit et aymoit, rougit si fort à cette
parole, que, sans parler, il luy confessa la verité, et sur cela s'en ala. 105

Et, quand il eut acheté un couple de beaus chevaus d'Espagne,

s'abilla en palefrenier et deguisa tellement son visage, que nul
ne le connoisçoit. Le gentilhomme, mary de la fole Dame, qui
sur tout aymoit les chevaus, vid les deus que menoit Monsieur
110 d'Avannes. Incontinent les veint acheter; et, apres les avoir
achetez, regarda le palefrenier qui les menoit for bien, et luy
demanda s'il le voudroit servir. Le dit seigneur d'Avannes repondit que ouy, et qu'il etoit un pauvre palefrenier qui ne sçavoit
autre metier que panser chevaus, en quoy il s'aquiteroit si bien
115 qu'il en seroit content. Le gentilhomme, fort ayse, luy donna la
charge de tous ses chevaus; et, entrant en sa maison, dit à sa
femme qu'il luy recommandoit ses chevaus et son palefrenier, et
qu'il s'en aloit au Chateau.

La Dame, tant pour complaire à son mary que pour n'avoir
120 meilleur passetems, ala visiter les chevaus, et regarda le palefrenier
nouveau, qui luy sembla homme de bonne grace. Toutesfois, elle
ne le connoisçoit point. Luy, qui vid qu'il n'etoit point connu d'elle,
luy feit la reverence à la façon d'Espagne et luy preind et baisa
la main, et, en la baisant, la serra si for, qu'elle le reconnut. Car
125 en la danse luy avoit il maintes fois fait tel tour. Et, des l'heure, ne
cessa la Dame de cercher lieu où elle pourroit particulierement
parler à luy. Ce qu'elle feit des le soir mesme; car, etant convyée
en un festin où son mary la vouloit mener, findit d'ettre malade
et n'y pouvoir aler. Le mary, qui ne vouloit faillir à ses amys, luy
130 dit: « M'amye, puis qu'il ne vous plait venir, je vous prie avoir
egard sur mes chevaus et chiens, à fin qu'il ne leur faille rien. »
La Dame trouva cette commission fort agreable, mais, sans faire
autre semblant, luy repondit, puis qu'en meilleure chose ne la
vouloit employer, elle luy donneroit à connoitre par les moindres
135 combien elle desiroit luy complaire.

Et n'etoit pas encores le mary hors de la porte, qu'elle decendit
en l'etable, où elle trouva que quelque chose defailloit; et, pour
y mettre ordre, donna tant de commissions aus valetz de coté et
d'autre, qu'elle demeura seule avec le maitre palefrenier. Et, de
140 peur que quelcun surveint, luy dit: « Alez vous en dedans notre
jardin, et m'attendez en un cabinet qui est au bout de l'alée. »
Ce qu'il feit si diligemment, qu'il n'eut loysir de la mercyer. Et,
apres qu'elle eut donné ordre à toute l'equrie, s'en ala voir ses
chiens, usant de pareille diligence à les faire bien traiter; tant que
145 de maitresse, sembloit qu'elle fut devenue chambriere. Et apres,

retourna en sa chambre où elle se trouva si lasse, qu'elle se meit dedans le lyt, disant qu'elle vouloit reposer. Toutes ses femmes la laisserent seule, fors une en qui elle se fioit, à laquelle elle dit : « Alez vous en au jardin, et me faites venir celuy que vous trouverez au bout de l'alée. »   150

La chambriere s'y en ala, et trouva le maitre palefrenier qu'elle amena incontinent à sa Dame, laquelle feit sortir hors la dite chambriere pour gueter quand son mary viendroit. Monsieur d'Avannes, se voyant seul avec la Dame, se depouilla de ses abillemens de palefrenier, ota son faus nez et sa fausse barbe, et, 155 non comme palefrenier craintif, mais comme tel seigneur qu'il etoit, sans demander congé à la Dame, se coucha audacieusement pres d'elle, où il fut receu ainsi que le plus beau fiz qui fut en son tems devoit ettre de la plus belle et fole Dame du païs, et demeura là jusques à ce que le seigneur retourna. A la venue duquel, re- 160 prenant son masque, laissa la place que par finesse et malice il usurpoit.

Le gentilhomme, entrant en sa cour, entendit la diligence que sa femme avoit faite à bien luy obeïr, d'ond la mercya tresfor. « Mon amy, dit la Dame, je ne fai que mon devoir. Il est vray, qui 165 ne prendroit garde sur ces mechans garsons, vous n'auriez chien qui ne fut galeus, ne cheval qui ne fut maigre. Mais, puis que je connoi leur paresse, et votre bon vouloir, vous serez mieus servy que ne futes oncques. » Le gentilhomme, qui pensoit avoir choisy le meilleur palefrenier de tout le monde, luy demanda qu'il luy 170 en sembloit. « Je vous confesse, Monsieur, repondit elle, qu'il fait aussi bien son devoir que serviteur que vous eussiez sceu choisir, mais il a besoin d'ettre sollicité. Car c'est le plus endormy valet que je vi jamais. »

Ainsi demeurerent longuement le mary et la Dame en meilleure 175 amytié qu'auparavant, et perdit tout le soupçon et jalousie qu'il avoit d'elle; pour ce qu'autant qu'elle avoit aymé les festins, danses et compagnies, elle etoit ententive à son menage, et se contentoit bien souvent de ne porter sur sa chemise qu'un chamarre, en lieu qu'elle avoit accoutumé d'ettre quatre heures à s'acoutrer. 180 Dont elle etoit louée d'un chacun, qui n'entendoit pas que le pire diable chassoit le moindre, et beaucoup plus estimée de son mary.

Ainsi vecut cette june Dame, souz l'hypocrisie et abit de femme de bien, en telle volupté, que raison, conscience, ordre et mesure

185 n'avoient plus de lieu en elle. Ce que ne peut longuement porter
la delicate junesse et petite complexion du seigneur d'Avannes,
lequel deveint tant palle et maigre, que, sans porter masque, on le
pouvoit bien meconnoitre. Mais la fole amour qu'il avoit à cette
femme là luy rendit les sens si fort hebetez, qu'il presumoit de sa
190 force, ce qui eut defailly en celle d'Hercules. D'ond, à la fin, contraint de maladie, et conseillé par la Dame qui ne l'aymoit pas
tant malade que sain, demanda congé à son maitre de se retirer
chez ses parens, qui le luy donna à grand regret, souz condition et
promesse de retourner à son service quand il seroit sain.

195   Ainsi s'en ala le seigneur d'Avannes à beau pié, car il n'avoit
qu'à traverser la longueur d'une rue. Et, arrivé à la maison du
riche homme son pere, n'y trouva que sa femme, de laquelle
l'amour vertueuse qu'elle luy portoit n'etoit point diminuée pour
son voyage. Mais, quand elle le vid si maigre et decoloré, ne se
200 peut tenir de luy dire en colere: « Je ne sçai, Monsieur, comme il
va de votre conscience, mais votre cors n'est point amandé de ce
Pelerinage, et me doute for que le chemin qu'avez fait de nuyt
vous ait plus travaillé que celuy de jour. Car si vous fussiez alé en
Hyerusalem à pié, vous en fussiez revenu plus halé, mais non pas
205 si maigre et foible. Or, contez cette cy pour une,[5] et ne servez plus
telz images, qui, en lieu de resusciter les mortz, font mourir les
vivans. Je vous en diroie d'avantage, mais, si votre cors a peché, il
en a telle punition, que j'ai pitié d'ajouter quelque facherie
nouvelle. » Quand le seigneur d'Avannes eut entendu ces propoz,
210 il ne fut moins marry que honteus, et luy dit: « Ma Dame, j'ai
autresfois oÿ dire que la repentence suyt le peché, et maintenant
je l'epreuve à mes depens, vous priant excuser ma junesse, qui ne
se peut chatier que par experimenter le mal qu'elle ne veut
croire. »

215   La Dame, changeant de propos, le feit coucher en un beau lyt,
où il fut quinze jours, ne vivant que de restaurans. Et le mary et
la Dame luy teindrent si bonne compagnie, qu'il avoit tous les
jours l'un d'eus pres de luy. Et, combien qu'il eut fait les folies
que vous avez ouÿes contre la volonté et le conseil de la sage
220 Dame, si ne diminua elle jamais l'amour vertueuse qu'elle luy
portoit. Car elle esperoit bien qu'apres avoir passé ses premiers
jours en folyes, il se retireroit et contraindroit d'aymer honnettement, et par ce moyen seroit du tout à elle. Durans ces quinze

jours qu'il fut en sa maison, elle luy teint tant de bons propos
tendans à l'amour de vertu, qu'il commença d'avoir horreur de 225
la folie qu'il avoit faite; et, regardant la Dame, qui en beauté
passoit la fole, connoisçant de plus en plus les vertus qui etoient
en elle, ne se peut garder, un jour qu'il faisoit assez obscur,
chassant toute crainte hors, de luy dire: « Ma Dame, je ne voi
meilleur moyen pour ettre tel et si vertueus que me preschez et 230
desirez, que mettre mon cueur à ettre entierement amoureus de
la vertu. Je vous supplye, ma Dame, me dire s'il ne vous plait pas
m'y donner toute ayde et faveur à vous possible. »

La Dame, for joyeuse de luy voir tenir ce langage, luy dit: « Je
vous promei, Monsieur, que, si vous ettes amoureus de la vertu 235
comme il appertient à tel seigneur que vous, je vous servirai pour
y pervenir de toutes les puissances que Dieu a mises en moy.—
Or, ma Dame, dit Monsieur d'Avannes, souvenez vous de voz
promesses, et entendez que Dieu, inconnu de l'homme, si non par
la foy, a digné prendre chair semblable à celle de peché, à fin 240
qu'en attirant notre chair à l'amour de son humanité, tirat aussi
notre esprit à l'amour de sa divinité, et s'est voulu servir des
moyens visibles, pour nous faire aymer par foy les choses invisibles.
Aussi, cette vertu que j'ai toute ma vie desirée aymer, est une
chose invisible, si non par les effetz du dehors. Parquoy est besoin 245
qu'elle prene quelque cors pour se faire connoitre entre les
hommes, ce qu'elle a fait, se revetant du votre, pour le plus
perfet qu'elle a peu trouver. Parquoy, je vous reconnoi et confesse
non seulement vertueuse, mais la seule vertu. Et moy, qui la voi
reluire souz le voyle du plus perfet cors qui jamais fut, je la vueil 250
servir et honorer toute ma vie, laissant pour elle toute autre amour
vaine et vicieuse. »

La Dame, non moins contente qu'emerveillée d'oÿr ces propos,
dissimula si bien son contentement, qu'elle luy dit: « Monsieur,
je n'entrepren pas de repondre à votre theologie. Mais, comme 255
celle qui est plus craindante le mal que croyante le bien, vous
voudroye supplier de cesser en mon endroit ces propos, dont vous
estimez si peu celles qui les ont creuz. Je sçai tresbien que je suis
femme, non seulement comme une autre, mais tant imperfette,
que la vertu feroit plus grand acte de me transformer en elle, que de 260
prendre ma forme, si non quand elle voudroit ettre inconnue au
monde. Car, souz tel abit que le mien, la vertu ne pourroit ettre

connue telle qu'elle est. Si est ce, Monsieur, que pour mon
imperfection, je ne laisse à vous porter telle affection que doit et
265 peut faire femme craindant Dieu et son honneur. Mais cette
affection ne sera declarée jusques à ce que votre cueur soit suscep-
tible de la patience qu'amour vertueuse commande. Et à l'heure,
Monsieur, je sçai quel langage il faut tenir. Mais pensez que vous
n'aymez pas tant votre propre bien, honneur et personne, que
270 moy. »

Monsieur d'Avannes, craintif, ayant la larme à l'euil, la supplya
tresfor, que pour seureté de ses paroles elle le voulut baiser. Ce
qu'elle refusa, luy disant que pour luy elle ne rompreroit point la
coutume du païs. Et, en ce debat, surveint le mary, auquel le dit
275 seigneur d'Avannes dit : « Mon pere, je me sen tant tenu à vous
et à votre femme, que je vous supplye me tenir pour jamais votre
fiz. » Ce que le bon homme feit volontiers. « Et pour seureté de
cette amytié, dit Monsieur d'Avannes, je vous prie que je vous
baise. » Ce qu'il feit. Apres, luy dit : « Si ce n'etoit de peur d'offenser
280 la loy, j'en feroye autant à ma mere votre femme. » Le mary,
voyant cela, commanda à sa femme de le baiser. Ce qu'elle feit,
sans faire semblant de vouloir ou non vouloir ce que son mary
luy commandoit. A l'heure, le fœu que la parole avoit commencé
d'alumer au cueur du pauvre seigneur, commença à s'augmenter
285 par le baisé tant desiré, si for requis et si cruellement refusé.

Ce fait, s'en ala le dit seigneur d'Avannes au Chateau, voir le
Roy son frere, où il feit force beaus contes de son voyage de
Monserrat. Et là entendit que le Roy son frere s'en vouloit aler à
Olly et Taffares,[6] et, pensant que le voyage seroit long, entra en
290 une grande tristesse, qui le meit jusques à deliberer d'essayer,
avant que partir, si la sage Dame luy portoit point meilleure
volonté qu'elle n'en faisoit semblant. Et s'en ala loger en une
maison de la ville en la rue où elle etoit, et preind un logis viel,
mauvais et fait de boys, auquel environ mynuyt meit le fœu,
295 d'ond le bruyt fut si grand par toute la ville, qu'il veint à la
maison du riche homme, lequel, demandant par la fenettre où
c'etoit qu'etoit le fœu, entendit que c'etoit chez Monsieur d'Avannes, où il ala incontinent avec tous les gens de sa maison ; et
trouva le june seigneur tout en chemise en la rue, dont il eut si
300 grand' pitié, qu'il le preind entre ses bras, et, le couvrant de sa
robe, le mena en sa maison le plus tot qu'il luy fut possible, et dit

à sa femme qui etoit dedans le lyt: « M'amye, je vous baille ce prisonnier en garde, traités le comme moy mesme. »

Et, si tot qu'il fut party, le dit seigneur d'Avannes, qui eut bien voulu ettre traité en mary, sauta legerement dedans le lyt, 305 esperant que l'occasion et le lieu feroient changer propos à cette sage Dame. Mais il trouva le contraire: car ainsi qu'il saillit d'un coté dedans le lyt, elle sortit de l'autre, et preind son chamarre, duquel vetue, elle s'en veint à luy au chevet du lyt, et luy dit: « Monsieur, avez vous pensé que les occasions peussent muer mon 310 chaste cueur? Croyez qu'ainsi que l'aur s'epreuve à la fornaize,[7] aussi un cueur chaste au mylieu des tentations se treuve plus fort et vertueus, et se refroidit tant plus il est assailly de son contraire. Parquoy, soyez seur que, si j'avoi autre volonté que celle que vous ai dite, je n'eusse failly à trouver des moyens, desquelz ne voulant 315 user, n'en ai tenu conte; vous priant, si voulez que je continue l'affection que je vous ai portée, oter non seulement la volonté, mais le penser de jamais, pour chose que vous sceussiez faire, me trouver autre que je suis. » Durant ces paroles, arriverent ses femmes, et elle commanda qu'on apportat la collation de toutes 320 sortes de confitures. Mais il n'avoit pour lors ne faim ne soif, tant il etoit desesperé d'avoir failly à son entreprise, craindant que la demonstration qu'il avoit faite de son desir luy feit perdre la privauté qu'il avoit avec elle.

Le mary, ayant donné ordre au fœu, retourna et pria tant 325 Monsieur d'Avannes de demeurer pour cette nuyt en sa maison, que le dit seigneur luy accorda. Mais si fut cette nuyt passée en telle sorte, que ses yeus furent plus exercez à plorer qu'à dormir. Et, bien matin, leur ala dire à Dieu dedans le lyt, où, en baisant la Dame, connut bien qu'elle avoit plus de pitié de son offense, 330 qu'elle n'avoit de mauvaise volonté contre luy; qui fut un charbon ajouté d'avantage au fœu de son amour. Apres diner, ala avec le Roy à Taffares, mais, avant que de partir, ala encores dire à Dieu à son pere et à sa Dame, qui, depuis le premier commandement de son mary, ne feit plus difficulté de le baiser comme son fiz. 335

Mais asseurez vous que plus la vertu empeschoit son euil et contenance de montrer la flamme cachée, plus elle s'augmentoit et devenoit importable, en sorte que, ne pouvant porter la guerre que l'honneur et l'amour faisoient en son cueur, laquelle toutesfois avoit deliberé de jamais ne montrer, ayant perdu la consolation 340

de la veue et parole de celuy pour qui elle vivoit, preind une
fievre continue, causée d'un humeur melencolique,[8] et tellement
couverte, que les extremitez du cors luy veindrent toutes froides,
et dedans incessamment bruloit. Les medecins, en la main des-
345 quelz ne pend pas la santé des hommes, commencerent à douter
si for de sa maladie, à cause d'une opilation qui la rendoit extreme-
ment melencolique, qu'ilz conseillerent au mary d'avertir sa
femme de penser à sa conscience et qu'elle etoit en la main de
Dieu, comme si ceus qui sont en santé n'y etoient pas.

350   Le mary, qui aymoit perfettement sa femme, fut si triste de
leur parole, que pour sa consolation ecrivit à Monsieur d'Avannes,
le supplyant de prendre la pene de les venir visiter, esperant que
sa veue profiteroit à la malade. A quoy ne tarda le seigneur
d'Avannes; mais, les lettres receues, s'en veint incontinent en
355 poste en la maison de son bon pere, et, à l'entrée, trouva les
serviteurs et femmes de leans menans tel dueil que leur maitresse
meritoit. D'ond le dit seigneur fut si etonné, qu'il demeura à la
porte comme une personne transie, et jusques à ce qu'il vid son
bon pere, lequel, en l'embrassant, se meit à plorer si for, qu'il ne
360 luy peut mot dire, et mena le dit seigneur d'Avannes en la chambre où etoit la pauvre malade; laquelle, tournant ses yeus languis-
sans vers luy, le regarda et luy bailla la main, en le tirant de toute
sa foible puissance, et, en l'embrassant et baisant, feit un merveilleus plaint, luy disant: « Monsieur, l'heure est venue qu'il faut
365 que toute dissimulation cesse, et que je confesse la verité que j'ai
tant mis pene vous celer. C'est que, si vous m'avez porté grande
affection, croyez que la miene n'a point eté moindre, mais ma
pene a passé la votre, d'autant que j'ai eu douleur de la celer
contre mon cueur et volonté. Car entendez, Monsieur, que Dieu
370 et mon honneur ne m'ont jamais permis la vous declarer, craindant d'ajouter en vous ce que je desiroi diminuer. Mais sçachez
que le *non* que je vous ai si souvent dit m'a tant fait de mal à
prononcer, qu'il est cause de ma mor, de laquelle je me contente,
puis que Dieu m'a fait la grace de m'avoir permis ainsi mourir,
375 premier que la violence de mon amour ait mise tache à ma
conscience et renommée. Car de moindre fœu que le mien ont
eté ruynez plus grans et plus fortz edifices. Or, m'en vai je
contente, puis qu'avant mourir je vous ai peu declarer mon
affection equale à la votre, hors mis que l'honneur des hommes et

des femmes n'est pas semblable; vous supplyant, Monsieur, que 380
d'ores en avant vous ne craindez à vous addresser aus plus
grandes et vertueuses Dames que vous pourrez. Car en telz
cueurs abitent les plus fortes passions et plus sagement conduites.
La grace, beauté et honnetteté qui sont en vous ne permetront
jamais que votre amour travaille sans fruyt. Je ne vous requier 385
point de prier Dieu pour moy, car je sçai bien que la porte de
Paradis n'est point refusée aus vrays amans, et qu'Amour est un
fœu qui punit si bien les amoureus en cette vie, qu'ilz sont exens
de l'apre torment de Purgatoire. Or, à Dieu, Monsieur, vous
recommandant votre bon pere, mon mary, auquel je vous prie 390
conter à la verité ce que vous sçavez de moy, à fin qu'il connoisce
combien j'ai aymé Dieu et luy. Et gardez de vous trouver plus
devant mes yeus, car d'ores en avant ne veuil penser qu'à aler
recevoir les promesses que Dieu m'a faites avant la constitution
du monde. » En ce disant, le baisa et embrassa de toute la force de 395
ses foibles bras. Le dit seigneur, qui avoit le cueur aussi mort par
compassion qu'elle par douleur, sans avoir puissance de luy dire
un seul mot, se retira hors de sa veue, sur un lyt qui etoit dedans
la chambre, où il s'evanouyt plusieurs foys.

A l'heure, la Dame appela son mary, auquel, apres beaucoup 400
de remontrances honnettes, recommanda Monsieur d'Avannes,
l'asseurant qu'apres luy c'etoit la personne de ce monde qu'elle
avoit la plus aymée, et, en le baisant, luy dit à Dieu. Puis, feit
apporter le saint sacrement de l'autel, et apres, l'onction, lesquelz
elle receut avec telle joye que celle qui est seure de son salut, et, 405
sentant sa veue diminuer et ses forces defaillir, commença à dire
bien haut son *In manus.* [9]

A ce cry, se leva le seigneur d'Avannes de dessus le lyt, et, la
regardant piteusement, luy vid rendre avec un dous soupir sa
glorieuse ame à Celuy dont elle etoit venue. Et, quand il s'apper- 410
ceut qu'elle etoit morte, courut au cors mort, duquel vivant il
n'approchoit qu'en crainte, et le veint baiser et embrasser de telle
sorte, qu'à grand' pene le luy peut on oter d'entre les bras. D'ond
le mary fut fort etonné; car jamais n'avoit estimé qu'il luy portat
telle affection. Et en luy disant: « Monsieur, c'est trop! », se 415
retirerent tous deus de là. Et, apres avoir ploré longuement, l'un
sa femme et l'autre sa Dame, Monsieur d'Avannes luy conta tout
le discours de son amytié, et comme jusques à sa mor elle ne luy

avoit jamais fait aucun signe où il trouvat autre chose que
420 rigueur. Dont le mary, plus content que jamais, augmenta le
regret et douleur qu'il avoit de l'avoir perdue, et toute sa vie feit
service à Monsieur d'Avannes. Mais, depuis cette heure là, le dit
seigneur d'Avannes, qui pour lors n'avoit que dys huyt ans, s'en
ala à la Cour, où il demeura beaucoup d'années sans vouloir
425 voir ne parler à femme du monde, pour le regret qu'il avoit de sa
Dame; et porta plus de dys ans le noir.[10]

Voyla, mes Dames, la difference d'une fole et sage Dames,
ausquelles se montrent les differens effetz d'amour, dont l'une en
receut mort glorieuse et louable, et l'autre, renommée honteuse
430 et infame, qui feit sa vie trop longue. Car, autant que la mor du
saint est precieuse devant Dieu, la mort du pecheur est tresmauvaise.[11]

—Vrayement, Saffredan, dit Oysille, vous nous avez racontée
une histoire autant belle qu'il en soit point; et qui auroit connu le
435 personnage comme moy, la trouveroit encores meilleure. Car je
n'ai point veu un plus beau gentilhomme, ny de meilleure grace,
que le dit seigneur d'Avannes.— Pensez, dit Hircain, que voyla
une bonne sage Dame, qui, pour se montrer plus vertueuse par
dehors qu'elle n'etoit au cueur, et pour dissimuler une amour que
440 la raison de nature vouloit qu'elle portat à un si honnette seigneur,
se laissa mourir, par faute de se donner le plaisir qu'elle desiroit
couvertement, et luy ouvertement.— Si elle eut eu ce desir, dit
Parlamante, elle avoit assez de lieu et d'occasion pour luy montrer,
mais sa vertu fut si grande, que jamais son desir ne passa sa
445 raison.— Vous me la pindrez, dit Hircain, comme il vous plaira,
mais je sçai bien qu'un pire Diable met tousjours l'autre dehors,
et que l'orgueil chace plus la volupté entre les Dames, que la
crainte ne fait, ny l'amour de Dieu; aussi, que leurs robes sont si
longues et si bien tissues de dissimulation, que l'on ne peut con-
450 noitre ce qui est desouz. Car, si leur honneur n'en etoit non plus
taché que le notre, vous trouveriez que Nature n'a rien oublyé en
elles non plus qu'en nous. Et, pour la contrainte qu'elles se font
de n'auser prendre le plaisir qu'elles desirent, ont changé ce vice
en un plus grand qu'elles tienent plus honnette: c'est une gloire et
455 cruauté, par laquelle esperent d'aquerir nom d'immortalité; et
ainsi se glorifiantes de resister au vice de la loy de Nature, si

Nature est vicieuse, se font non seulement semblables aus bestes inhumaines et cruelles, mais aus Diables, desquelz elles prenent l'orgueil et la malice.— C'est dommage, dit Nommerfide, que vous avez une femme de bien, veu que non seulement vous desestimez la vertu des choses, mais la voulez montrer ettre vice.— Je suis bien ayse, dit Hircain, d'avoir une femme qui n'est point scandaleuse, comme aussi je ne veuil point ettre scandaleus. Mais, quant à la chasteté de cueur, je croi qu'elle et moy sommes enfans d'Adam et Eve. Parquoy, en bien nous mirant, n'aurons besoin couvrir notre nudité de feuilles, mais plus tot confesser notre fragilité.— Je sçai bien, dit Parlamante, que nous avons tous besoin de la grace de Dieu, pour ce que nous sommes tous enclins à peché; si est ce que noz tentations ne sont pareilles aus votres. Et si nous pechons par orgueil, nul tiers n'en a dommage, ne notre cors ne noz biens n'en demeurent souillez; mais votre plaisir git à deshonorer les femmes, et votre honneur à tuer les hommes en guerre, qui sont deus pointz formellement contraires à la loy de Dieu.— Je vous confesse, dit Geburon, ce que vous dites, mais Dieu qui a dit: « Quiconque regarde par concupiscence est ja adultere en son cueur;[12] et quiconque hait son prochin est homicide.[13] » A votre avis, les femmes en sont elles exentes non plus que nous?— Dieu, qui juge le cueur, dit Longarine, en donnera sa sentence, mais c'est beaucoup que les hommes ne nous puissent accuser. Car la bonté de Dieu est si grande, que, sans accusateur,[14] il ne nous jugera point, et connoit si bien la fragilité de noz cueurs, qu'encores nous aymera il de ne l'avoir point mise à execution. »

460

465

470

475

480

NOUVELLE VINGT NEUFIEME

Un curé, surpris par le trop soudin retour d'un laboureur
avec la femme duquel il faisoit bonne chere, trouva promptement moyen de se sauver aus depens du bon homme, qui
jamais ne s'en apperceut.

L'heure les pressoit si for, que, pour perachever la journée et
satisfaire à leurs propos, Symontaut fut contraint s'avancer de
donner sa voys à Nommerfide, les asseurant que, par sa rhetorique, elle ne les tiendroit pas longuement. De fait, Nommer-
5 fide, acceptant le commandement de Symontaut, commença
ainsi : « Puis, dit elle, qu'il vous plait, je vous en vai bailler un tout
tel que vous l'esperés de moy.

Je ne m'ebaÿ point, mes Dames, si Amour donne aus Princes et
gens nourrys en lieu d'honneur les moyens de se sauver d'un
10 danger. Car ilz sont nourrys avec tant de gens sçavans, que je
m'emerveilleroye beaucoup plus s'ilz etoient ignorans de quelques
choses. Mais l'invention d'amour se montre plus clairement, que
moins il y a d'esprit au sujet. Et pour cela vous veuil je raconter
un tour que feit un Prettre aprins seulement d'amour ; car de
15 toutes [autres] choses etoit il si ignorant, qu'à pene sçavoit il lire
sa Messe.

En la Comté du Mayne, en un village nommé Carelles,[1] y avoit
un riche laboureur, qui en sa vieillesse epousa une belle june
femme qui n'eut de luy nulz enfans. Mais de cette perte se recon-
20 forta à avoir plusieurs amys. Et, quand les gentizhommes et gens
d'apparence[2] luy faillirent, retourna à son dernier recours, qui
etoit l'Eglise, et preind compagnon de son peché celuy qui l'en
pouvoit absoudre. Ce fut son Curé, qui souvent venoit visiter sa
breby. Le mary, viel et poisant, n'en avoit nulle doute, mais, à
25 cause qu'il etoit rude et rechigné, sa femme jouoit son mistere le
plus secrettement qu'il luy etoit possible, craindant que si son
mary l'appercevoit, il la tuat.

Un jour qu'il etoit dehors, sa femme, ne pensant qu'il reveint

si tot, envoya querir Monsieur le Curé pour la venir confesser.
Et, ainsi qu'ilz faisoient bonne chere ensemble, son mary arriva 30
si soudinnement qu'il n'eut loysir de se retirer de la maison ; mais,
regardant le moyen de se cacher, monta par le conseil de la femme
dans un grainnyer et couvrit la trape, par où il monta, d'un van à
vanner. Le mary entra en la maison, et elle, de peur qu'il eut
quelque soupçon, le fetoya si bien à son diner, qu'elle n'epargna 35
point le boire, dont il preind si bonne quantité, avec la lasseté
qu'il avoit eue du travail des chams, qu'il eut envye de dormir,
etant assis en une chaire devant son fœu.

Le curé, qui s'ennuyoit d'ettre si longuement en ce grainnyer,
n'oyant point de bruyt en la chambre, s'avança sur la trappe, et, 40
en allongeant le col le plus qu'il luy fut possible, avisa que le bon
homme dormoit ; et, en le regardant, s'appuya par megarde si
lourdement sur le van, qu'homme et van trebucherent à bas
aupres du bon homme qui dormoit, lequel se reveilla à ce bruyt.
Et le Curé, qui fut plus tot levé que l'autre n'eut ouvert les yeus, 45
luy dit : « Mon compere, voyla votre van, et grand mercy. » Et,
ce disant, s'enfuyt. Le pauvre laboureur, tout etonné, demanda à
sa femme : « Qu'est cela ? » Elle luy repondit : « Mon amy, c'est
votre van que le Curé avoit emprunté, lequel il vous est venu
rendre. » Mais le mary, tout grondant, luy dit : « C'est bien rude- 50
ment rendu ce qu'on emprunte. Car je pensoi que la maison
tombat par terre. » Par ce moyen, se sauva le Curé aus depens du
bon homme, qui n'en trouva rien mauvais que la rudesse dont il
avoit usé en rendant son van.

Le Maitre qu'il servoit, mes Dames, le sauva pour cette fois là, 55
à fin de le posseder et tormenter plus longuement.

— N'estimez pas, dit Geburon, que les simples gens soient exens
de malice non plus que nous, mais en ont beaucoup d'avantage.
Car regardez moy larrons, meurdriers, sorciers, faus monnoyeurs,
et toutes ces manieres de gens desquelz l'esprit n'a jamais repos ; 60
ce sont tous pauvres et mecaniques gens.— Je ne trouve point
etrange, dit Parlamante, que la malice y soit plus qu'aus autres,
mais ouy bien qu'amour les tormente parmy le travail qu'ilz ont
d'autres choses, ne qu'en un cueur vilain une passion si gentille se
puisse mettre.— Ma Dame, dit Saffredan, vous sçavez que Maitre 65
Jan de Meun[3] a dit que

Aussi bien sont amourettes
souz bureau, que souz brunettes.[4]

Et aussi l'amour de qui le conte parle, n'est pas de celle qui fait
70 porter les harnoys. Car, tout ainsi que les pauvres gens n'ont les
biens ny les honneurs que nous avons, aussi ont ilz leurs com-
moditez de nature plus à leur ayse que nous n'avons. Leurs
viandes ne sont si friandes, mais ilz ont meilleur appetit, et se
nourissent mieus de gros pain que nous de restaurans. Ilz n'ont pas
75 les lys si beaus ne si bien faitz que les notres, mais ilz ont le
sommeil meilleur que nous et le repos plus grand. Ilz n'ont point
les Dames pintes et parées que nous idolatrons, mais ilz ont la
jouÿssance de leurs plaisirs plus souvent que nous, et sans craindre
les paroles, si non des bestes et des oyseaus qui les voyent. Bref, en
80 ce que nous avons, ilz defaillent, et en ce que nous n'avons, ilz
abondent. »

NOUVELLE TRENTE UNIEME

Un monastere de Cordeliers fut brulé avec les Moynes qui
etoient dedans, en memoire perpetuelle de la cruauté dont
usa un Cordelier amoureus d'une Damoyselle.

Quand l'heure fut venue, se trouverent tous au lieu accoutumé, et
lors Oysille demanda à Hircain à qui il donnoit sa voys pour
commencer la journée. « Si ma femme, dit il, n'eut commencé
celle d'hyer, je luy eusse donné ma voys. Car, combien que j'aye
tousjours pensé qu'elle m'ait plus aymé que tous les hommes du   5
monde, si est ce qu'à ce matin m'a montré m'aymer mieus que
Dieu ne que sa parole, laissant votre bonne leçon[1] pour me tenir
compagnie. Je luy eusse volontiers baillé cet honneur, mais, puis
que je ne le puis bailler à la plus sage femme de la compagnie, je
le baillerai au plus sage d'entre nous, qui est Geburon, le supplyant   10
qu'il n'epargne point les Religieus. » Geburon luy dit : « Il ne m'en
faloit point prier, je les avoi assez pour recommandez.[2] Car
il n'y a pas long tems que j'en ai oÿ faire un conte à Monsieur de
Saint Vincent,[3] ambassadeur de l'Empereur, qui est digne de
n'ettre mis en oubly, et je le vous vai raconter.   15

   Aus terres sujettes à l'empereur Maximilian[4] d'Autriche y avoit
un convent de Cordeliers fort estimé, aupres duquel un gentilhomme avoit sa maison, et portoit telle amytié aus Religieus de
leans, qu'il n'avoit bien qu'il ne leur donnat pour avoir par en
leurs bienfaitz, jeunes et disciplines. Et, entre autres, y avoit leans 20
un grand et beau Cordelier que le dit gentilhomme avoit pris pour
son confesseur, lequel avoit telle puissance de commander en la
maison de ce gentilhomme, que luy mesme. Ce Cordelier, voyant
la femme de ce gentilhomme tant belle et sage qu'il n'etoit
possible de plus, en deveint si fort amoureus, qu'il en perdit le   25
boire et le manger et toute raison naturelle. Et, un jour, deliberant d'executer son entreprise, s'en ala tout seul en la maison du
gentilhomme, et, ne le trouvant point, demanda à la Damoyselle

où il etoit alé. Elle luy dit qu'il etoit alé à une siene terre, où il
30 devoit demeurer deus ou troys jours, mais que, s'il avoit affaire de
luy, elle y envoyroit homme expres. Il luy dit que non, et commença d'aler et venir par la maison, comme un homme qui avoit
quelque affaire d'importance à l'entendement.

Et, quand il fut sailly hors de sa chambre, elle dit à une de ses
35 femmes, desquelles n'avoit que deus: « Alez apres le beau Pere,
et sçachez ce qu'il veut. Car je luy trouve le visage d'un homme qui
n'est pas content. » La chambriere s'en ala à la cour luy demander s'il vouloit rien. Il luy dit que ouy. Et, la tirant en un coin,
preind un poingnal qu'il avoit en sa manche, et luy meit dedans
40 la gorge. Ainsi qu'il eut achevé, arriva en la mesme cour un
serviteur du gentilhomme, etant à cheval, lequel apportoit la rente
d'une ferme. Incontinent qu'il fut à pié, salua le Cordelier, qui,
en l'embrassant, luy meit le poingnal par derriere en la gorge,
et ferma la porte du chateau sur luy. La Damoyselle, voyant que
45 sa chambriere ne revenoit point, s'ebaÿt pourquoy elle demeuroit
tant avec le Cordelier, et dit à l'autre: « Alez voir à quoy il tient
que votre compagne ne revient. » La chambriere s'y en ala, et,
si tot qu'elle fut decendue et que le beau Pere la vid, il la tira à
par en un coin, et en feit comme de l'autre.

50 Et, quand il se veid seul en la maison, il s'en veint à la Damoyselle, et luy dit qu'il y avoit long tems qu'il etoit amoureus d'elle
et que l'heure etoit venue qu'il faloit qu'elle luy obeït. Elle, qui
ne s'en fut jamais doutée, luy dit: « Mon Pere, je croi que si j'avoi
une volonté si malheureuse, que me voudriez lapider le premier. »
55 Le Religieus luy dit: « Sortez en cette cour, et vous verrez ce que
j'ai fait. » Quand elle vid ses deus chambrieres et son valet mortz,
elle fut si treseffroyée de peur, qu'elle demeura comme une
statue sans sonner mot. A l'heure, le mechant, qui ne vouloit
point joÿr d'elle pour une heure seule, ne la voulut prendre par
60 force, mais luy dit: « Ma Damoyselle, n'ayez peur, vous ettes
entre les mains de l'homme du monde qui vous ayme le plus. »
Disant cela, il depouilla son grand abit, souz lequel en avoit un
plus petit, qu'il presenta à la Damoyselle, luy disant que, si elle ne
le prenoit, qu'il la metroit au reng des trepassez qu'elle voyoit
65 devant ses yeus.

La Damoyselle, plus morte que vive, delibera de findre de luy
vouloir obeïr, tant pour sauver sa vie que pour gangner le tems

qu'elle esperoit que son mary reviendroit. Et, par le commandement du dit Cordelier, commença à se decoiffer, le plus lentement
qu'elle peut. Et quand elle fut en cheveus, le Cordelier ne regarda 70
à la beauté qu'ilz avoient, mais les coupa hativement. Ce fait, la
feit depouiller tout en chemise et luy feit vetir un petit abit qu'il
portoit, reprenant le sien qu'il avoit accoutumé; et, le plus tot
qu'il peut, partit de leans, menant avec soy son petit Cordelier
que si long tems avoit desiré.   75

Mais Dieu, qui a pitié de l'innocent en tribulation, regarda les
larmes de cette pauvre Damoyselle, en sorte que son mary, ayant
fait ses affaires plus tot qu'il ne cuydoit, retourna en sa maison
par le mesme chemin que sa femme s'en aloit. Mais, quand le
Cordelier l'apperceut de loin, il dit à la Damoyselle: « Voicy 80
votre mary que je voi revenir. Je sçai que, si vous le regardez, il
vous voudra tirer de mes mains. Parquoy marchez devant moy,
et ne tournez nullement la teste du coté de là où il ira. Car, si vous
faites un seul signe, j'aurai plus tot mon poingnal en votre gorge,
qu'il ne vous aura delivrée de mes mains. » En ce disant, le gentil- 85
homme approcha et luy demanda d'ond il venoit. Il luy dit: « De
votre maison, où j'ai laissé ma Damoyselle votre femme qui se
porte tresbien et vous attend. »

Le gentilhomme passa outre, sans appercevoir sa femme. Mais
le serviteur, qui etoit avec luy, lequel avoit tousjours accoutumé 90
d'entretenir le compagnon du Cordelier, nommé frere Jan, commença à appeler sa maitresse, pensant que ce fut frere Jan. La
pauvre femme, qui n'ausoit torner l'œil du coté de son mary, ne luy
repondit mot. Mais son valet, pour le voir au visage, traversa le
chemin, et, sans repondre rien, la Damoyselle luy feit signe de 95
l'œil, qu'elle avoit tout plein de larmes. Le valet s'en ala apres son
maitre et luy dit: « Monsieur, en traversant le chemin, j'ai avisé
le compagnon du Cordelier, qui n'est point frere Jan, mais
resemble tout à fait à ma Damoyselle votre femme, qui, avec un
œil plein de larmes, m'a jeté un piteus regard. » Le gentilhomme 100
luy dit qu'il revoit et n'en teint conte; mais le valet, persistant, le
supplya luy donner congé d'aler apres, et qu'il attendit au chemin
pour voir si c'etoit ce qu'il pensoit. Le gentilhomme luy accorda,
et demeura pour voir que son valet luy rapporteroit. Mais, quand
le Cordelier oÿt derriere luy le valet qui appeloit frere Jan, se 105
doutant que la Damoyselle avoit eté connue, veint avec un grand

baton ferré qu'il tenoit, et en donna un si grand coup par le coté au valet, qu'il l'abatit du cheval à terre. Incontinent saillit sur son cors et luy coupa la gorge.

110   Le gentilhomme, qui de loin vid trebucher son valet, pensant qu'il fut tombé par quelque fortune, courut apres pour le relever; et, si tot que le Cordelier le vid, il luy donna de son baton ferré, comme il avoit fait à son valet, et, le portant par terre, se jeta sur luy. Mais le gentilhomme, qui etoit fort et puissant, embrassa le

115   Cordelier de telle sorte qu'il ne luy donna pouvoir de faire mal, et luy feit saillir le poingnal des poingz, lequel incontinent sa femme ala prendre et le bailla à son mary, et de toute sa force teint le Cordelier par le capuchon; et le mary luy donna plusieurs coupz de poingnal, en sorte qu'il luy requit pardon et luy confessa sa

120   mechanceté. Le gentilhomme ne le voulut point tuer, mais pria sa femme d'aler en sa maison querir ses gens et quelque charrette, ce qu'elle feit. Et, apres avoir depouillé son abit, courut toute en chemise, la teste rase, jusques à sa maison.

      Incontinent accoururent tous ses gens pour aler ayder leur

125   maitre à amener le loup qu'il avoit pris; et le trouverent dedans le chemin, où il fut pris, lyé et mené à la maison du gentilhomme, lequel apres le feit conduire à la justice de l'Empereur en Flandres, où il confessa sa mauvaise volonté. Et fut trouvé par sa confession, et preuve faite par commissaires sur le lieu, qu'en ce Monastere

130   avoit eté mené un grand nombre de gentilles femmes et autres belles filles,[5] par les moyens que ce Cordelier y vouloit mener cette Damoyselle. Ce qu'il eut fait sans la grace de Notre Seigneur, qui ayde tousjours ceus qui ont esperance en luy. Et fut le dit Monastere spolié de ses larcins et belles filles qui etoient dedans, et les

135   Moynes enfermez en iceluy brulez avec le dit Monastere, pour perpetuelle memoire de ce crime. Par lequel se peut connoitre qu'il n'y a rien plus cruel qu'Amour, quand il est fondé sur vice, comme il n'est rien plus humain ne louable, quand il abite en un cueur vertueus.

140   Je suis bien marry, mes Dames, de quoy la verité ne nous amene des contes autant à l'avantage des Cordeliers, comme elle fait à leur desavantage. Car ce me seroit grand plaisir, pour l'amour que je porte à leur ordre, d'en sçavoir quelcun où j'eusse moyen de les louer. Mais nous avons tant juré de dire verité, que

je suis contraint, apres le rappor de gens si dignes de foy, de ne la 145
celer; vous asseurant, quand les Religieus feront acte digne de
memoire à leur gloire, je metrai grand' pene de le faire trouver
beaucoup meilleur que je n'ai fait à dire la verité de cettuy cy.

— En bonne foy, Geburon, dit Oysille, voila une Amour qui se
deveroit nommer cruauté.— Je m'ebaÿ, dit Symontaut, comment 150
il eut la patience, la voyant en chemise, et au lieu où il pouvoit
ettre maitre, qu'il ne la preind par force.— Il n'etoit pas fryand,
dit Saffredan, mais il etoit gourmand.[6] Car, pour l'envye qu'il
avoit de s'en souler tous les jours, il ne se vouloit point amuser à
en tater.— Ce n'est point cela, dit Parlamante, mais entendez que 155
tout homme furieus est tousjours paoureus. Et la crainte qu'il
avoit d'ettre surpris et qu'on luy otat sa proye, luy faisoit emporter
son aigneau, comme un loup sa breby, pour manger à son ayse.—
Toutesfois, dit Dagoncin, je ne sçauroi croire qu'il luy portat
amour, ne qu'en un cueur si vilain que le sien ce vertueus Dieu 160
eut sceu abiter.— Quoy qu'il en soit, dit Oysille, il en fut bien
puny. Je prie à Dieu que de pareilles entreprises puissent saillir
telles punitions. »

NOUVELLE TRENTE QUATRIEME

Deus Cordeliers, ecoutans le secret où l'on ne les avoit appelez, pour avoir mal entendu le langage d'un boucher, meirent leur vie en danger.

. . . S'enquerant ma Dame Oysille à qui Symontaut donneroit sa voys: « Je la donne, dit il, à Nommerfide. Car puis qu'elle a le cueur joyeus, sa parole ne sera point triste.— Vrayement, dit Nommerfide, puis que vous avez envye de rire, je vous en vai
5 appreter l'occasion, et, pour vous montrer combien la peur et l'ignorance nuit, et que faute de bien entendre un propos est souvent cause de beaucoup de mal, je vous dirai ce qui aveint à deus pauvres Cordeliers de Nyor, lesquelz, pour mal entendre le langage d'un boucher, furent en danger de leurs personnes.

10 Il y a un village entre Nyor et Fors, nommé Grip,[1] appertenant au seigneur de Fors.[2] Un jour, aveint que deus Cordeliers, venans de Nyor, arriverent bien tard en ce lieu de Grip et logerent en la maison d'un boucher. Et, pour ce qu'entre leur chambre et celle de l'otte n'y avoit que des ais bien mal jointz, leur preind envye
15 d'ecouter ce que le mary disoit à sa femme etant dans le lyt, et veindrent mettre tout droit les aureilles au chevet du lyt du mary, lequel, ne se doutant de ses ottes, parloit privement de son menage avec sa femme, en luy disant: « M'amye, il me faut lever demain de bon matin pour aler voir noz Cordeliers. Car il y en
20 a un bien gras, lequel il nous faut tuer; nous le salerons incontinent et en ferons bien notre profit. » Et, combien qu'il entendit de ses pourceaus, qu'il appeloit *cordeliers*,[3] si est ce que les deus pauvres freres, qui oÿrent cette conjuration, se teindrent tout asseurez que c'etoit pour eus, et en grand' peur et crainte atten-
25 doient l'aube du jour.

Il y en avoit un d'eus for gras, et l'autre assez maigre. Le gras se vouloit confesser à son compagnon, disant qu'un boucher, ayant perdu l'amour et crainte de Dieu, ne feroit non plus de cas de

l'assommer, qu'un bœuf ou autre beste. Et, veu qu'ilz etoient
enfermez en leur chambre, de laquelle ilz ne pouvoient sortir sans   30
passer par celle de l'otte, ilz se pouvoyent tenir bien asseurez de
leur mort, et recommander leurs ames à Dieu. Mais le june, qui
n'etoit pas si vincu de peur que son compagnon, luy dit que, puis
que la porte leur etoit fermée, faloit essayer à passer par la fenettre;
aussi bien ne sauroient ilz avoir peis que la mor. A quoy le gras   35
s'accorda. Le june ouvrit la fenettre, et, voyant qu'elle n'etoit
trop haut de terre, sauta legerement en bas, et s'en fuyt le plus tot
et le plus loin qu'il peut, sans attendre son compagnon, lequel
essaya le danger, mais la poisenteur le contraindit de demeurer
en bas. Car, en lieu de sauter, il tomba si lourdement, qu'il se   40
blessa en une jambe; et, quand il se vid abandonné de son compagnon et qu'il ne le pouvoit suyvre, regarda au tour de luy où il
se pourroit cacher, et ne vid rien qu'un tect à pourceaus, où il se
trainna le mieus qu'il peut. Et, ouvrant la porte pour entrer
dedans, echapperent deus gras pourceaus, à la place desquelz se   45
meit le pauvre Cordelier, et ferma le petit huys sur soy, esperant,
quand il oÿroit le bruyt des gens passans, qu'il appeleroit et
trouveroit secours.

Mais, si tot que le matin fut venu, le boucher appreta ses grans
couteaus et dit à sa femme qu'elle luy teint compagnie pour aler   50
tuer ce pourceau gras. Et, quand il arriva au tect où le Cordelier
s'etoit caché, il commença à crier bien haut, en ouvrant la petite
porte: « Saillez dehors, maitre Cordelier, saillez dehors. Car
aujourd'huy j'aurai de vos boudins. » Le Cordelier, ne se pouvant
soutenir sur sa jambe, saillit à quatre piez hors du tect, criant tant 55
qu'il pouvoit misericorde. Et, si le pauvre Cordelier eut grand'
peur, le boucher et sa femme n'en eurent pas moins. Car ilz
pensoient que saint Françoys[4] fut courroucé contre eus, de ce
qu'ilz nommoient une beste *cordelier*, et se meirent à genouilz
devant le pauvre frere, demandant pardon à saint Françoys et à   60
sa Religion. En sorte que le Cordelier crioit d'un coté misericorde
au boucher, et le boucher [à luy], d'autre, tant que les uns et les
autres furent un quart d'heure sans se pouvoir asseurer. A la fin,
le beau Pere, connoisçant que le boucher ne luy vouloit point de
mal, luy conta la cause pour laquelle il s'etoit caché en ce tect.   65
D'ond leur peur fut incontinent convertie en matiere de ris, si non
que le pauvre Cordelier, qui avoit mal à la jambe, ne se pouvoit

rejouÿr. Mais le boucher le mena en sa maison, où il le feit tresbien panser.

70   Son compagnon, qui l'avoit laissé au besoin, courut toute la
nuyt, tant qu'au matin il veint en la maison du seigneur de Fors,
où il se plaindoit de ce boucher, qu'il soupçonnoit avoir tué son
compagnon, veu qu'il n'etoit point venu apres luy. Le dit seigneur
de Fors envoya incontinent au dit lieu de Grip pour en sçavoir la
75   verité, laquelle sceue, ne trouva point matiere de plorer, et ne
faillit à en faire le conte à sa maitresse, ma Dame la Duchesse
d'Angoulesme,[5] mere du Roy Françoys, premier de ce nom.

Voyla, mes Dames, comme il ne fait pas bon ecouter le secret
où l'on n'est point appelé, et entendre mal les paroles d'autruy.
80   —Ne sçavoi je pas bien, dit Symontaut, que Nommerfide ne
nous feroit point plorer, mais bien for rire ? En quoy il me semble
que chacun de nous s'est bien aquité.— Et qu'est ce à dire, dit
Nommerfide, que nous sommes plus enclins à rire d'une folie que
d'une chose sagement faite?— Pour ce, dit Hircain, qu'elle nous
85   est plus agreable, d'autant qu'elle est plus semblable à notre
nature, qui de soy n'est jamais sage. Et chacun prend plaisir à son
semblable, les folz aus folies, et les sages à la prudence.— Je croi,
dit Symontaut, qu'il n'y a ne sages ne folz, qui se sceussent garder
de rire de cette histoire.— Il y en a, dit Geburon, qui sont tant
90   addonnez à l'amour de sapience, que, pour choses qu'il sceussent
oÿr, on ne les sçauroit faire rire. Car ilz ont une joye en leur cueur
et un contentement si moderé, que nul accident ne les peut
muer.— Qui sont ceus là? dit Hircain.— Les philosophes du
tems passé,[6] repond Geburon, desquelz[7] la tristesse et la joye
95   n'etoit quasi point sentie; au moins n'en montroient ilz nul semblant, tant ilz estimoient grand' vertu se vincre soy mesme et ses
passions.— Et je trouve aussi bon qu'eus, dit Saffredan, de vincre
une passion vicieuse, mais une passion naturelle qui ne tend à nul
mal, cette victoire là me semble inutile.— Si est ce, dit Geburon,
100   que les anciens estimoient cette vertu grande.— Il n'est pas dit
aussi, repondit Saffredan, qu'ilz fussent tous sages. Mais il y avoit
plus d'apparence de sens et de vertuz, qu'il n'y avoit d'effet.—
Toutesfois, dit Geburon, vous voyez qu'ilz reprenent toutes choses
mauvaises, et mesme Diogenes[8] foula aus piez le lyt de Platon, par
105   ce qu'il etoit trop curieux[9] à son gré, pour montrer qu'il deprisoit

et vouloit mettre souz les piez la vaine gloire du dit Platon, en disant: « Je foule l'orgueil de Platon. »— Mais vous ne dites pas tout, dit Saffredan. Car Platon soudinnement luy repondit que vrayement il le fouloit, mais avec une plus grand' presumption, d'autant que Diogenes usoit d'un tel mepris de netteté par une certaine gloire et arrogance.— A la verité, dit Parlamante, il est impossible que la victoire de nous mesmes se face par nous mesmes, sans un merveilleus orgueil,[10] qui est un vice que chacun doit le plus craindre. Car il s'engendre de la mor et ruyne de tous les autres.— Ne vous ai je pas leu au matin,[11] dit Oysille, que ceus qui ont cuydé ettre plus sages que tous les autres hommes, et qui, par une lumiere de raison, sont venuz jusques à connoitre un Dieu createur de toutes choses, toutesfois, pour s'attribuer cette gloire et non à Celuy dont elle venoit, estimans par leur labeur avoir gangné le savoir, ont eté faitz non seulement plus ignorans et deraisonnables que les autres hommes, mais que les bestes brutes? Car, ayans erré en leurs espritz, s'attribuans ce qu'à Dieu seul appertient, ont montré leurs erreurs par le desordre de leur cors, oublyans et pervertissans l'ordre de leur sexe, comme saint Paul aujourd'huy nous montre en l'Epitre qu'il ecrivoit aus Romains.[12]— Il n'y a nulle de nous, dit Parlamante, qui ne confesse que tous les pechez exterieurs ne soient les fruys de l'infidelité interieure, laquelle plus est couverte de vertus et de miracles, plus est dangereuse à arracher.— Entre nous hommes, dit Hircain, sommes doncq' plus pres de notre salut que vous autres. Car, ne dissimulans point noz fruys, connoisçons facilement notre racine. Mais vous, qui ne les ausez mettre dehors et qui faites tant de beaus œuvres apparens, à grand' pene connoiscez vous cette racine d'orgueil, qui croit souz si belle couverture.— Je vous confesse, dit Longarine, que, si la parole de Dieu ne nous montre par la foy la lepre d'infidelité cachée en notre cueur, Dieu nous fait grand' grace, quand nous trebuchons en quelque offense visible, par laquelle notre peste couverte se puisse clairement voir. Et bien heureus sont ceus que la foy a tant humiliez, qu'ilz n'ont point besoin d'experimenter leur nature pecheresse par les effetz du dehors. »

NOUVELLE TRENTE CINQUIEME

L'opinion d'une Dame de Pampelune, qui, cuydant l'amour
spirituelle n'ettre point dangereuse, s'etoit efforcée d'entrer
en la bonne grace d'un Cordelier, fut tellement vincue par
la prudence de son mary, que, sans luy declarer qu'il entendit
rien de son affaire, luy feit mortellement haÿr ce que plus
elle avoit aymé, et s'addonna entierement à son mary.

Symontaut, prevoyant que le propos sur lequel ilz etoient pourroit prendre bien long trait, pour y obvier, s'avança de parler et
leur dit: « Regardez, je vous prie, dont nous sommes partis et où
nous sommes venuz. Parlans d'une tresgrand' folie, nous sommes
5 tombez en la philosophie et theologie. Laissons ces disputes à ceus
qui sçavent mieus resumer que nous. Et sachons de Nommerfide à
qui elle donnera sa voys.— Je la donne, dit elle, à Hircain. Mais
je luy recommande l'honneur des Dames.— Vous ne me le pouviez
dire en meilleur endroit, dit Hircain. Car l'histoire que j'ai
10 appretée est toute telle qu'il la faut pour vous obeïr. Si est ce que,
par cela, je vous apprendrai à confesser que la nature des femmes
et des hommes est de soy inclinée à tout vice, si elle n'est preservée
par la bonté de Celuy à qui l'honneur de toute victoire doit ettre
rendue. Et, pour abbatre l'audace que vous prenez, quand on en
15 dit quelqu'une à votre honneur, je vous en vai montrer un
exemple qui est tresveritable.

En la ville de Pampelune[1] y avoit une Dame estimée belle et
vertueuse, et la plus chaste et devote qui fut au païs. Elle aymoit
son mary et luy obeïssoit si bien, qu'entierement il se confyoit en
20 elle. Cette Dame frequentoit incessamment le service divin et les
sermons, et persuadoit à son mary et à ses enfans d'y demeurer
autant qu'elle, qui etoit en l'aage de trente ans, que les femmes
ont accoutumé de quiter le nom de belles pour ettre appelées
sages. Cette Dame ala, le premier jour de Karesme, à l'Eglise
25 prendre la memoire de la mor,[2] où elle trouva le sermon que
commençoit un Cordelier, tenu de tout le peuple pour un saint

homme, à cause de sa tresgrande austerité et bonté de vie, qui le rendoit maigre et palle, mais non tant, qu'il ne fut un des beaus hommes du monde.

La Dame ecouta devotement son sermon, ayant les yeus fermes à contempler cette venerable personne, et l'aureille ententive et l'esprit pront à l'ecouter. Parquoy, la douceur de ses paroles penetra les aureilles de la dite Dame jusques au cueur, et la beauté et grace de son visage passa par ses yeus et blessa si for son esprit, qu'elle fut comme une personne ravye. Apres le sermon, regarda soingneusement où[3] le Prescheur diroit la Messe, à laquelle assista et preind les cendres de sa main, qui etoit aussi belle et blanche que Dame la sauroit avoir. Ce que contempla plus la devote que la cendre qu'il luy bailloit, croyant fermement qu'une telle amour spirituelle, quelque plaisir qu'elle en sentit, n'eut sceu blesser sa conscience. Elle ne failloit tous les jours d'aler au sermon et d'y mener son mary. Et l'un et l'autre donnerent tant de louenge au Prescheur, qu'en table et ailleurs ne tenoient autres propos.

Ainsi ce fœu, souz titre de spirituel, fut si charnel, que le cueur qui en fut embrasé brula tout le cors de cette pauvre Dame. Et, tout ainsi qu'elle avoit eté tardive à sentir cette flamme, ainsi elle fut pronte à enflammer, et sentit plus tot le contentement de sa passion qu'elle ne connut ettre passionnée. Et, comme surprise de son ennemy Amour, ne resista plus à nul de ses commandemens. Mais le plus fort etoit que le medecin de ses douleurs etoit ignorant de son mal. Parquoy, ayant mis hors toute crainte qu'elle devoit avoir de montrer sa folie devant un si sage homme, son vice et sa mechanceté à un si vertueus et homme de bien, se meit à luy ecrire l'amour qu'elle luy portoit, le plus doucement qu'elle peut pour le commencement, et bailla ses lettres à un petit page, luy disant ce qu'il avoit à faire, et que sur tout il se gardat que son mary ne le vid aler aus Cordeliers.

Le page, cerchant son chemin plus droit, passa par la rue où son maitre etoit en une boutique. Le gentilhomme, le voyant passer, s'avança pour regarder où il aloit. Et, quand le page l'apperceut, tout etonné se cacha dedans une maison. Le maitre, voyant cette contenance, le suyvit, et, en le prenant par le bras, luy demanda où il aloit; et, voyant ses excuses sans propos et son visage effroyé, le menaça de le batre bien for, s'il ne luy disoit où

il aloit. Le pauvre page luy dit: « Helas, Monsieur, si je le vous di, ma Dame me tuera. » Le gentilhomme, doutant que sa femme feit un marché sans luy, asseura le page qu'il n'auroit nul mal, s'il luy disoit la verité, et qu'il luy feroit tout plein de bien;[4] aussi que,
70 s'il mentoit, il le metroit en prison à jamais. Le petit page, pour avoir du bien et eviter le mal, luy conta tout le fait, et luy montra les lettres que sa maitresse ecrivoit au Prescheur. D'ond son mary fut autant emerveillé et marry, comme il avoit eté toute sa vie asseuré de la loyauté de sa femme, où jamais n'avoit connu faute.
75 Mais luy, qui etoit sage, dissimula sa colere, et, pour connoitre du tout l'intention de sa femme, va faire une reponse, comme si le Prescheur la mercyoit de sa bonne volonté, luy declarant qu'il n'en avoit moins de son coté. Le page, ayant juré à son maitre de mener sagement cet affaire, ala porter à sa maitresse la
80 lettre contrefaite, dont elle eut telle joye, que son mary s'apperceut bien qu'elle avoit changé de visage. Car, en lieu d'amaigrir pour le jeune de Caresme, elle etoit plus june et plus fresche qu'à Caresme prenant.[5]

Et desja etoit la my Caresme, que la Dame ne laissa, pour
85 Passion[6] ne pour semaine sainte, sa maniere accoutumée de mander par lettres au Prescheur sa furieuse fantasie. Et luy sembloit, quand le Prescheur tournoit les yeus du coté où elle etoit, ou qu'il parloit de l'amour de Dieu, que c'etoit pour l'amour d'elle. Et, tant que ses yeus pouvoient demontrer ce qu'elle pensoit, elle
90 ne les epargnoit pas. Le mary ne failloit point à luy faire pareilles reponses. Apres Paques, il luy ecrivit au nom du Prescheur, qu'il la prioit luy ensigner le moyen comme il la pourroit voir secrettement. Elle, à qui l'heure tardoit, conseilla à son mary d'aler visiter quelques terres qu'ilz avoient dehors. Ce qu'il luy promeit, et
95 demeura caché en la maison d'un sien amy. La Dame ne faillit pas d'ecrire au Prescheur qu'il etoit heure de la venir voir, car son mary etoit dehors.

Le gentilhomme, voulant experimenter jusques au bout le cueur de sa femme, s'en ala au Prescheur, le priant, pour l'hon-
100 neur de Dieu, luy vouloir preter son abit. Le Prescheur, qui etoit homme de bien, luy dit que leur Regle le defendoit, et que pour riens ne le preteroit pour servir en masques. Le gentilhomme l'asseura qu'il n'en vouloit point abuser, et que c'etoit pour chose necessaire à son bien et salut. Le Cordelier, qui le connoisçoit

homme de bien et devot, le luy preta. Et, avec cet abit qui luy cou- 105
vroit tout le visage, de sorte qu'on ne pouvoit voir ses yeus, preind
le gentilhomme une fauce barbe et un faus nez semblables à ceus
du Prescheur; aussi, avec du liege, se feit de sa propre grandeur.

Ainsi abillé, s'en veint au soir à la chambre de sa femme qui
l'attendoit en grand' devotion. La pauvre sote n'eut pas la 110
patience qu'il veint à elle, mais, comme femme hors du sens, le
courut embrasser. Luy, qui tenoit le visage baissé de peur d'ettre
connu, commença à faire le signe de la croys, faisant semblant de la
fuyr, en disant tousjours, sans autre propos: «Tentation! tentation!»
La Dame luy dit: « Helas, mon Pere, vous avez raison. Car il 115
n'en est point de plus forte que celle qui vient d'Amour, à
laquelle vous m'avez promis donner remede, vous priant, maintenant que nous en avons le tems et loysir, avoir pitié de moy. » Et,
en ce disant, s'efforçoit l'embrasser; mais luy, fuyant par tous les
cotez de la chambre, avec grandz signes de croys, crioit tous- 120
jours: « Tentation! tentation! » Et, voyant qu'elle le cerchoit de
trop pres, preind un gros baton qu'il avoit souz son manteau, et
la batit si bien, qu'il luy feit perdre sa tentation. Et ainsi, sans
ettre connu d'elle, s'en ala incontinent rendre les abitz au Prescheur, l'asseurant qu'ilz luy avoient porté bonheur. 125

Le lendemain, faisant semblant de revenir de loin, retourna en
sa maison, où il trouva sa femme au lyt; et, comme ignorant sa
maladie, luy demanda la cause de son mal. Elle luy repondit que
c'etoit un catarre, et qu'elle ne se pouvoit ayder de bras ne
jambes. Le mary, qui avoit belle envye de rire, feit semblant d'en 130
ettre marry; et, pour la rejouÿr, luy dit qu'il avoit convyé à
souper le saint homme Predicateur. Mais elle luy dit: «Jamais ne
vous aviene, mon amy, de convyer telles gens. Car elles portent
malheur en toutes les maisons où elles vont.— Comment, m'amye,
dit le mary, vous m'avez tant loué cettuy cy! Je pense, quant à 135
moy, s'il y a un saint homme au monde, que c'est luy. » La Dame
luy repondit: « Ilz sont bons à l'Eglise et aus predications, mais
aus maisons ce sont Antechristz. Je vous prie, mon amy, que je
ne le voie point. Car ce seroit assez, avec le mal que j'ai, pour me
faire mourir. » Le mary luy dit: « Puis que vous ne le voulez voir, 140
vous ne le verrez point, mais si luy donnerai je à souper ceans.—
Faites, dit elle, ce qu'il vous plaira, mes que je ne le voie point.
Car je hai telles gens comme Diables. »

Le mary, apres avoir donné à souper au beau Pere, luy dit:
145 « Mon Pere, je vous estime tant aymé de Dieu, qu'il ne vous
refusera aucune requeste. Parquoy, je vous supplye avoir pitié de
ma pauvre femme, laquelle depuis huyt jours en ça est possedée
du maling esprit, de sorte qu'elle veut mordre et egratigner tout
le monde. Il n'y a croys ny eaue benite[7] dont elle face cas. J'ai
150 cette foy que, si vous metez la main sur elle, que le Diable s'en
ira, dont je vous prie autant que je puis. » Le beau Pere luy dit:
« Mon fiz, toute chose est possible au croyant. Croyez vous pas
fermement que la bonté de Dieu ne refuse nul qui en foy luy
demande grace?— Je le croi, mon Pere, repondit le gentil-
155 homme.— Asseurez vous aussi, dit le Cordelier, qu'il peut ce
qu'il veut et qu'il n'est moins puissant que bon. Alons, fortz en
foy, pour resister à ce lyon rugissant[8] et luy arracher la proye qui
est aquise à Dieu par le sang de notre Seigneur Jesus Christ, son
fiz.[9] » Ainsi le gentilhomme mena cet homme de bien, où sa femme
160 etoit couchée sur un petit lyt, qui fut si etonnée, pensant, en le
voyant, que ce fut luy qui l'eut batue, qu'elle entra en merveilleuse colere. Mais, pour la presence de son mary, baissa les yeus et
deveint muette. Le mary dit au saint homme: « Tant que je suis
devant elle, le Diable ne la tormente gueres. Mais, si tot que je
165 m'en irai, vous luy jeterez de l'eaue benite, et verrez à l'heure le
maling esprit faire son office. »

Le mary le laissa tout seul avec sa femme et demeura à la porte,
pour voir leur contenance. Quand elle ne vid plus personne que
le beau Pere, elle commença à crier comme femme hors du sens,
170 en l'appelant mechant, vilain, menteur, meurdrier, trompeur. Le
Cordelier, pensant pour vray qu'elle fut possedée du maling esprit,
luy voulut prendre la teste pour dire desus ses oraisons. Mais elle
l'egratigna et mordit de telle sorte, qu'il fut contraint parler de
plus loin; et, en jetant force eaue benite, disoit beaucoup de bonnes
175 oraisons. Quand le mary vid qu'il avoit assez bien fait son devoir,
entra en la chambre et le mercya de la pene qu'il en avoit prise.
Et, à son arrivée, sa femme cessa ses injures et maledictions, et
baisa la croys bien doucement, pour la crainte qu'elle avoit de
son mary. Mais le saint homme, qui l'avoit veue tant enragée,
180 croyoit fermement qu'à sa priere Notre Seigneur eut jeté le Diable
dehors. Et s'en ala louant Dieu de ce grand miracle.

Le mary, voyant sa femme bien chatiée de sa fole fantasie, ne

luy voulut point declarer ce qu'il avoit fait. Car il se contenta
d'avoir vincu son opinion par sa prudence et l'avoir mise en tel
etat, qu'elle hayoit mortellement ce qu'elle avoit aymé et detes-   185
toit sa folie, disant qu'elle laissoit toute superstition; et s'addonna
du tout à son mary et à son menage, mieus qu'elle n'avoit fait au
paravant.

Par cecy, mes Dames, pouvez vous connoitre le bon sens d'un
mary et la fragilité d'une estimée femme de bien. Et je pense,   190
quand vous aurez bien regardé en ce miroir, au lieu de vous fyer
en voz propres forces, apprendrez à vous retourner à Celuy en la
main duquel git votre honneur.
—Je suis bien ayse, dit Parlamante, de quoy vous ettes devenu
Prescheur des Dames, et le seroye encores plus, si vous vouliez   195
continuer ces beaus sermons à toutes celles que vous parlez.—
Toutes les fois, dit Hircain, que me voudrez ecouter, je vous
asseure que je n'en dirai pas moins.— C'est à dire, dit Symontaut,
que, quand vous n'y serez pas, il dira autrement.— Il fera ce
qu'il luy plaira, dit Parlamante, mais je veuil croire, pour mon   200
contentement, qu'il dit tousjours ainsi. A tout le moins, l'exemple
qu'il a allegué servira à celles qui cuydent que l'amour spirituelle
ne soit point dangereuse. Mais il me semble qu'elle l'est plus que
toutes les autres.— Si est ce, dit Oysille, qu'aymer un homme de
bien, vertueus et craindant Dieu, n'est point chose à depriser, et n'en   205
peut on que mieus valoir.— Ma Dame, dit Parlamante, je vous
prie croire qu'il n'y a rien plus sot, ny plus aysé à tromper, qu'une
femme qui n'a jamais aymé. Car Amour, de soy, est une passion
qui a plus tot saisy le cueur que l'on ne s'en est avisé. Et est cette
passion si plaisante, que, si elle se peut ayder de la vertu pour luy   210
servir de manteau, à grand' pene sera elle connue, qu'il n'en
viene de l'inconvenient.— Quel inconvenient, dit Oysille,
sçauroit il venir d'aymer un homme de bien?— Ma Dame,
repondit Parlamante, il y a assez d'hommes estimez hommes de
bien, mais d'ettre hommes de bien envers les Dames, garder leur   215
honneur et conscience, je croi que de ce tems ne s'en trouveroit
point jusques à un.[10] Et celles qui s'y fient, le croyant autrement,
s'en trouvent en fin trompées, et entrent en cette amytié de par
Dieu, dont bien souvent elles saillent par le Diable. Car j'en ai
assez veu qui, souz couleur de parler de Dieu, commençoient une   220

amytié, dont à la fin se vouloient retirer, et ne pouvoient, pour ce
que l'honnette couverture les tenoit en sujetion. Car une amour
vicieuse de soy mesme se defait, et ne peut durer en un bon
cueur. Mais la vertueuse est celle qui a les lyens de soy si deliez,
225 que l'on en est plus tot pris qu'on ne le peut voir.— A ce que vous
dites, dit Ennasuyte, jamais femme ne voudroit aymer homme,
mais votre loy est si apre qu'elle ne durera pas.— Je le sçai bien,
dit Parlamante, mais je ne lairrai, pour cela, desirer que chaqu'une
se contente de son mary, comme je fai du mien. » Ennasuyte, qui
230 par ce mot se sentit touchée, en changeant de couleur, luy dit:
« Vous devez juger que chacune a le cueur comme vous, ou vous
pensez ettre plus perfette que toutes les autres. »

NOUVELLE TRENTE SYSIEME

Par le moyen d'une salade, un President de Grenoble se
vengea d'un sien clerc, duquel sa femme s'etoit amourachée,
et sauva l'honneur de sa maison.

Parlamante, voyant Ennasuyte si fort offensé de ce qu'elle avoit
dit, que, de depit et colere, tout son sang luy etoit monté au
visage, commença à dire: « Or, bien de peur d'entrer en dispute,
sachons à qui Hircain donnera sa voys.— Je la donne, dit il, à
Ennasuyte, pour la rappaiser contre ma femme.— Or, puis que   5
je suis en mon reng, dit Ennasuyte, je n'epargnerai homme ne
femme, à fin de faire tout equal. Et voyant bien que vous ne
pouvez vincre votre cueur à confesser la bonté et vertu des hommes,
je reprendrai le propos dernier par une semblable histoire, qui
est que: 10

En la ville de Grenoble y avoit un President,[1] duquel je ne dirai
le nom, mais il n'etoit point françoys. Il avoit une bien belle
femme, et vivoient ensemble en grand' pais. Cette femme, voyant
que son mary etoit viel, preind en amour un june clerc, nommé
Nicolas. Quand son mary aloit le matin au Palais, entroit en sa   15
chambre et tenoit sa place. De quoy s'apperceut un serviteur du
President, qui l'avoit bien servi trente ans, et, comme loyal à son
maitre, ne se peut garder de luy dire. Le President, qui etoit sage,
ne le voulut croire legerement, mais dit qu'il avoit envye de
mettre division entre luy et sa femme, et que, si la chose etoit   20
vraye comme il disoit, il la luy pourroit bien montrer, et que, s'il
ne la luy montroit, il estimeroit qu'il auroit controuvé contre luy
cette mensonge pour le separer de l'amytié de sa femme. Le valet
l'asseura qu'il luy feroit voir ce qu'il luy disoit. Et, le matin, si tot
que le President fut alé à la Cour et Nicolas entré en la chambre,   25
le serviteur envoya l'un de ses compagnons dire à son maitre qu'il
pouvoit bien venir, et se teint tousjours à la porte, pour garder que
Nicolas n'en saillit.

Le President, si tot qu'il vid le signe que luy faisoit l'un de ses
30 serviteurs, findant se trouver mal, laissa l'audience et s'en ala
droit en sa maison, où il trouva son viel serviteur à la porte de sa
chambre, l'asseurant pour vray que Nicolas etoit dedans, qui n'y
faisoit gueres que d'entrer. Le seigneur luy dit: « Ne bouge de
cette porte, car tu sçais bien qu'il n'y a autre entrée ny issue en ma
35 chambre que cette cy, si non un petit cabinet, duquel je porte moy
mesme la clef. » Le President entra en sa chambre et trouva sa
femme et Nicolas couchez ensemble, lequel en chemise se jeta à
ses piez et luy demanda pardon. Sa femme, d'un autre coté, se
preind à plorer. Lors dit le President: « Combien que le cas que
40 vous avez fait soit tel que pouvez estimer, si est ce que je ne veuil
que, pour vous, ma maison soit deshonorée et les filles que j'ai
eues de vous desavancées. Parquoy, je vous commande que vous
ne plorez point, et voyez ce que je ferai. Et vous, Nicolas, cachez
vous en mon cabinet, et ne faites un seul bruyt. »

45   Quand il eut ainsi fait, va ouvrir la porte, appela son viel serviteur, et luy dit: « Ne m'as tu pas asseuré que tu me montrerois
Nicolas couché avec ma femme? Et, sur ta parole, je suis venu
icy en danger de tuer ma pauvre femme. Je n'ai riens trouvé de
tout ce que tu m'as dit. J'ai cerché par toute cette chambre,
50 comme je te veuil montrer. » Et, en ce disant, feit regarder son
valet souz les lys et de tous cotez. Et quand le valet ne trouva rien,
tout etonné, dit à son maitre: « Il faut que le Diable l'ait emporté,
car je l'ai veu entrer icy, et si n'est point sailly par la porte, mais
je voi bien qu'il n'y est pas. » A l'heure, le maitre luy dit: « Tu
55 es bien malheureus serviteur, de vouloir mettre entre ma femme
et moy une telle division. Parquoy, je te donne congé de t'en aler.
Et, pour les services que tu m'as faitz, je te veuil payer ce que je
te doi et d'avantage, mais va t'en bien tot et garde d'ettre en
cette ville vingt quatre heures passées. » Le President luy donna
60 cinq ou sys payemens des années à venir, et, sachant qu'il luy
etoit loyal, esperoit luy faire autre bien.

Quand le serviteur s'en fut alé tout plorant, le President feit
saillir Nicolas de son cabinet. Et, apres avoir dit à sa femme et à
luy ce qu'il luy sembloit de leur mechanceté, leur defendit d'en
65 faire aucun semblant à personne, et commanda à sa femme de
s'abiller plus gorgiasement qu'elle n'avoit accoutumé, et se trouver
en toutes compagnies, danses et festins; et à Nicolas, qu'il eut à

faire meilleure chere qu'auparavant, mais si tot qu'il luy diroit à l'aureille: « Va t'en », qu'il se gardat bien de demeurer à la ville troys heures apres son commandement. Ce fait, s'en retourna au 70 Palais, sans faire semblant de rien, et quinze jours durans se meit, contre sa coutume, à fetoyer ses amys et voysins. Et, apres le banquet, avoit des tabourins pour faire danser les Dames.

Un jour qu'il voyoit que sa femme ne dansoit point, commanda à Nicolas de la mener danser, lequel, cuydant qu'il eut oublyé les 75 fautes passées, la mena danser joyeusement. Mais, quand la danse fut achevée, le President, findant luy commander quelque chose en sa maison, luy dit à l'aureille: « Va t'en, et ne retourne jamais! » Or, fut Nicolas bien marry de laisser sa Dame; et non moins joyeus d'avoir la vie sauve. Apres que le President eut mis en 80 l'opinion de tous ses parens et amys et de tout le païs, la grande amour qu'il portoit à sa femme, un beau jour du moys de may, ala cueuillir en son jardin une salade de telles herbes, que, si tot que sa femme en eut mangé, ne vecut que vingt quatre heures. D'ond il feit si grand dueil, par semblant, que nul ne pouvoit 85 soupçonner qu'il fut occasion de cette mor. Et, par ce moyen, se vengea de son ennemy et sauva l'honneur de sa maison.

Je ne veuil pas, mes Dames, par cela louer la conscience du President, mais ouy bien montrer la legereté d'une femme et la grande sapience et prudence d'un homme, vous supplyant, mes 90 Dames, ne vous courroucer de la verité qui parle quelquesfois contre vous aussi bien que contre les hommes, qui comme vous sont communs aus vices et vertuz.

— Si toutes celles, dit Parlamante, qui ont aymé leurs valetz etoient contraintes à manger telles salades, j'en connoi qui 95 n'aymeroient pas tant leurs jardins, qu'elles font, mais en arracheroient toutes les herbes pour eviter celles qui rendent l'honneur à la lignée par la mor d'une fole mere. » Hircain, qui se douta bien pourquoy elle le disoit, luy repondit tout en colere: « Une femme de bien ne doit jamais juger une autre de ce qu'elle ne 100 voudroit faire. » Parlamante repliqua, disant: « Sçavoir n'est pas jugement et folie. Si est ce que cette pauvre femme là porta la pene que plusieurs meritent. Et croi que le mary, puis qu'il s'en vouloit venger, se gouverna avec une merveilleuse prudence et sapience.— Et aussi avec une grand' malice, dit Longarine, et 105

longue et cruelle vengence, qui montroit bien qu'il n'avoit Dieu
ne conscience devant les yeus.— Et qu'eussiez vous voulu doncq'
qu'il eut fait, [dit Hircain,] pour se venger de la plus grande
injure que la femme peut faire à l'homme?— J'eusse voulu, dit
110 elle, qu'il l'eut tuée en sa colere. Car les Docteurs dient que le
peché est remissible, pour ce que les premiers mouvemens ne sont
pas en la puissance de l'homme; parquoy il en eut peu avoir
grace.— Ouy, dit Geburon, mais ses filles et sa race eussent à
jamais porté cette note.— Il ne la devoit point tuer, dit Longarine,
115 car, puis que sa grand' colere etoit passée, elle eut vecu avec luy
en femme de bien, et jamais n'en eut eté memoire.— Pensez vous,
dit Saffredan, qu'il fut appaisé, pour tant qu'il dissimulat sa
colere? Je pense, quant à moy, que le dernier jour qu'il feit la
salade, qu'il etoit aussi courroucé que le premier. Car il y en a
120 aucuns, desquelz les premiers mouvemens n'ont jamais intervale
jusques à ce qu'ilz ayent mis à effet leur passion, et me faites
grand plaisir de dire que les Theologiens estiment ces pechez là
faciles à pardonner. Car je suis de leur opinion.— Il fait bon
regarder à ses paroles, dit Longarine, devant gens si dangereus
125 que vous, mais ce que j'ai dit se doit entendre quand la passion est
si forte, que soudinnement elle occupe tant les sens, que la raison ne
peut avoir lieu.— Aussi, dit Saffredan, je m'arrette à votre parole,
et veuil par cela conclure qu'un homme bien fort amoureus, quoy
qu'il face, ne peut pecher, si non du peché veniel. Car je suis seur
130 que, si l'amour le tient perfettement lyé, jamais la raison ne sera
ecoutée ny en son cueur ny en son entendement. Et, si nous
voulons dire verité, il n'y a celuy de nous qui n'ait experimenté
cette furieuse folye, que je pense non seulement ettre pardonnée
facilement, mais encores je croi que Dieu ne se courrouce point
135 de tel peché, veu que c'est un degré pour monter à l'amour
perfette de luy, où jamais nul ne monta, qui n'eut passé par
l'echelle de l'amour de ce monde. Car saint Jan dit: « Comment
aymerez vous Dieu, que vous ne voyez point, si vous n'aymez
celuy que vous voyez?[2] »— Il n'y a si beau passage en l'Ecriture,
140 dit Oysille, que vous ne tirez à votre propos. Mais gardez vous de
faire comme l'araignée, qui convertit toutes bonnes viandes en
venin. Et si vous asseure qu'il est dangereus d'alleguer l'Ecriture
sans propos et necessité.— Appelez vous *dire verité* ettre sans
propos et necessité? dit Saffredan. Vous voudriez doncq' dire que,

parlant à vous autres incredules et appelant Dieu à notre ayde, 145
nous prenons son nom en vain. Mais, s'il y a peché, vous seules en
devez porter la pene. Car voz incredulitez nous contraindent à
cercher tous les sermens dont nous nous pouvons aviser, et encores ne pouvons nous alumer le fœu de charité en voz cueurs de
glace.— C'est signe, dit Longarine, que vous mentez tous. Car si 150
verité etoit en votre parole, elle est si forte, qu'elle vous feroit
croire. Mais il y a danger que les filles d'Eve croyent trop tot ce
serpent.— J'enten bien, Longarine, dit Saffredan, que les femmes
sont invincibles aus hommes. Parquoy je me tairai. »

NOUVELLE TRENTE SETIEME

Ma Dame de Loué, par sa grand' patience et longue attente,
gangna si bien son mary, qu'elle le retira de sa mauvaise
vie, et vecurent depuis en plus grande amytié qu'auparavant.

Quand Saffredan se fut teu, Ennasuyte reprend la parole et dit :
« Je donne ma voys à Dagoncin. Car je croi qu'il ne voudra point
parler contre les Dames.— Pleut à Dieu, dit Dagoncin, qu'elles
repondissent autant à ma faveur que je voudroi parler pour la
5 leur. Et, pour vous montrer que je me suis etudié d'honorer les
vertueuses en ramentevant leurs bonnes œuvres, je vous en vai
conter une histoire, et ne veuil pas nyer, mes Dames, que la
patience du gentilhomme de Pampelune[1] et du President de
Grenoble[2] n'ait eté grande, mais la vengence n'en a eté moindre.
10 Et, quand il faut louer un homme vertueus, il ne faut point donner tant de louenge à une seule vertu, qu'il la faille faire servir de
manteau à couvrir un si grand vice. Mais celuy est louable, qui,
pour l'amour de la vertu seule, fait œuvre vertueus, comme
j'espere vous faire voir par la vertu et patience d'une june Dame,
15 qui ne cerchoit autre fin en tout son bon œuvre, que l'honneur de
Dieu et le salut de son mary.

Il y avoit une Dame en la maison de Loué,[3] tant sage et vertueuse qu'elle etoit aymée et estimée de tous ses voysins. Son mary,
comme il devoit, se fyoit en elle de tous ses affaires, qu'elle con-
20 duisoit si sagement, que par son moyen sa maison deveint l'une
des plus riches et mieus meublées qui fussent au païs d'Anjou et
Touraine. Ayant vecu ainsi longuement avec son mary, duquel
elle porta plusieurs beaus enfans, la felicité, à laquelle succede
tousjours son contraire, commença à se diminuer, pour ce que son
25 mary, trouvant l'honnette repos insuportable, l'abandonna pour
cercher son travail. Et preind une coutume, qu'aussi tot que sa
femme etoit endormye, il se levoit d'aupres d'elle, et ne retournoit
qu'il ne fut pres du matin. La Dame de Loué trouva cette façon

de faire si mauvaise, qu'entrant en une grand' jalousie, qu'elle
vouloit dissimuler, oublya les affaires de sa maison, sa personne et 30
sa famille, comme celle qui pensoit avoir perdu le fruyt de ses
labeurs, qui etoit la grande amour de son mary, pour laquelle
continuer n'y avoit pene qu'elle ne portat volontiers. Mais, l'ayant
perdue, comme elle voyoit, fut si negligente de tout le demeurant
de la maison, que bien tot on connut le dommage que sa negli- 35
gence y faisoit. Car son mary, d'un coté, dependoit sans ordre, et
elle ne tenoit plus la main au menage; en sorte que la maison fut
bien tot rendue si brouillée, que l'on commençoit à couper les
boys de haute futaye et à engager les terres.

Quelcun de ses parens, qui connoisçoit la maladie, luy remontra 40
la faute qu'elle faisoit, et que, si l'amour de son mary ne luy faisoit
aymer le profyt de sa maison, au moins qu'elle eut egard à ses
pauvres enfans; la pitié desquelz luy feit reprendre ses esprits,
et essaya par tous moyens de regangner l'amour de son mary.
Et, le lendemain, feit le guet quand il se leveroit d'aupres d'elle, 45
et se leva pareillement avec son manteau de nuyt, faisant faire son
lyt, et, en disant ses Heures, attendoit le retour de son mary. Et,
quand il entroit en la chambre, elle aloit au devant de luy le
baiser, et luy portoit son bassin et de l'eaue pour laver ses mains.
Luy, etonné de cette nouvelle façon, luy dit qu'il ne venoit que 50
du retrait, et que pour cela il n'etoit besoin qu'il se lavat. A quoy
elle repondit que, combien que ce ne fut pas grand' chose, si etoit
il honnette de laver les mains quand on venoit d'un lieu ord et
sale, desirant par là luy faire connoitre et abominer sa mechante
vie. Mais, pour cela, il ne se corrigeoit point. Et continua la dite 55
Dame cette façon de faire, bien un an.

Et, quand elle vid que ce moyen ne luy servoit de rien, un jour,
attendant son mary qui demeura plus qu'il n'avoit accoutumé,
luy preind envye de l'aler cercher, et tant ala de chambre en
chambre, qu'elle le trouva couché en un arriere garderobes, et 60
endormy avec la plus laide, orde et sale chambriere qui fut leans.
Et lors pensa qu'elle luy apprendroit à laisser une si honnette
femme pour une si sale et vilaine. Parquoy, elle preind de la paille
et l'aluma au mylieu de la chambre; mais, quand elle vid que la
fumée eut aussi tot tué son mary qu'eveillé, le tira par le bras, 65
en criant: « Au fœu, au fœu! » Si le mary fut marry d'ettre trouvé
par une si honnette femme avec une telle ordure, ce n'etoit pas

sans grande occasion. Lors, sa femme luy dit: « Monsieur, j'ai
essayé, un an durant, à vous retirer de cette mechanceté par
70 douceur et patience, et vous montrer qu'en lavant le dehors, vous
deviez netoyer le dedans. Mais, quand j'ai veu que tout ce que je
faisoie etoit de nulle valeur, j'ai mis pene de m'ayder de l'element
qui doit mettre fin à toutes choses,[4] vous asseurant, Monsieur, que
si à ce coup vous ne vous corrigez, je ne sçai si une seconde fois je
75 vous pourroye retirer du danger comme j'ai fait. Je vous supplye
penser qu'il n'est nul plus grand desespoir que l'amour, et que, si
je n'eusse eu Dieu devant les yeus, je n'eusse usé de telle patience
que j'ai fait. »

Le mary, bien ayse d'en echaper à si bon conte, luy promet de
80 jamais ne luy donner occasion de se tormenter pour luy. Ce que
tresvolontiers la Dame creut, qui, du consentement de son mary,
chassa dehors ce qui luy deplaisoit; et, depuis cette heure là,
vecurent en si grande amytié, que mesmes les fautes passées, par
le bien qui en etoit avenu, leur etoient augmentation de con-
85 tentement.

Je vous supplye, mes Dames, si Dieu vous donne de telz marys,
ne vous desesperer point, jusques à ce que vous ayez longuement
essayé tous les moyens pour les reduire. Car il y a vingt quatre
heures au jour, esquelles l'homme peut changer d'opinion. Et une
90 femme se doit tenir plus heureuse d'avoir gangné son mary par
patience et longue attente, que si la fortune et les parens luy en
donnoient un plus perfet.

— Voyla, dit Oysille, un exemple qui doit servir à toutes les
femmes maryées.— Il prendra cet exemple qui voudra, dit
95 Parlamante. Mais, quant à moy, il me seroit impossible d'avoir si
longue patience. Car, combien qu'en tous etas patience soit une
belle vertu, j'ai opinion qu'en maryage elle amene à la fin
inimytié, pour ce qu'en souffrant injure de son semblable, on est
contraint de s'en separer le plus loin que l'on peut, et de cette
100 etrangeté là vient un depris de la faute du deloyal, et de ce depris
l'amour peu à peu diminue. Car d'autant ayme l'on la chose,
que l'on en estime la valeur.— Mais il y a danger, dit Ennasuyte,
que la femme impatiente trouve un mary furieux, qui luy donneroit douleur au lieu de patience.— Et que sçauroit faire un mary,
105 dit Parlamante, que ce qui a eté raconté en cette histoire ?—

Quoy? dit Ennasuyte; batre tresbien sa femme, la faire coucher
à la couchette,[5] et celle qu'il aymeroit, au grand lyt.— Je croi, dit
Parlamante, qu'une femme de bien ne seroit point si marrye
d'ettre batue par colere, que deprisée pour une qui ne la vaut
pas. Et, apres avoir porté la pene de la separation d'une telle [110]
amytié, ne sçauroit faire le mary chose dont elle se sceut plus
soucyer. Et aussi dit le conte, que la pene qu'elle preind à le
retirer fut pour l'amour de ses enfans, ce que je croi.— Et trouvez
vous grand' patience à elle, dit Nommerfide, d'aler mettre le
fœu souz le lyt où son mary dormoit?— Ouy, dit Longarine. [115]
Car, quand elle vid de la fumée, elle l'eveilla, et par avanture ce
fut où elle feit plus de faute. Car de telz marys que ceus là, les
cendres seroient bonnes à faire la buée.— Vous ettes cruelle,
Longarine, ce dit Oysille, mais si n'avez vous pas ainsi vecu avec
le votre.— Non, dit Longarine. Car, Dieu mercy, il ne m'en a [120]
pas donné l'occasion, mais de le regreter toute ma vie, au lieu
de m'en plaindre.— Et s'il vous eut eté tel, dit Nommerfide,
qu'eussiez vous fait?— Je l'aymoi tant, dit Longarine, que je
croi que je l'eusse tué, et me fusse tuée apres. Car mourir apres
telle vengence m'eut eté chose trop plus agreable que vivre [125]
loyale avec un deloyal.— A ce que je voi, dit Hircain, vous
n'aymez voz marys que pour vous. S'ilz sont bons selon votre
desir, vous les aymez bien, et s'ilz font la moindre faute du
monde, ilz ont perdu le labeur de leur semaine pour un samedy.
Par ainsi voulez vous ettre maitresses, dont, quant à moy, je suis [130]
bien d'avis,[6] si tous les marys s'y accordent.— C'est raison, dit
Parlamante, que l'homme nous gouverne comme notre chef,
mais non pas qu'il nous abandonne ou traite mal.— Dieu a mis
si bon ordre, dit Oysille, tant à l'homme qu'à la femme, que, si
l'on n'en abuse, je tien le maryage le plus bel et plus seur etat qui [135]
soit en ce monde. Et suis seure que tous ceus qui sont icy, quelque
mine qu'ilz facent, en pensent autant et d'avantage. Et d'autant
que l'homme se dit plus sage que la femme, il sera plus repris, si
la faute vient de son coté. »

NOUVELLE QUARANTIEME

La sœur du Comte de Josselin, apres avoir epousé, au desceu
de son frere, un gentilhomme qu'il feit tuer, combien qu'il
se l'eut souvent souhaité pour beau frere, s'il eut eté de mesme
maison qu'elle, en grand' patience et austerité de vie usa le
reste de ses jours en un Ermytage.

Saffredan ne se trouva gueres empeché à choisir celuy d'entre eus
auquel il donneroit sa voys. Car chaqu'un s'etoit for bien aquité
de son devoir, exceptée Parlamante, à laquelle il dit: « Il n'y a
plus que vous à tenir son reng. Mais, quand il y en auroit un
5 cent d'autres, je vous donnerai tousjours ma voys, pour ettre
celle de qui nous devons apprendre.— Or, puis que je suis pour
mettre fin à la journée, dit Parlamante, et que je vous promi
hyer vous dire l'occasion pour laquelle le pere de Rolandine[1] feit
faire le chateau où il la teint si long tems prisonniere, je la vous
10 vai raconter.

Ce seigneur, pere de Rolandine, qui s'appeloit le Comte de
Josselin,[2] eut plusieurs sœurs, dont les unes furent maryées bien
richement, les autres Religieuses, et une qui demeura en sa
maison sans ettre maryée, plus belle que toutes les autres, sans
15 comparaison, laquelle etoit tant aymée de son frere, qu'il n'avoit
femme ny enfans qu'il preferat à elle. Fut aussi demandée en
maryage de beaucoup de bons lieus, mais, de peur de l'eloingner
et par trop aymer son argent, n'y voulut jamais entendre. Qui fut
cause qu'elle passa grand' partie de son aage sans ettre maryée,
20 vivant treshonnettement en la maison de son frere, où il y avoit
un beau et june gentilhomme,[3] nourry des son enfance en la dite
maison, lequel avec l'aage accreut en si grand' beauté et vertu,
qu'il gouvernoit son maitre paisiblement, de sorte que, quand il
mandoit quelque chose à sa sœur, c'etoit tousjours par cettuy là.
25 Et luy donna tant d'autorité et privauté, l'envoyant soir et matin
vers elle, qu'à la longue frequentation s'engendra une grande
amytié entre eus.

Mais, le gentilhomme craindant sa vie, s'il offensoit son maitre,

et la Damoyselle son honneur, ne preindrent en leur amytié autre
contentement que de parole, jusques à ce que le seigneur de 30
Josselin dit souvent à sa sœur qu'il voudroit qu'il luy eut beaucoup couté et que[4] ce gentilhomme eut eté de mesme maison
qu'elle.[5] Car il n'avoit jamais veu homme qu'il aymat tant pour
son beau frere que luy. Il luy reitera tant de fois ces propos, que,
les ayant debatuz avec ce gentilhomme, estimerent que, s'ilz se 35
maryoient ensemble, on leur pardonneroit aysement. Et Amour,
que croit volontiers ce qu'il veut, leur feit entendre qu'il ne leur
en pouvoit que bien venir, et sur cette esperance conclurent et
perfeirent le maryage, sans que personne en sceut rien, qu'un
Prettre et quelques femmes.   40

En apres avoir vecu certaines années au plaisir qu'hommes et
femmes maryez peuvent prendre ensemble, comme le plus beau
couple qui fut en la Chretianté et de la plus grande et perfette
amytié, Fortune, envyeuse de voir deus personnes si à leur ayse,
ne les y voulut souffrir, mais leur suscita un ennemy, qui, epyant 45
cette Damoyselle, apperceut sa grand' felicité, ignorant toutesfois
le maryage, et veint dire au seigneur de Josselin que le gentilhomme, auquel il se fyoit tant, aloit trop souvent en la chambre
de sa sœur, et aus heures que les hommes n'y doivent entrer. Ce
qui ne fut creu la premiere fois, pour la fience qu'il avoit en sa 50
sœur et au gentilhomme.

Mais l'autre rechargea tant de fois, comme celuy qui aymoit
l'honneur de la maison, qu'on y meit un tel guet, que les pauvres
gens, qui ne pensoient en nul mal, furent surpris. Car, un soir que le
seigneur de Josselin fut averty que le gentilhomme etoit chez sa 55
sœur, s'y en ala incontinent, et trouva les deus pauvres aveuglez
d'amour couchez ensemble; dont le depit luy ota la parole, et, en
tirant son epée, courut apres le gentilhomme pour le tuer. Mais
luy, qui etoit for dispost de sa personne, s'enfuyt tout en chemise,
et, ne pouvant echaper par la porte, se jeta par la fenettre dedans 60
un jardin. La pauvre Damoyselle, toute en chemise, se jeta à
genouilz devant son frere et luy dit : « Monsieur, sauvez la vie de
mon mary. Car je l'ai epousé, et, s'il y a offense, n'en punissez que
moy, par ce que ce qu'il en a fait n'a eté qu'à ma requeste. » Le
frere, outré de courrous, ne luy repondit, si non : « Quand il seroit 65
votre mary cent mile fois, si le punirai je comme mechant serviteur qui m'a trompé. »

En disant cela, se meit à la fenettre et cria tout haut qu'on le tuat. Ce qui fut fait promptement par son commandement, et
70 devant les yeus de luy et de sa sœur, laquelle, voyant ce piteus spectacle, auquel nulles prieres n'avoient sceu remedier, parla à son frere comme femme hors du sens: « Mon frere, je n'ai pere ne mere, et suis en aage que je me puis maryer à ma volonté. J'ai choisy celuy que maintesfois m'avez dit que voudriez que j'eusse
75 epousé. Et, pour avoir fait par votre conseil ce que je puis selon la loy faire sans vous, vous avez fait mourir l'homme du monde qu'avez le mieus aymé. Or, puis qu'ainsi est que ma priere ne l'a sceu garantir de la mor, je vous supplye, pour l'amytié que m'avez jamais portée, me faire en cette mesme heure compagne
80 de sa mor, comme j'ai eté de toutes ses fortunes. Par ce moyen, satisfaisant à votre cruelle et injuste colere, vous meterez en repos l'ame et le cors de celle qui ne veut et ne peut vivre sans luy. »

Le frere, non obstant qu'il fut emeu jusques à perdre la raison, si eut il tant de pitié de sa sœur, que, sans luy accorder ne nyer sa
85 requeste, la laissa là. Et, apres qu'il eut bien consideré ce qu'il avoit fait, et entendu que le gentilhomme mort avoit epousé sa sœur, eut bien voulu n'avoir jamais commis un tel crime. Si est ce que la crainte qu'il eut que sa sœur en demandat justice ou vengence, luy feit faire un chateau au mylieu d'une forest,
90 auquel il la meist, et defendit que personne ne parlat à elle.

Quelque tems apres, pour satisfaire à sa conscience, essaya de la [re]gangner et luy feit parler de maryage, mais elle luy manda qu'il luy avoit donné un si mauvais diner, qu'elle ne vouloit point souper de telles viandes, et qu'elle esperoit vivre en sorte qu'il ne
95 seroit point homicide du second mary; car à pene penseroit elle qu'il pardonnat à un autre, apres avoir fait un si mechant tour à l'homme du monde qu'il aymoit le mieus. Et, non obstant qu'elle fut foible et impuissante pour s'en venger, si esperoit elle en Celuy qui etoit vray juge et qui ne laisse aucun mal impuny, avec la
100 seule amour duquel elle vouloit user le demeurant de sa vie en son Ermitage. Ce qu'elle feit, car jusques à la mort n'en bougea, vivant en telle patience et austerité, qu'apres sa mor chacun y couroit comme à une sainte.

Et, depuis qu'elle fut trepassée, la maison de son frere ala telle-
105 ment en ruyne, que de dys fiz qu'il avoit n'en demeura un seul, et moururent tous for miserablement; et, à la fin, l'heritage

demeura, comme vous avez oÿ en l'autre conte,[6] à sa fille Rolandine, laquelle avoit succedé à la prison faite pour sa tante.

Je prie à Dieu, mes Dames, que cet exemple vous soit si profitable, que nulle de vous ait envye de se maryer pour son plaisir, 110
sans le consentement de ceus à qui l'on doit porter obeïssance.
Car maryage est un etat de si longue durée, qu'il ne doit ettre
commencé legerement ne sans l'opinion de noz meilleurs parens
et amys. Encores ne le peut on si bien faire, qu'il n'y ait pour le
moins autant de pene que de plaisir.   115
  —En bonne foy, dit Oysille, quand il n'y auroit point de Dieu
ne de loy pour apprendre les foles à ettre sages, cet exemple est
suffisant pour leur faire porter plus de reverence à leurs parens,
que de s'addresser à se maryer à leur volonté.— Si est ce,
ma Dame, dit Nommerfide, que celle qui a un bon jour en l'an 120
n'est pas toute sa vie malheureuse. Elle eut le plaisir de voir et
parler longuement à celuy qu'elle aymoit plus que soy mesme,
puis en eut la jouÿssance par maryage, sans scrupule de conscience. [J'estime ce contentement si grand, qu'il semble qu'il passe
l'ennuy qu'elle porta.]— Vous voulez doncq' dire, dit Saffredan, 125
que les femmes ont plus de plaisir de coucher avec un mary, que
de deplaisir de le voir tuer devant leurs yeus.— Ce n'est pas mon
intention, dit Nommerfide, car je parleroye contre l'experience
que j'ai des femmes. Mais j'enten qu'un plaisir non accoutumé,
comme d'epouser l'homme du monde que l'on ayme mieus, doit 130
ettre plus grand que de le perdre par mor, qui est chose commune.— Ouy, dit Geburon, par mor naturelle, mais cette cy
etoit trop cruelle. Car je trouve bien etrange, veu que le seigneur
de Josselin n'etoit son pere ne son mary, mais seulement son frere,
et qu'elle etoit en aage que les loys permettent de se maryer à sa 135
volonté, comme il ausa exercer une telle cruauté.— Je ne le trouve
point etrange, dit Hircain. Car il ne tua pas sa sœur, qu'il aymoit
tant et sur laquelle il n'avoit point de justice, mais se preind au
gentilhomme, qu'il avoit nourry comme fiz et aymé comme
frere; et, apres l'avoir honoré et enrichy en son service, prouchassa 140
le maryage de sa sœur, chose qui en rien ne luy appertenoit.—
Aussi, dit Nommerfide, le plaisir n'est pas commun ny accoutumé,
qu'une fille de si grande maison epouse par amourettes un gentilhomme serviteur. Si la mor est etrange, le plaisir aussi est nouveau,

145 et d'autant plus grand, qu'il a pour son contraire l'opinion de
tous les sages hommes, et pour son ayde le contentement d'un
cueur plein d'amour et le repos de l'ame, veu que Dieu n'y est
point offensé. Et, quant à la mor que vous dites cruelle, il me
semble, puis qu'elle est necessaire, que la plus breve est la meil-
150 leure. Car l'on sçait bien que ce passage là est inevitable, mais je
tien heureus ceus qui ne demeurent point longuement aus fausbourgz, et qui, de la felicité qui seule se peut nommer *felicité* en ce
monde, volent soudin à celle qui est eternelle.— Qu'appelez vous
les fausbourgz de la mor? dit Symontaut.— Ceus, repondit
155 Nommerfide, qui ont beaucoup de tribulations en l'esprit; ceus
aussi qui ont eté longuement malades, et qui, par l'extremité de
douleur corporelle ou spirituelle, sont venuz à depriser la mor et
trouver son heure trop tardive, je di que ceus là ont passé par les
fausbourgz, et vous diront comme se nomment les otteleries où
160 ilz ont plus cryé que reposé. Cette Dame ne pouvoit faillir de
perdre son mary par mor, mais elle a eté exente, par la colere de
son frere, de voir longuement son mary malade ou faché. Et elle,
convertissant l'ayse qu'elle avoit eu avec luy, au service de Notre
Seigneur, se pouvoit dire bien heureuse.— Ne faites vous point
165 de cas, dit Longarine, de la honte qu'elle receut et de sa prison?—
J'estime, dit Nommerfide, que la personne qui ayme perfettement
d'une amour jointe au commandement de Dieu, ne connoit honte
ne deshonneur, si non quand elle defaut ou diminue de la perfection de son amour. Car la gloire de bien aymer ne connoit nulle
170 honte. Et, quant à la prison de son cors, je croi que, pour la
liberté de son cueur qui etoit joint à Dieu et à son mary, elle ne
la sentoit point, mais estimoit la solitude tresgrande liberté. Car
qui ne peut voir ce qu'il ayme n'a nul plus grand bien que d'y
penser incessamment. Et la prison n'est jamais etroite où la
175 pensée se peut proumener à son ayse.— Il n'est rien plus vray que
ce que dit Nommerfide, dit Symontaut. Mais celuy qui par fureur
feit cette separation se devoit dire malheureus, car il offensoit
Dieu, l'amour et l'honneur.— En bonne foy, dit Geburon, je
m'ebaÿ des differentes amours des femmes, et voi bien que celles
180 qui ont plus d'amour ont plus de vertu, mais celles qui en ont
moins, se voulans findre vertueuses, le dissimulent.— Il est vray,
dit Parlamante, que le cueur honnette envers Dieu et les hommes
ayme plus for que celuy qui est vicieus, et ne craind point que l'on

voie le fond de son intention.— J'ai tousjours oÿ dire, dit Symontaut, que les hommes ne doivent point ettre repris de prouchasser   185
les femmes. Car Dieu a mis au cueur de l'homme l'amour et
hardiesse pour demander, et en celuy de la femme la crainte et la
chasteté pour refuser. Si l'homme, ayant usé des puissances qui
luy sont données, a eté puny, on luy tient tor.— Mais c'est grand
cas, dit Longarine, de l'avoir si longuement loué à sa sœur. Et me   190
semble que ce soit folie ou cruauté à celuy qui garde une fontene,
de louer la beauté et bonté de son eaue à un qui languit de soif en la
regardant, et puis le tuer, quand il en veut prendre.— Pour vray,
dit Parlamante, le frere fut occasion d'alumer le fœu par douces
paroles, qu'il ne devoit point etindre à coupz d'epée.— Je m'ebaÿ,   195
dit Saffredan, pourquoy l'on trouvoit mauvais qu'un simple
gentilhomme, n'usant d'autre force que de service et non de
suppositions, viene à epouser une femme de grand' maison, veu que
les anciens Philosophes tienent que le moindre homme du monde
vaut mieus que la plus grande et vertueuse femme qui soit.— Par   200
ce, dit Dagoncin, que pour entretenir la chose publique en pais, on
ne regarde que les degrez des maisons, les aages des personnes et
les ordonnances des loys, sans priser l'amour et les vertuz des
hommes, à fin de ne confondre point la monarchie. Et de là vient
que les maryages qui sont faitz entre pareilz, et selon le jugement   205
des parens et des hommes, sont bien souvent si differens de cueur,
de complexion et de condition, qu'en lieu de prendre un etat pour
mener à salut, ilz entrent aus fausbourgz d'Enfer.— Aussi on en a
bien veu, dit Geburon, qui se sont pris par amour, ayans les
cueurs, les conditions et complexions semblables, sans regarder à   210
la difference des maisons et du lignage, qui n'ont pas laissé de s'en
repentir. Car cette grande amytié indiscrette torne souvent en
jalousie et fureur.— Il me semble, dit Parlamante, que l'un et
l'autre est louable, mais qu'il faut que les personnes se soumettent
à la volonté de Dieu, ne regardans ny à la gloire, ny à l'avarice,   215
ny à la volupté, mais par une amour vertueuse et d'un consentement desirent vivre en l'etat de maryage, comme Dieu et nature
l'ordonnent. Et combien qu'il n'y ait etat sans tribulation, si ai
je veu ceus là vivre sans repentence. Et nous ne sommes pas si
malheureus en cette compagnie, que nul des maryez ne soit de ce   220
nombre là. » Hircain, Geburon, Symontaut et Saffredan jurerent
qu'ilz s'etoient maryez en pareille intention, et que jamais ne s'en

etoient repentys. Mais quoy qu'il en fut de la verité, celles à qui il
touchoit en furent si contentes, que, ne pouvans oÿr un meilleur
225 propos à leur gré, se leverent pour en aler rendre graces à Dieu,
où les Religieus etoient pretz à dire Veppres. . .

NOUVELLE QUARANTE QUATRIEME

Pour n'avoir dissimulé la verité, le seigneur de Sedan doubla
l'aumonne à un Cordelier, qui eut deus pourceaus pour un.

Nommerfide dit: « . . . Je n'ai oÿ nul ny nulle de nous, qui se soit
epargné à parler au desavantage des Cordeliers, et, pour la pitié
que j'en ai, je suis deliberée, par le conte que je vous vai faire, en
dire du bien.

En la maison de Sedan arriva un Cordelier, pour demander 5
à ma Dame de Sedan,[1] qui etoit de la maison de Crouy, un
pourceau qu'elle leur donnoit tous les ans par aumonne. Monseigneur de Sedan, qui etoit homme sage et parlant plaisamment,
feit manger ce beau Pere en sa table; et, entre autres propos, luy
dit, pour le mettre aus chams: « Beau Pere, vous faites bien de 10
faire voz questes[2] tandis que l'on ne vous connoit point. Car j'ai
grand' peur que, si une fois votre hypocrisie est decouverte, vous
n'aurez plus le pain des pauvres enfans, aquis par la sueur des
peres.[3] »
Le Cordelier ne s'etonna point de ces propos, mais luy dit: 15
« Monseigneur, notre Religion est si bien fondée, que, tant que
le monde sera monde, elle durera. Car notre fondement ne
faudra jamais, tant qu'il y aura sur la terre homme et femme. »
Monseigneur de Sedan, desirant sçavoir sur quel fondement leur
vie etoit assigné, le pria bien for de luy vouloir dire. Le Cordelier, 20
apres plusiers excuses, luy dit: « Puis qu'il vous plait me commander de le dire, vous le saurez. Sachez, Monseigneur, que nous
sommes fondez sur la folye des femmes, et, tant qu'il y aura au
monde des femmes foles et sottes, nous ne mourrons point de
faim. » 25
Ma Dame de Sedan, qui etoit femme for colere, oyant cette
parole, se courrouça si aigrement, que, si son mary n'y eut eté,
elle eut fait faire deplaisir au Cordelier, et jura un bon serment
qu'il n'auroit ja le pourceau qu'elle luy avoit promis. Mais

30 Monseigneur de Sedan, voyant qu'il n'avoit point dissimulé la
verité, jura qu'il en auroit deus, et les feit porter à son Convent.

Voyla, mes Dames, comme le Cordelier, etant seur que le bien
des femmes ne luy pouvoit faillir, trouva façon, pour ne dissimuler
point la verité, d'avoir la grace et aumonne des hommes. S'il eut
35 eté flateur ou dissimulateur, il eut eté plus plaisant aus Dames,
mais non profitable à luy et aus siens. » La Nouvelle ne fut pas
achevée sans faire rire toute la compagnie, et principalement
ceus qui connoisçoient le seigneur et la Dame de Sedan.
« Les Cordeliers doncq', dit Hircain, ne devroient jamais pre-
40 scher pour faire sages les femmes, veu que leur folye leur sert tant.—
Ilz ne les preschent pas, dit Parlamante, d'ettre sages, mais bien
de le cuyder ettre. Car celles qui sont du tout mondaines et foles
ne donnent pas grandes aumonnes. Mais celles qui, pour frequenter leur Convent et porter leurs paternotres marquées de
45 testes de mor et leurs cornettes plus basses que les autres, cuydent
ettre les plus sages, sont celles que l'on peut dire les plus foles. Car
elles constituent leur salut en la confience qu'elles ont en la
sainteté des iniques,[4] que pour un petit d'apparence finte estiment demys dieus.— Mais qui se garderoit de croire à eus, dit
50 Ennasuyte, veu qu'ilz sont ordonnez de noz Prelatz pour nous
prescher l'Evangile et pour nous reprendre de noz vices?— Ceus,
dit Parlamante, qui ont connu leur hypocrisie, et qui connoiscent
la difference de la doctrine de Dieu et de celle du Diable.— Jesus,
dit Ennasuyte, penseriez vous bien que ces gens là ausassent
55 prescher une mauvaise doctrine?— Comment penser? dit Parlamante; mais suis je seure qu'ilz ne croient rien moins que l'Evangile. J'enten les mauvais. Car j'en connoi beaucoup de gens de
bien, lesquelz preschent purement et simplement l'Ecriture, et
vivent de mesmes, sans scandale, sans ambition ne convoitise, en
60 chasteté et pureté non finte ny contrainte. Mais de ceus là ne sont
pas tant les rues pavées, que marchées de leurs contraires, et au
fruyt connoit on le bon arbre.[5]— En bonne foy, dit Ennasuyte, je
pensoi que nous fussions tenuz, sur pene de peché mortel, de
croire ce qu'ilz nous dient en chaire de verité.— C'est quand ilz
65 nous parlent de ce qui est en la sainte Ecriture, dit Oysille, ou
qu'ilz alleguent les expositions des saints Docteurs divinement
inspirez.— Quant est de moy, dit Parlamante, je ne puis ignorer

qu'il n'y en ait entre eus de tresmauvaise foy. Car je sçai bien qu'un d'entre eus, Docteur en Theologie, nommé Colyman,[6] grand Prescheur et Provincial de son ordre, voulut persuader à 70 plusieurs de ses freres que l'Evangile n'etoit non plus croyable que les *Commentaires* de Caesar ou autres histoires ecrites par autheurs etniques. Et, depuis que l'entendi, ne voulu croire en parole de Prescheur, si je ne la trouve conforme à celle de Dieu, qui est la vraye touche[7] pour sçavoir les paroles vrayes ou mensongieres.— 75 Croyez, dit Oysille, que ceus qui humblement et souvent la lisent, ne seront jamais trompez par fictions ny inventions humainnes. Car qui a l'esprit remply de verité ne peut recevoir la mensonge.— Si me semble il, dit Symontaut, qu'une simple personne est plus aysée à tromper qu'une autre.— Ouy, dit Longarine, si vous 80 estimez sotye ettre simplicité. »

NOUVELLE CINQUANTE TROYSIEME

Ma Dame de Neuchatel, par sa dissimulation, meit le Prince
de Belhoste jusques à faire telle preuve d'elle, qu'elle tourna
à son deshonneur.

Dagoncin trouva mauvais que Parlamante louoit autant l'hypocrisie des Dames que la vertu. Mais Longarine l'adoucit un peu,
luy remontrant que veritablement la vertu seroit bien meilleure.
Toutesfois, où elle defaudroit, ne luy sembloit hors de raison
5 s'ayder de l'hypocrisie, comme nous faisons de pantoufles pour
faire oublyer notre petitesse; encores ettre beaucoup, quand nous
pouvons couvrir noz imperfections. Hircain, non satisfait de cette
raison, dit: « Par ma foy, il vaudroit mieus montrer quelquefois
quelque imperfection, que la couvrir si for du manteau de vertu.—
10 Il est vray, dit Ennasuyte. Car un acoutrement emprunté des-
honore autant celuy qui est contraint de le rendre, comme il luy
a fait d'honneur en le portant. Et il y a telle Dame sur la terre qui,
pour trop dissimuler une petite faute, est tombée en une plus
grande.— Je me doute, dit Hircain, de qui vous voulez parler,
15 mais au moins ne la nommez pas.— Ho, dit Geburon, je vous
donne ma voys, par tel si, qu'apres avoir fait le conte, vous nous
direz les noms, et nous jurerons de n'en parler jamais.— Je le
vous promei, dit Ennasuyte. Car il n'y a rien qui ne se puisse dire
avec honneur.

20 Le Roy Françoys premier etoit alé en un chateau fort plaisant
avec petite compagnie, tant pour la chace que pour y prendre
quelque repos. Il avoit en sa compagnie un seigneur nommé de
Belhoste,[1] autant honnette, vertueus, sage et beau Prince qu'il y
en eut point en sa Cour. Et avoit epousée une femme qui n'etoit
25 pas de grand' beauté, mais si l'aymoit il, et la traitoit autant bien
que mary peut faire sa femme, et se fyoit tant [en] elle, que,
quand il en aymoit quelcune, il ne luy celoit point, sachant
qu'elle n'avoit autre volonté que la siene.
Ce seigneur preind trop grande amytié à une Dame veuve, qui

s'appeloit ma Dame de Neuchatel,[2] qui avoit reputation d'ettre 30
la plus belle que l'on eut sceu regarder. Et si le Prince de Belhoste
l'aymoit bien, sa femme ne l'aymoit pas moins, mais l'envoyoit
souvent querir pour boire et manger avec elle, la trouvant si sage
et honnette, qu'au lieu d'ettre marrye que son mary l'aymat, se
rejouÿssoit de le voir addresser en si honnette lieu remply d'hon- 35
neur et de vertu. Cette amytié dura longuement, en sorte qu'en
tous les affaires de la dite de Neuchatel, le Prince de Belhoste s'y
employoit comme pour les siens propres, et la Princesse sa femme
n'en faisoit moins.

Mais, à cause de sa beauté, plusieurs grands seigneurs et 40
gentizhommes cerchoient for sa bonne grace: les uns pour l'amour
seulement, les autres pour l'anneau. Car, outre sa beauté, elle
etoit riche. Entre autres, y avoit un june gentilhomme, nommé
le seigneur des Chariotz,[3] qui la poursuyvoit de si pres, qu'il ne
failloit à son abiller et desabiller, et tout le long du jour, tant 45
qu'il pouvoit ettre pres d'elle. Ce qui ne pleut pas au Prince de
Belhoste, pour ce qu'il luy sembloit qu'un homme de si pauvre
lieu et de si mauvaise grace ne meritoit point avoir si honnette et
gracieus recueuil, dont il faisoit souvent des remontrances à cette
Dame. Mais elle, qui etoit fille d'Eve, s'excusoit, disant qu'elle 50
parloit generalement à tout le monde, et que pour cela leur
amytié en etoit mieus couverte, veu qu'elle ne parloit point plus
aus uns qu'aus autres. Mais, au bout de quelque tems, ce seigneur des Chariotz feit telle poursuyte, plus par importunité que
par amour, qu'elle luy promit de l'epouser, le priant ne la presser 55
point de declarer le maryage jusques à ce que ses filles fussent
prouveues. A l'heure, sans crainte de conscience, le gentilhomme
aloit en sa chambre toutes et quantes fois qu'il vouloit; et n'y
avoit qu'une femme de chambre et un homme qui sceussent leur
affaire.   60

Le Prince, voyant que de plus en plus le gentilhomme s'appri-
voisoit à la maison de celle qu'il aymoit tant, le trouva si mauvais,
qu'il ne se peut tenir de dire à la Dame: « J'ai tousjours aymé
votre honneur comme celuy de ma propre sœur, et sçavez les
honnettes propos que je vous ai tenuz, et le contentement que j'ai 65
d'aymer une Dame tant honnette et vertueuse que vous. Mais,
si je pensoi qu'un autre qui ne le merite pas, gangnat par
importunité ce que je ne veuil demander contre votre vouloir, ce

me seroit chose trop importable et non moins deshonorable pour
70 vous. Je le vous di, pour ce que vous ettes belle et june, et que
jusques icy avez eté en si bonne reputation, et vous commencez
à aquerir un tresmauvais bruyt. Car, non obstant qu'il ne soit
pareil de maison [ny] de biens, et moins d'autorité, sçavoir et bonne
grace, si est ce qu'il vaudroit mieus que vous l'eussiez epousé, que
75 d'en mettre tout le monde en soupçon. Parquoy, je vous prie,
dites moy si ettes deliberée de le vouloir aymer. Car je ne le veuil
point avoir pour compagnon, et le vous lerrai tout entier et me
retirerai de la bonne volonté que je vous ai portée. »

La pauvre Dame se preind à plorer, craindant de perdre son
80 amytié, et luy jura qu'elle aymeroit mieus mourir que d'epouser
le gentilhomme dont il luy parloit; mais il etoit tant importun,
qu'elle ne le pouvoit garder d'entrer en sa chambre à l'heure que
tous les autres y entroient. « De cette heure là, dit le Prince, je ne
parle point. Car j'y puy aussi bien aler que luy, et chacun voit ce
85 que vous faites; mais on m'a dit qu'il y va apres que vous ettes
couchée, chose que je trouve si etrange, que, si vous continuez
cette vie et vous ne le declarez pour mary, vous ettes la plus
deshonorée femme qui oncques fut. » Elle luy feit tous les sermens
qu'elle peut, qu'elle ne le tenoit pour son mary ne pour son amy,
90 mais pour un aussi importun gentilhomme qu'il en fut point.
« Puis qu'ainsi est, dit le Prince, qu'il vous fache, je vous asseure
que je vous en deferai.— Comment? dit elle; le voudriez vous
bien faire mourir?— Non, non, dit le Prince, mais je luy donnerai
bien à connoitre que ce n'est point en un tel lieu, ny en telle
95 maison que celle du Roy, où il faut faire honte aus Dames. Et je
vous jure la foy de tel amy que je vous suy, que, si apres avoir
parlé à luy, il ne se chatye, je le chatyerai si bien, que les autres y
prendront exemple. »

Sur ces paroles s'en ala et ne faillit pas, au partir de la chambre,
100 de trouver le seigneur des Chariotz qui y venoit, auquel il teint
tous les propos que vous avez oÿs, l'asseurant que, la premiere
fois qu'il le trouveroit hors l'heure que les gentizhommes doivent
aler voir les Dames, il luy feroit une telle peur, qu'à jamais il luy
en souviendroit; et qu'elle etoit trop bien apparentée pour se
105 jouer ainsi à elle. Le gentilhomme l'asseura qu'il n'y avoit jamais
eté, si non comme les autres, et qu'il luy donnoit congé, s'il le y
trouvoit, de luy faire du peis qu'il pourroit.

Quelques jours apres, que le gentilhomme cuydoit les paroles
du Prince ettre mises en oubly, s'en ala un soir voir sa Dame et y
demeura assez tard. Le Prince dit à sa femme comme la Dame de 110
Neuchatel avoit un rume bien for grand. Parquoy, sa bonne
femme le pria de l'aler visiter pour tous deus et faire ses excuses
de ce qu'elle n'y pouvoit aler; car elle avoit quelque affaire
necessaire en sa chambre. Le Prince attendit que le Roy fut
couché, et apres s'en ala pour donner le bon soir à sa Dame, mais, 115
en cuydant monter un degré, trouva un valet de chambre qui
decendoit, auquel il demanda que faisoit sa maitresse, qui luy
jura qu'elle etoit couchée et endormye.

Le Prince decendit le degré et soupçonna qu'il mentoit. Parquoy regarda derriere luy, et vid le valet qui retournoit à mont 120
en grand' diligence. Il se proumena en la cour devant cette porte,
pour voir si le valet reviendroit point, mais, un quart d'heure
apres, le vid encores decendre et regarder de tous cotez pour voir
qui etoit en la cour. A l'heure, pensa le Prince que le seigneur des
Chariotz etoit en la chambre avec sa Dame, et que, pour crainte 125
de luy, il n'ausoit decendre, qui le feit encores proumener long
tems; et, s'avisant qu'en la chambre de la Dame y avoit une
fenettre, qui n'etoit gueres haute et regardoit dans un petit jardin,
il luy souvient d'un proverbe qui dit: *Qui ne peut passer par la
porte, saille par la fenettre.* Doncques soudin appela un sien valet de 130
chambre et luy dit: « Alez vous en, en ce jardin là derriere. Et si
vous voyez un gentilhomme decendre par la fenettre, si tot qu'il
aura mis le pié à terre, tirez votre epée, et, la frotant contre la
muraille, cryez: *Tue! tue!* Mais gardez vous de luy toucher. »
Le valet de chambre s'en ala où son maitre luy avoit commandé, 135
et le Prince se proumena jusques environ troys heures apres
mynuyt.

Quand le seigneur des Chariotz entendit que le Prince etoit
tousjours en la cour, delibera de decendre par la fenettre, et,
apres avoir jetée sa cape la premiere, avec l'ayde de ses bons 140
amys, sauta dedans le jardin. Et, si tot que le valet de chambre
l'avisa, ne faillit à faire bruyt de son epée et cryer: « Tue! Tue! ».
D'ond le pauvre gentilhomme, [cuydant que ce fut son maitre,]
eut si grand' peur, que, sans s'amuser à prendre sa cape, s'enfuyt
à la plus grand' hate qu'il fut possible; et trouva les archers qui 145
faisoient le guet, qui furent fort etonnez de le voir ainsi courir.

Mais il ne leur ausa riens dire, si non de les prier bien humblement de luy vouloir ouvrir la porte, ou de le loger avec eus
jusques au matin. Ce qu'ilz feirent, car ilz n'en avoient pas les
150 clefz.

A cette heure là veint le Prince pour se coucher, et, trouvant
sa femme endormye, la reveilla, luy disant: « Devinez, ma femme,
quelle heure il est. » Elle luy dit: « Depuis au soir que je me suy
couchée, je n'ai point oÿ sonner l'orloge. » Il luy dit: « Troys
155 heures apres mynuyt sont passées.— Jesus, Monsieur, dit sa
femme, où avez vous tant eté? J'ai grand' peur que votre santé
en vaudra peis.— M'amye, dit le Prince, je ne serai jamais
malade de veiller, quand je garde de dormir ceus qui me cuydent
tromper. » Et, en disant ces paroles, se preind tant à rire, qu'elle
160 le pria bien for de luy vouloir conter ce que c'etoit; comme il feit
tout au long, en luy montrant la peau de loup[4] que son valet de
chambre avoit apportée. Et, apres avoir passé leur tems aus
depens des pauvres gens, s'en alerent dormir d'aussi gracieus
repos que les deus autres travaillerent la nuyt en peur et crainte
165 que leur affaire fut revelé.

Toutesfois, le gentilhomme, sachant bien qu'il ne pouvoit dissimuler devant le Prince, veint au matin à son lever le supplyer
qu'il ne le vousist point deceler et qu'il luy feit rendre sa cape.
Le Prince feit semblant d'ignorer tout le fait, et feit si bonne
170 contenance, que le pauvre gentilhomme ne sçavoit où il en etoit.
Si est ce qu'à la fin il oÿt autre leçon qu'il ne pensoit. Car le
Prince l'asseura que, si jamais il y retournoit, il le diroit au Roy
et le feroit bannir de la Cour.

Je vous prie, mes Dames, jugez s'il n'eut pas mieus valu à
175 cette pauvre Dame d'avoir parlé franchement à celuy qui luy
faisoit tant d'honneur de l'aymer et estimer, que de le mettre par
dissimulation jusques à faire une preuve qui luy fut si honteuse.
— Elle sçavoit bien, dit Geburon, que, si elle luy confessoit la
verité, elle perdroit entierement sa bonne grace, ce qu'elle crain-
180 doit sur tout.— Il me semble, dit Longarine, puis qu'elle avoit
choisy un mary à sa fantasie, qu'elle ne devoit craindre de
perdre l'amytié de tous les autres.— Je croi bien, dit Parlamante,
que, si elle eut ausé declarer son maryage, elle se fut contentée de
son mary. Mais, puis qu'elle le vouloit dissimuler jusques à ce

que ses filles fussent maryées, elle ne vouloit point laisser une si 185
honnette couverture.— Ce n'est pas cela, dit Saffredan, mais
c'est que l'ambition des femmes est si grande, qu'elle ne se peuvent
jamais contenter d'un seul. Mais j'ai oÿ dire que celles qui sont
les plus sages en ont volontiers troys : c'est à sçavoir un pour
l'honneur, l'autre pour le profit, le troysieme pour le plaisir. Et 190
chacun des troys pense ettre le mieus aymé ; mais les deus premiers
servent au dernier.— Vous parlez, dit Oysille, de celles qui n'ont
amour ny honneur.— Ma Dame, dit Saffredan, il y en a telle[s] de
la condition que je vous pin, que vous estimez bien des plus
honnettes femmes du païs.— Croyez, dit Hircain, qu'une femme 195
fine sçaura vivre où toutes les autres mouront de fain.— Aussi,
dit Longarine, quand leur finesse est connue, c'est bien la mor.—
Mais la vie, dit Symontaut. Car elles n'estiment à petite gloire
d'ettre reputées plus fines que leurs compagnes. Et ce nom là de
fines, qu'elles ont aquis à leur depens, fait plus hardyment venir 200
les serviteurs à leur obeïssance, que la beauté. Car un des plus
grands plaisirs qui soient entre ceus qui ayment est de conduire
leur amytié finement.— Vous parlez doncq', dit Ennasuyte, d'une
amour mechante. Car la bonne n'a besoin de couverture.— Ha,
dit Dagoncin, je vous supplye oter cette opinion de votre teste, 205
pour ce que tant plus la drogue est precieuse, et moins se doit
eventer, pour la malice de ceus qui ne se prenent qu'aus signes
exterieurs, lesquelz en bonne et mauvaise amytié sont tous
pareilz. Parquoy les faut aussi bien cacher quand l'amour est
vertueuse, que si elle etoit au contraire, pour ne tomber au 210
mauvais jugement de ceus qui ne peuvent croire qu'un homme
puisse aymer une Dame par honneur ; et leur semble que, s'ilz
sont sujetz à leurs plaisirs, que chacun est comme eus. Mais, si
nous etions tous de bonne foy, le regard et la parole ne seroient
point dissimulez, au moins à ceus qui aymeroient mieus mourir 215
que d'y penser quelque mal.— Je vous assure, Dagoncin, dit
Hircain, que vous avez une si haute philosophie, qu'il n'y a homme
icy qui l'entende ny la croye. Car vous nous voudriez faire
acroire que les hommes sont Anges, ou Dyables, ou pierres.—
Je sçai bien, dit Dagoncin, que les hommes sont hommes, et 220
sujetz à toutes passions. Mais si est ce qu'il y en a qui aymeroient
mieus mourir, que pour leur plaisir leurs Dames feissent chose
contre leur conscience.— C'est beaucoup de mourir, dit Geburon.

Je ne croiroie cette parole, quand elle seroit sortie de la bouche
225 du plus austere Religieus qui soit point.— Mais je croi, dit
Hircain, qu'il n'y en a point qui ne desire le contraire. Toutesfois, ilz font semblant de n'aymer point les raizins, quand ilz
sont si haut qu'ilz ne les peuvent cueuillir.— Mais je croi, dit
Nommerfide, que la femme de ce Prince fut for joyeuse que son
230 mary apprenoit à connoitre les femmes.— Je vous asseure que
non, dit Ennasuyte, mais en fut tresmarrye pour l'amour qu'elle
luy portoit. » . . .

NOUVELLE CINQUANTE CINQUIEME

La veuve d'un marchand accomplit le testament de son mary,
interpretant son intention au profit d'elle et de ses enfans.

Symontaut . . . ne se peut garder de rire, comme il faisoit
toutes et quantes fois que . . . on parloit de la conscience, qu'il
disoit ettre une chose dont il ne voudroit jamais que sa femme eut
soucy. A quoy Nommerfide luy repondit: « Il seroit bien employé que vous eussiez une telle femme que celle qui montra bien, 5
apres la mor de son mary, aymer mieus son argent que sa conscience.— Je vous donne ma voys, dit Saffredan, et vous prie
nous dire cette nouvelle.— Je n'avoi pas deliberé, dit Nommerfide, de raconter une si courte histoire, mais puis qu'elle vient à
propos, je la dirai. 10

En la ville de Sarragosse[1] y avoit un riche marchand, lequel,
voyant sa mor approcher, et qu'il ne pouvoit plus tenir les biens,
que peut ettre il avoit aquis avec mauvaise foy, pensa qu'en
faisant quelque petit present à Dieu, il satisferoit apres sa mor en
partie à ses pechez, comme si Dieu donnoit sa grace par argent. 15
Et, quand il eut ordonné de sa maison, dit qu'il vouloit qu'un
bel et bon cheval d'Espagne qu'il avoit fut vendu le plus que l'on
pourroit, et l'argent qui en proviendroit distribué aus pauvres
mendians,[2] priant sa femme ne vouloir faillir, incontinent qu'il
seroit trepassé, de vendre son cheval, pour en faire selon son 20
ordonnance.
Quand l'enterrement fut fait et les premieres larmes jetées, la
femme, qui n'etoit non plus sote que les Espagnoles ont accoutumé d'ettre, s'en veint au serviteur qui avoit, comme elle, en-
tendue la volonté de son mary, et luy dit: « Il me semble que j'ai 25
assez fait de perte de la personne du mary que j'ai tant aymé,
sans maintenant perdre les biens. Si est ce que je ne voudroie
desobeïr à sa parole, mais bien faire meilleure son intention. Car
le pauvre homme, seduit par la malice des Prettres, a pensé faire

30 grand sacrifice à Dieu de donner apres sa mor une somme, dont
en sa vie n'eut pas voulu donner un ecu en extreme necessité,
comme vous sçavez. Parquoy, j'ai avisé que nous ferons ce qu'il a
ordonné par sa mor, et encores mieus qu'il n'eut fait, s'il eut vecu
quinze jours d'avantage. Mais il faut que personne du monde
35 n'en sache rien. » Et, quand elle eut promesse du serviteur de le
tenir secret, elle luy dit: « Vous irez vendre son cheval, et à ceus
qui vous demanderont: *Combien?* vous leur direz: *Un ducat.* Mais
j'ai un for bon chat que je veuil aussi mettre en vente, que vous
vendrez quant et quant le cheval quatre vingt dys neuf ducatz.
40 Par ainsi le chat et le cheval feront tous deus les cent ducatz que
mon mary vouloit vendre son cheval seul. »

Le serviteur promptement accomplit le commandement de sa
maitresse, et ainsi qu'il proumenoit son cheval par la place et
tenoit le chat entre ses bras, quelque gentilhomme, qui autresfois
45 avoit veu et desiré le cheval, luy demanda combien il le faisoit.
Il luy repondit: « Un ducat ». Le gentilhomme luy dit: « Je te prie,
ne te moque point de moy.—Je vous asseure, Monsieur, dit le
serviteur, qu'il ne vous coutera qu'un ducat. Il est vray qu'il faut
acheter le chat quant et quant, lequel je ne lerrai à moins de
50 quatre vingt dys neuf ducatz. » A l'heure, le gentilhomme, qui
estimoit avoir raisonnable marché, luy paya promptement un
ducat pour le cheval, et le demeurant, comme il luy avoit
demandé, et emmena sa marchandise. Le serviteur, d'autre coté,
emporta son argent, dont sa maitresse fut for joyeuse; et ne faillit
55 pas de donner le ducat, que le cheval avoit eté vendu, aus
pauvres mendians, comme son mary l'avoit ordonné, et reteint
le demeurant à elle, pour luy suvenir et à ses enfans.

A votre avis, si celle là n'etoit pas bien plus sage que son mary,
et si elle se soucyoit tant de sa conscience que du profit de son
60 menage?

—Je pense, dit Parlamante, qu'elle aymoit bien son mary,
mais, voyant qu'à la mor la plus par des hommes resvent, elle,
connoisçant son intention, l'avoit voulu interpreter au profit de
ses enfans, dont je l'estime tressage.— Comment, dit Geburon,
65 n'estimez vous pas une grand' faute de faillir à accomplir les
testamens des amys trepassez?— Si fai, dea,[3] dit Parlamante,
pourveu que le testateur soit en bon sens et qu'il ne resve point.—

Appelez vous, dit Geburon, resverie, donner son bien à l'Eglise
et aus pauvres mendians?— Je n'appelle point resverie, dit Parlamante, quand l'homme distribue aus pauvres ce que Dieu a mis 70
en sa puissance, mais de faire aumonne du bien d'autruy, je ne
l'estime pas à grand' sagesse. Car vous verrez ordinairement les
plus grans usuriers qui soient point, faire les plus belles et trium-
phantes Chapelles que l'on sçauroit voir, voulans appaiser Dieu,
pour[4] dys mil ducatz, du larcin de cent mil, comme si Dieu ne 75
sçavoit pas bien conter.— Vrayement, je me suy maintesfois
ebaÿe, dit Oysille, comme ilz cuydent appaiser Dieu pour[4] choses
que luy mesme, etant sur terre, a reprouvées, sçavoir grans bati-
mens, dorures, fardz et pintures. Mais, s'ilz entendoient bien que
Dieu a dit en un passage par la bouche du Psalmiste, parlant des 80
oblations humainnes, que

> Le sacrifice agreable, et bien pris
> De l'Eternel, c'est une ame dolente,
> Un cueur soumis, une ame penitente:
> Ceus là, Seigneur, ne te sont à mepris;[5]   85

et en un autre de saint Paul, que nous sommes le temple de Dieu
où il veut abiter,[6] ilz eussent mise pene d'orner leur conscience
durant leur vie, et n'attendre pas à l'heure que l'homme ne peut
plus faire bien ne mal, et encores, qui pis est, charger ceus qui
demeurent de faire leurs aumonnes à gens qu'ilz n'eussent digné 90
regarder quand ilz vivoient. Mais Celuy qui connoit les cueurs[7]
ne peut ettre trompé, et les jugera non seulement selon les
œuvres, mais selon la foy[8] et charité[9] qu'ilz ont eue à luy.—
Pourquoy donc est ce, dit Geburon, que ces Cordeliers et Mendiens[10] ne chantent, à la mor, que de faire beaucoup de biens à 95
leurs Monasteres, nous asseurans qu'ilz nous metront en Paradis,
veuillons ou non?— Comment, Geburon! dit Hircain. Avez vous
desja oubliée la malice que vous avez contée des Cordeliers, pour
nous demander comment il est possible que telles gens puissent
mentir? Je vous declare que je ne pense point qu'il y ait au 100
monde plus grandes mensonges que les leurs. Et encores ceus n'en
peuvent ettre punys ny repris, qui parlent pour le bien de toute la
communauté ensemble. Mais il y en a qui oublyent leur vœu de
pauvreté, pour satisfaire à leur avarice. »

NOUVELLE CINQUANTE SYSIEME

Une devote Dame s'addressa à un Cordelier, pour, par son conseil, prouvoir sa fille d'un bon mary, auquel elle faisoit si honnette party, que le beau pere, souz esperance d'avoir l'argent qu'elle bailleroit à son gendre, feit le maryage de sa fille avec un sien june compagnon, qui tous les soirs venoit souper et coucher avec sa femme, et le matin, en abit d'ecolier, s'en retournoit en son Convent; où sa femme l'apperceut et le montra, un jour qu'il chantoit la Messe, à sa mere, qui ne peut croire que ce fut luy, jusques à ce qu'etant dedans le lyt elle luy ota sa coiffe de la teste, et connut à sa coronne la verité et tromperye de son Pere confesseur.

Nommerfide jugea incontinent qu'Hircain ne fut entré si avant à depecher la vie des Cordeliers, s'il n'eut eté bien asseuré de son baton,[1] et qu'il n'eut eu en main quelque exemple pour eclaircir et confirmer son dire, qui fut cause qu'elle le pria de leur vouloir 5 faire entendre s'il en sçavoit quelcun digne de la compagnie. « Je le veuil bien, repondit il, combien qu'il me fache de parler de ces gens là. Car il me semble qu'ilz sont du reng de ceus desquelz Virgile dit à Dante : « Passe outre, et n'en tien conte.[2] » Toutesfois, pour vous montrer qu'ilz n'ont pas laissé leurs passions avec leurs 10 abitz mondains, je vous dirai ce qui aveint.

En la ville de Padoue passa une Dame françoise, à laquelle fut rapporté que dedans les prisons de l'Eveché y avoit un Cordelier. Et, s'enquerant de l'occasion, pour ce qu'elle voyoit que chacun en parloit par moquerie, luy fut asseuré que ce Cordelier etoit 15 confesseur d'une fort honnette et devote Dame demeurée veuve, et n'avoit qu'une seule fille qu'elle aymoit tant, qu'il n'y avoit pene qu'elle ne preind pour luy amasser du bien et trouver bon party. Or, voyant que sa fille devenoit grande, etoit en continuel soucy de luy rencontrer un mary qui peut vivre avec elles deus 20 en pais et repos : c'est à dire qui fut homme de conscience, comme elle s'estimoit ettre. Et, pour ce qu'elle avoit oÿ dire à quelque

sot Prescheur, qu'il valoit mieus faire mal avec le conseil des
Docteurs, que faire bien par l'inspiration du saint Esprit, s'addressa à son beau Pere confesseur, homme desja ancien et Docteur
en Theologie, estimé bien vivant en toute la ville; s'asseurant, 25
par son conseil et bonnes prieres, ne pouvoir faillir de trouver le
repos d'elle et de sa fille. Et apres l'avoir bien for prié de luy
choisir un mary tel qu'il connoisçoit une femme aymant Dieu et
son honneur devoir souhaiter, luy repondit que premierement
faloit implorer la grace du saint Esprit par jeunes et oraisons, et 30
puis, ainsi que Dieu conduyroit son entendement, il esperoit de
trouver ce qu'elle demandoit.

Et ainsi s'en ala le Cordelier d'un autre coté penser à son
affaire. Et, pour ce qu'il entendoit de la Dame qu'elle avoit
amassez cinq cent ducatz pour donner au mary de sa fille et 35
prenoit sur sa charge la nourriture des deus, les fournissant de
maison, meubles et accoutremens, il avisa qu'il avoit un june compagnon de belle taille et agreable visage, auquel il donneroit la
belle fille, la maison, meubles, sa vie et nourriture asseurée, et
que les cinq cent ducatz luy demeureroient pour un peu soulager 40
son ardente avarice.

Et, apres qu'il eut parlé à son compagnon et se trouverent tous
deus d'accord, il retourna vers la Dame et luy dit: «Je croi, sans faute,
que Dieu m'a envoyé son Ange Raphaël, comme il feit à Thobie,[3]
pour trouver un perfet epous à votre fille. Car je vous asseure que 45
j'ai en main le plus honnette june gentilhomme qui soit en
Italie, lequel a quelquefois veue votre fille, et en est si bien pris,
qu'aujourd'huy, ainsi que j'etoi en oraison, Dieu le m'a envoyé,
et m'a declarée l'affection qu'il avoit en ce maryage. Et moi, qui
connoi sa maison, ses parens, et qu'il est d'une noble race, luy 50
ai promis vous en parler. Vray est qu'il y a un inconvenient en
luy, que seul je connoi: c'est qu'en voulant secourir un de ses
compagnons et amys, qu'un autre vouloit tuer, tira son epée,
pensant les departir. Mais la fortune aveint que son amy tua
l'autre. Parquoy luy, combien qu'il n'ait frapé nul coup, est 55
fugitif de sa ville, pour ce qu'il assista au meurdre et avoit tiré
son epée. Et, par le conseil de ses parens, s'est retiré en cette
ville en abit d'ecolier, où il demeure inconnu, jusques à ce que
ses parens ayent donné ordre à son affaire, ce qu'il espere en
brief. Par ce moyen, faudroit que le maryage fut fait secretement, 60

et que vous fussiez contente que le jour il alat aus lectures publiques, et tous les soirs veint souper et coucher ceans. »

A l'heure, la bonne femme luy dit: « Monsieur, je trouve que ce que vous me dites est mon bien grand avantage. Car au
65 moins j'aurai pres de moy ce que plus je desire en ce monde. » Le Cordelier feit comme ilz avoient avisé, et le luy amena bien en ordre, avec un beau pourpoint de satin cramoisy, dont elle fut fort ayse. Et, apres qu'il fut venu, feirent les fiansailles, et, incontinent que mynuyt fut passé, feirent dire une Messe et
70 epouserent, puis alerent coucher ensemble jusques au point du jour, que le maryé dit à sa femme que, pour n'ettre point connu, etoit contraint s'en aler au Colege. Ayant pris son pourpoint de satin cramoisy et sa robe longue, sans oublyer sa coiffe de soye noire, veint dire à Dieu à sa femme, qui etoit encores au lyt, et
75 l'asseura que tous les soirs il viendroit souper avec elle, mais que pour le diner il ne le faloit attendre. Et ainsi s'en partit, laissant sa femme, qui s'estimoit la plus heureuse du monde d'avoir trouvé un si bon party; et porta le june Cordelier maryé à son viel pere les cinq cent ducatz, dont ilz avoient convenu ensemble
80 par l'accord du maryage. Et, au soir, ne faillit de retourner souper avec celle qui le cuydoit ettre son mary. Et s'entreteint si bien en l'amour d'elle et de sa belle mere, qu'elles ne l'eussent pas voulu changer avec le plus grand Prince du monde.

Cette vie dura quelque tems. Mais, ainsi que la bonté de Dieu
85 a pitié de ceus qui sont trompez par bonne foy, aveint de sa grace et misericorde qu'un matin preind devotion à cette Dame et à sa fille d'aler oÿr la Messe à Saint Françoys,[4] et visiter leur bon Pere confesseur, par le moyen duquel elles pensoient ettre si bien prouveues, l'une de beau fiz et l'autre de mary. De for-
90 tune ne trouvant leur confesseur, ny autre de leur connoiscence, furent contentes d'oÿr la grand' Messe qui commençoit, attendant s'il viendroit point. Et ainsi que la june Dame regardoit ententivement au service divin et au mistere d'iceluy, quand le Prettre se retourna pour dire *Dominus vobiscum*, cette june maryée
95 fut toute surprise d'etonnement, car il luy sembloit que c'etoit son mary ou un pareil de luy; mais, pour cela, ne voulut sonner mot, et attendit jusques à ce qu'il se retournat encore une fois, où elle l'avisa beaucoup mieus, et ne douta plus que ce ne fut luy. Parquoy elle tira sa mere, qui etoit en une grande contempla-

tion, et luy dit: « Helas, ma Dame, qu'est ce que je voi? » La 100
mere luy demanda: « Quoi? — C'est celuy, dit elle, mon mary, qui
chante la Messe, ou la personne de ce monde qui luy semble
mieus. » La mere, qui ne l'avoit point bien regardé, luy dit: « Je
vous prie, ma fille, ne metez point cette opinion en votre teste.
Car c'est une chose totalement impossible que ceus qui sont si 105
saintes gens eussent fait une telle tromperie. Vous pecheriez
grandement contre Dieu, d'ajouter foy à une telle opinion. »
Toutesfois, la mere ne laissa pas d'y regarder. Et, quand ce veint
à dire: *Ite, missa est,*[5] connut veritablement que jamais deus
freres d'une ventrée ne furent si semblables. Mais elle etoit si 110
simple, qu'elle eut volontiers dit: « Mon Dieu, garde moy de
croire ce que je voi. » Neantmoins, par ce qu'il touchoit tant à sa
fille, ne voulut pas laisser la chose ainsi inconnue, se deliberant
d'en sçavoir la verité.

Et, quand ce veint au soir que le mary, qui ne les avoit aucune- 115
ment apperceues, devoit retourner, la mere dit à sa fille: « Si vous
voulez, nous sçaurons maintenant la verité de votre mary. Car,
ainsi qu'il sera dedans le lyt, je l'irai trouver, et, sans qu'il y
pense, vous luy arracherez sa coiffe par derriere, et nous verrons
s'il aura telle coronne que celuy qui a dite la Messe. » Il fut fait 120
ainsi qu'il avoit eté deliberé. Car, si tot que le mechant mary fut
couché, arriva la vieille Dame. Et en luy prenant les deus mains
comme par jeu, sa fille luy ota sa coiffe, et demeura avec sa belle
coronne, d'ond mere et fille furent tant etonnées, qu'il n'etoit
possible de plus. Et, à l'heure, appelerent les serviteurs de leans 125
pour le faire prendre et lier jusques au matin, sans qu'excuse ou
beau parler luy servit de rien.

Le jour venu, la Dame envoya querir son confesseur, findant
avoir quelque grand secret à luy dire; lequel y veint hativement,
et le feit prendre comme le june, luy reprochant la tromperie 130
qu'il luy avoit faite. Et, sur cela, envoya querir la justice, entre
les mains de laquelle les meit tous deus. Il est à presumer que,
s'il y avoit des gens de bien pour juges, qu'ilz ne laisserent pas la
chose impunie.

Voyla, mes Dames, pour vous montrer que ceus qui ont vouée 135
pauvreté ne sont pas exens d'ettre tentez d'avarice, qui est
l'occasion de faire tant de maus.

— Mais tant de biens! dit Saffredan. Car des cinq cent ducatz dont la vieille vouloit faire thesaur, furent faites maintes bonnes

140 cheres. Et la pauvre fille, qui avoit tant attendu un mary, par ce moyen en pouvoit avoir deus et sçavoir mieus parler, à la verité, de toutes hyerarchies.— Vous avez tousjours, dit Oysille, les plus fauses opinions que je vi jamais. Car il vous semble que toutes les femmes soient de votre complexion.— Ma Dame, sauf votre

145 grace, dit Saffredan, car je voudroi qu'il m'eut couté beaucoup et[6] elles fussent aussi aysées à contenter que moy.— Voyla une mauvaise parole, dit Oysille. Car il n'y a nul icy qui ne scache tout le contraire de ce que vous dites, et qu'il ne soit vray. Le conte qui a eté fait maintenant montre bien l'ignorance des

150 pauvres femmes et la malice de ceus que nous tenons pour meilleurs que vous autres hommes. Car elle ne sa fille ne vouloit rien faire à sa fantasie, mais soumetoit son desir à bon conseil.— Il y a des femmes si difficiles, dit Longarine, qu'il leur semble qu'elles doivent avoir des Anges.— Et voyla, dit Symontaut,

155 pourquoy elles trouvent souvent des Dyables, et principalement celles qui, ne se confians en la grace de Dieu, cuydent, par leur bon sens ou celuy d'autruy, pouvoir trouver en ce monde quelque felicité qui n'est donnée ny ne peut venir que de Dieu.— Comment, Symontaut! dit Oysille. Je ne pensoi pas que vous sceussiez

160 tant de bien.— Ma Dame, dit il, c'est grand dommage que je ne suy bien experimenté. Car, par faute de me connoitre, vous aviez desja mauvais jugement de moy. Mais si puy je bien faire le metier d'un Cordelier, puis que le Cordelier s'est melé du mien.— Vous appelez doncq' votre metier, dit Parlamante, de tromper

165 les femmes? Et ainsi de votre bouche mesme vous vous jugez.— Quand j'en auroi trompées cent mil, dit Symontaut, encores ne seroi je pas vengé des penes que j'ai endurées pour une seule.— Je sçai, dit Parlamante, combien de fois vous vous ettes plain des Dames, et toutesfois nous vous voyons si joyeus et en bon point,

170 qu'il n'est pas à croire que vous ayez eu tant de maus que vous dites, mais la *Belle Dame sans mercy*[7] repond qu'*il siet bien qu'on le die, pour en tirer quelque confor.* »

NOUVELLE CINQUANTE SETIEME

Un Milhor d'Angleterre fut set ans amoureus d'une Dame, sans jamais luy en auser faire semblant, jusques à ce qu'un jour, la regardant dans un pré, il perdit toute couleur et contenance, par un soudin batement de cueur qui le preind. Lors elle, se montrant avoir pitié de luy, à sa requeste meit sa main gantée sur son cueur, qu'il serra si for (en luy declarant l'amour que si long tems luy avoit portée) que son gant demeura en la place de sa main; que depuis il enrichit de pierreryes et l'attacha sur son saye, à coté du cueur, et fut si gracieus et honnette serviteur, qu'il n'en demanda oncques plus grand' privauté.

. . . .

La *Dame sans mercy*[1] alleguée par Parlamante ne fut receue de Symontaut pour notable Docteur, si non en ce que non seulement elle est facheuse, mais le fait ettre toutes celles qui ont leue et suyvie sa doctrine. Parlamante, soutenant son opinion, luy dit: « Si est sa doctrine autant profitable aus junes Dames que nulle 5 que je sache.— S'il etoit ainsi, repondit Symontaut, que les Dames fussent sans mercy, nous pourrions bien faire reposer noz chevaus et laisser rouiller noz harnoys jusques à la premiere guerre, et ne faire que penser du menage. Et je vous prie, dites moy si c'est chose honnette à une Dame d'avoir le nom d'ettre sans pitié, 10 sans charité, sans amour et sans mercy?— Sans charité et amour, repondit Parlamante, ne faut il pas qu'elle soit. Mais ce mot de *mercy* sonne si mal entre les femmes, qu'elle n'en peuvent user sans offenser leur honneur. Car, proprement, *mercy* est accorder la grace que l'on demande, et l'on sçait bien celle que les hommes desi- 15 rent.— Ne vous deplaise, ma Dame, dit Symontaut, il y en a de si raisonnables, qu'ilz ne demandent que la parole.— Vous me faites souvenir, dit Parlamante, de celuy qui se contentoit d'un gant.— Il faut que nous sçachions qui est ce gracieus serviteur, dit Hircain, et, pour cette occasion, je vous donne ma voys.— 20 Ce me sera plaisir de vous en faire le conte, dit Parlamante; car il est plein d'honnetteté.

. . . .

Le Roy Loys unzieme envoya en Angleterre le seigneur de
Montmorency[2] pour son Ambassadeur, lequel y fut tant bien
25 venu, que le Roy et tous les Princes l'aymerent et estimerent for,
jusques à luy communiquer plusieurs de leurs affaires secretz pour
en prendre conseil.

Un jour, en un banquet que le Roy luy feit, fut assis pres de luy
un Milhor de grand' maison, lequel avoit attaché sur son saye un
30 petit gant comme pour femme, à crochetz d'aur, et sur les join-
tures des doigtz y avoit force dyamans, rubys, emeraudes et perles,
tant que ce gant etoit estimé un bien grand argent. Le seigneur de
Montmorency le regarda si souvent, que le Milhor s'apperceut
qu'il avoit envye de luy demander la raison pourquoy il etoit si
35 bien en ordre. Et, pour ce qu'il estimoit le conte ettre bien fort à
sa louenge, il commença à dire: « Je voi bien que vous trouvez
etrange que j'ai si gorgiasement accoutré un pauvre gant; et
j'ai encores plus d'envye de le vous dire, car je vous tien tant homme
de bien et connoisçant quelle passion c'est qu'amour, que, si j'ai
40 bien fait, vous m'en louerez, si non, vous excuserez l'amour qui
commande à tous honnettes cueurs.

« Il faut que vous entendez que j'ai toute ma vie aymée, ayme,
et aymerai encores apres ma mor une Dame. Et, par ce que mon
cueur eut plus de hardiesse de s'addresser en un bon lieu, que ma
45 bouche de parler, je demeurai set ans sans luy en auser faire
semblant, craindant, s'elle s'en appercevoit, de perdre le moyen
que j'avoi de souvent la frequenter, dont j'avoi plus de peur que
de ma mor. Mais un jour, etant dedans un pré, en la regardant me
preind un si grand batement de cueur, que je perdi toute couleur
50 et contenance, dont elle s'apperceut tresbien, et en demandant
que j'avoi, je luy di que c'etoit une douleur de cueur importable.
Et elle, qui pensoit que ce fut de maladie d'autre sorte que
d'amour, me montra avoir pitié de moy, qui me feit la supplyer
mettre sa main sur mon cueur pour sentir comme il se debatoit. Ce
55 qu'elle feit, plus par charité que par autre amytié. Et, quand je
luy tein sa main, qui etoit gantée, dessuz mon cueur, il se preind à
debatre et tormenter si for, qu'elle sentit que je disoi verité. Et, à
l'heure, luy serrai la main contre mon estommach, en luy disant:
« Helas, ma Dame, recevez le cueur qui veut rompre mon estom-
60 mach pour saillir en la main de celle dont il espere vie, grace et
misericorde, lequel maintenant me contraind vous declarer

l'amour que si long tems vous ai celée. Car luy ne moy ne sommes
maitres de ce puissant Dieu. » Quand elle entendit le propos que
je luy tenoi, le trouva fort etrange et voulut retirer sa main. Mais
je la luy tein si ferme que le gant demeura en la place de sa cruelle 65
main. Et, pour ce que jamais n'avoi ny depuis n'ai eue plus grand'
privauté d'elle, j'ai attaché ce gant, comme l'emplatre le plus
propre que je pui donner à mon cueur, et l'ai orné des plus riches
bagues que j'avoi, combien que les richesses vienent du gant, que
je ne donneroie pour le Royaume d'Angleterre. Car il n'y a bien 70
en ce monde que j'estime tant, que de le sentir sur mon estommach. »

Le seigneur de Montmorency, qui eut mieus aymée la main que
le gant d'une Dame, luy loua for cette grande honnetteté, luy
disant qu'il etoit le plus vray amoureus qui fut jamais, puis que de 75
si peu il faisoit si grand cas; combien que, veue sa grande amour,
s'il eut eu mieus, peut ettre qu'il fut mort de joye. Ce qu'il accorda
au seigneur de Montmorency, ne pensant point qu'il le dit par
moquerie.

Si tous les hommes du monde etoient de telle honnetteté, les 80
Dames s'y pourroient bien fier, quand il ne leur couteroit que le
gant.

— J'ay si bien connu le seigneur de Montmorency dont vous
parlez, dit Geburon, que je suy seur qu'il n'eut point voulu vivre
en angoisse; et, s'il se fut contenté de si peu, il n'eut pas eues les 85
bonnes fortunes qu'il a eues en amours. Car la chanson[3] dit:

Jamais d'Amoureus couard n'oyez bien dire.

— Pensez, dit Saffredan, que cette pauvre Dame retira sa main
bien hativement, quand elle sentit que le cueur luy debatoit; car
elle pensoit qu'il deut trepasser. Et l'on dit qu'il n'y a rien que les 90
femmes hayent plus que de toucher les mortz.— Si vous aviez
autant hantez les hopitaus que les tavernes, ce luy dit Ennasuyte,
vous ne tiendriez pas ce langage. Car vous verriez celles qui
ensevelissent les trepassez, que souvent les hommes, quelque
hardys qu'ilz soient, craindent approcher.— Il est vray, dit 95
Symontaut, qu'il n'y a nul à qui l'on donne penitence, qui ne fait
le rebours de ce à quoy il a pris plus de plaisir, comme une
Damoyselle que je vi en une bonne maison, qui, pour satisfaire au

plaisir qu'elle avoit eu à baiser quelqu'un qu'elle aymoit, fut
100 trouvée, à quatre heures du matin, baisant le cors mort d'un
gentilhomme qui avoit eté tué le jour precedent, lequel elle n'avoit
point plus aymé qu'un autre. Et, à l'heure, chacun connut que
c'etoit penitence des plaisirs passez.— Voyla, dit Oysille, comme
toutes les bonnes œuvres que les femmes font sont tousjours esti-
105 mées mal entre les hommes, je ne suy d'opinion qu'on doive
jamais baiser mortz ne vifz, si ce n'est ainsi que Dieu le commande.— Quant à moy, dit Hircain, je me soucye si peu de
baiser les femmes, hors mise la miene, que je m'accorde à toutes
les loys que l'on voudra. Mais j'ai pitié des junes gens à qui vous
110 voulez oter un si petit contentement, et faire nul le commandement de saint Paul, qui veut que l'on baise *in osculo sancto*.[4]— Si
saint Paul eut eté tel homme que vous, dit Nommerfide, nous
eussions bien demandée l'experience de l'Esprit de Dieu qui parloit
en luy.— A la fin, dit Geburon, vous aymeriez mieus douter de la
115 sainte Ecriture, que de faillir à l'une de voz petites ceremonies.—
Ja à Dieu ne plaise, dit Oysille, que nous doutons de la sainte
Ecriture, veu que si peu nous croyons en voz mensonges. Car il n'y
a nulle qui ne sache bien ce qu'elle doit croire: c'est de jamais ne
mettre en doute la parole de Dieu, et moins ajouter foy à celle des
120 hommes se detournans de la verité. »

NOUVELLE SOYSANTE TROYSIEME

Le refuz qu'un gentilhomme feit d'une avanture que tous
ses compagnons cerchoyent, luy fut imputée à bien grand'
vertu, et sa femme l'en ayma et estima beaucoup plus
qu'elle n'avoit fait.

Apres que Parlamante eut conclut qu'une femme pressée de son
honneur n'etoit digne d'etre estimée vertueuse pour deus ou
troys refuz qu'elle auroit faitz, si elle ne persistoit, Dagoncin
voulut sçavoir si le semblable se pouvoit dire de l'homme, pour
ce que, quant à luy, son opinion etoit que, si un homme refusoit 5
une fois seulement une belle fille, on ne luy pouvoit imputer ce
refuz à trop grand' vertu. A quoy Oysille repondit ainsi : « Vrayement, si un homme june et sain usoit de ce refus, je le trouveroie
for louable, mais non moins difficile à croire.— Si en connoi je,
dit Dagoncin, qui ont refusées des avantures que tous leurs com- 10
pagnons cerchoient.— Je vous prie, dit Longarine, que vous
prenez ma place pour nous en faire un conte ; mais souviene vous
qu'il faut icy dire verité.— Je vous promey, dit Dagoncin, que je
la vous dirai si purement, qu'il n'y aura nulle couleur pour la
deguiser.   15

En la ville de Paris se trouverent quatre filles, dont les deus
etoient sœurs de si grande beauté et frescheur, qu'elles avoient la
presse de tous les amoureus. Mais un gentilhomme que le Roy,
qui lors etoit, avoit fait Prevot de Paris,[1] voyant son maitre june
et de l'aage pour desirer telle compagnie, pratiqua si bien les 20
quatre, que, chacune pensant etre pour le Roy, s'accorderent à
ce que le dit Prevot voulut, qui etoit de se trouver ensemble à un
festin où il convya son maitre, auquel il raconta l'entreprise, qui
fut trouvée bonne du dit seigneur et de deus autres grans person-
nages de la Cour, et s'accorderent tous troys d'avoir par au 25
marché.
Mais, en cerchant un quatrieme compagnon, va arriver un

seigneur beau et honnette, et plus june de dys ans que tous les
autres, lequel fut convyé à ce banquet, qu'il accepta de bon visage,
30 combien qu'en son cueur il n'en eut aucune volonté. Car, d'un
coté, il avoit une femme qui luy portoit de beaus enfans, dont il se
contentoit for bien, et vivoient en telle pais, que pour riens n'eut
voulu qu'elle eut pris mauvais soupçon de luy. D'autre par, il etoit
serviteur de l'une des plus belles Dames qui fut de son tems en
35 France, laquelle il aymoit et estimoit tant, que toutes les autres ne
luy etoient rien au pris d'elle, en sorte qu'au commencement de sa
junesse, et avant qu'il fut maryé, n'etoit possible de luy faire voir
ne hanter autres femmes, quelque beauté qu'elles eussent, et prenoit
plus de plaisir à voir s'amye et l'aymer perfettement, que tout ce
40 qu'il eut sceu avoir d'une autre.

Ce seigneur veint à sa femme et luy dit en secret l'entreprise
que son maitre faisoit; et que, de luy, il aymoit autant mourir que
d'accomplir ce qu'il avoit promis. Car, tout ainsi que, par colere,
il n'y avoit homme vivant qu'il n'ausat bien assaillir, aussi, sans
45 occasion, et d'un guet à pend, aymeroit mieus mourir que de faire
un meurdre, si l'honneur ne le y contraindoit; et pareillement,
sans une extreme force d'amour, qui est l'aveuglement des hommes
vertueus, il aymeroit mieus mourir que rompre son maryage à
l'appety d'autruy. D'ond sa femme l'ayma et estima plus que
50 jamais n'avoit fait, voyant en une si grande junesse abiter tant
d'honnetteté.

Et luy demandant comme il se pourroit excuser, veu que les
Princes trouvent souvent mauvais qu'on ne loue ce qu'ilz ayment,
luy repondit: « J'ai tousjours oÿ dire que le sage a communement
55 une maladie ou un voyage en sa manche, pour s'en ayder à sa
necessité. Parquoy j'ai deliberé de findre, quatre ou cinq jours
devant, ettre bien for malade, à quoy votre contenance me pourra
bien servir.— Voyla, dit sa femme, une bonne et sainte hypocrisie, à quoy je ne faudrai vous servir de la plus triste mine dont je
60 me pourrai aviser. Car qui peut eviter l'offense de Dieu et l'ire du
Prince est bien heureus. » Ilz feirent ainsi qu'ilz delibererent, et
fut le Roy for marry d'entendre par la femme la maladie de son
mary, laquelle ne dura gueres. Car, pour quelques affaires qui
surveindrent, le Roy oublya son plaisir pour penser à son devoir,
65 et partit de Paris.

Un jour, ayant memoire de leur entreprise qui n'avoit eté mise à fin, dit à ce june seigneur: « Nous sommes bien sotz d'ettre partys si soudin, sans avoir veues les quatre filles que l'on m'avoit promis ettre les plus belles de mon Royaume. » Le june seigneur luy repondit: « Sire, je suy bien ayse que vous y avez 70 failly. Car j'avoi grand' peur que, durant ma maladie, moy seul eusse failly à une si bonne entreprise. » A ces paroles ne s'apperceut jamais le Roy de la dissimulation de ce june seigneur, lequel depuis fut plus aymé de sa femme qu'il n'avoit jamais eté. »

A l'heure se preind à rire Parlamante et dit: « Encores l'eut 75 mieus aymé sa femme, si c'eut eté pour l'amour d'elle seule, mais, en quelque sorte que ce soit, il est treslouable.— Il me semble, dit Hircain, que ce n'est pas grand' louange à un homme de garder chasteté pour l'amour de sa femme. Car il y a tant de raisons, qu'il est quasi contraint. Premierement Dieu luy commande, son 80 serment le y oblige. Puis nature qui est soule, n'est point sujette à tentation ou desir, comme est la necessité. Mais l'amour libre que l'on porte à s'amye, de laquelle on n'a point la jouïssance ny autre contentement que le voir et le parler, et bien souvent mauvaise reponse, quand elle est si loyale et ferme, que, pour 85 quelque aventure qui puisse avenir, on ne la veut changer, je di que c'est une chasteté non seulement louable, mais miraculeuse.— Ce n'est point miracle, dit Oysille. Car où le cueur s'addonne, il n'est rien impossible au cors.— Non aus cors, dit Hircain, qui sont desja angelisez. » Oysille luy repondit: « Je n'enten point 90 parler seulement de ceus qui sont par la grace de Dieu tout transmuez en luy, mais des plus grossiers d'esprit qui soient çà bas entre les hommes. Et, si vous y prenez garde, vous trouverez que ceus qui ont mis leur cueur et affection à cercher la perfection des sciences, non seulement ont oublyée la volupté de la chair, mais les 95 choses plus necessaires, comme le boire et le manger. Car, tant que l'ame est par affection dedans son cors, la chair demeure comme insensible. Et de là vient que ceus qui ayment femmes belles, honnestes et vertueuses, ont tel contentement d'esprit à les voir ou à les oÿr parler, que la chair est appaisée de tous ses desirs. 100 Et ceus qui ne peuvent experimenter ce contentement sont les charnelz, qui, trop envelopez de leur gresse, ne connoiscent s'ilz ont ame ou non. Mais, quand le cors est sujet à l'esprit, il est quasi insensible aus imperfections de la chair, tellement que leurs

105 fortes opinions les peuvent rendre insensibles. Et j'ai connu un
gentilhomme qui, pour montrer avoir plus fort aymée sa Dame
que nul autre, en avoit faite preuve à tenir une chandelle, les
doigtz tout nuz, l'espace de troys nuytz, contre tous ses compagnons; et, regardant sa dite Dame, teint si ferme, qu'il se brula
110 jusques à l'os. Encores disoit il n'avoir point senty de mal.— Il
me semble, dit Geburon, que le Dyable, dont il etoit martir, en
devoit faire un saint Laurent.[2] Car il y en a peu de qui le fœu
d'amour soit si grand, qu'ilz ne craindent celuy de la moindre
bougie. Et si une Dame m'avoit laissé tant endurer pour elle, j'en
115 demanderoie grand' recompense, ou j'en retireroie ma fantasie. »

NOUVELLE SOYSANTE SETYEME

Une pauvre femme, pour sauver la vie de son mary, hazarda
la siene, et ne l'abandonna jusques à la mor.

Il sembloit, à oÿr parler Nommerfide, que les hommes preissent
plaisir à oÿr mal dire des femmes, qui fut cause que Symontaut
luy dit: « Je suy seur que vous me tenez de ce nombre là. Mais, à
fin de n'ettre tenu de toutes les autres pour medisant, j'ai grande
envye de dire bien d'une. » Ennasuyte donc luy dit: « Je vous   5
donne ma place, vous priant de forcer votre naturel, pour faire
votre devoir à notre honneur. » A l'heure, Symontaut commença
ainsi: « Ce m'est chose si nouvelle, mes Dames, d'oÿr dire de vous
quelque acte vertueus, que, s'en offrant quelcun, ne me semble
devoir ettre celé, mais plus tot ecrit en lettres d'aur pour servir   10
aus femmes d'exemple et aus hommes d'admiration, voyant en
sexe fragile ce que la fragilité refuse. C'est l'occasion qui me fera
raconter ce que j'ai oÿ dire au Capitaine Robertval[1] et à plusieurs
de sa compagnie.

C'est que faisoit le dit Robertval un voyage sur la mer, duquel   15
il etoit chef par le commandement du Roy son maitre, en l'île de
Canadas, auquel lieu etoit deliberé, si l'air du païs eut eté com-
mode, demeurer et y faire villes et chateaus.[2] En quoy il feit tel
commencement[3] que chacun peut sçavoir. Et, pour habituer le
païs de Chretians,[4] y mena avec soy toutes sortes d'artisans,[5] entre 20
lesquelz y avoit un homme qui fut si malheureus, qu'il traït son
maitre et le meit en danger d'ettre pris des gens du païs. Mais
Dieu voulut que son entreprise fut si tot decouverte, qu'elle ne
peut nuyre au Capitainne Robertval, lequel feit prendre ce
mechant traitre, pour le faire punir comme il avoit merité. Ce   25
qui eut eté fait sans sa femme, laquelle, ayant suyvi son mary par les
perilz de la mer, ne le voulut abandonner à la mor, mais, à force
de larmes, feit tant avec[6] le Capitaine et toute sa compagnie que,
tant pour la pitié d'elle que pour les services qu'elle leur avoit
faitz, luy accorderent sa requeste, qui fut telle, que le mary et la   30
femme seroient laissez en une petite île sur la mer,[7] où n'abitoient

que bestes sauvages; et leur fut permis de porter avec eus ce dont
ilz avoient necessité.

Les pauvres gens, se trouvans tout seulz, en la compagnie des
35 bestes sauvages et cruelles, n'eurent recours qu'à Dieu seul, qui
avoit tousjours eté le ferme espoir de cette pauvre femme, laquelle,
comme celle qui avoit toute sa confience en luy, porta pour sa
sauvegarde, nourriture et consolation, un Nouveau Testament,
lequel elle lisoit incessamment; et, au demeurant, metoit pene
40 avec son mary d'accoutrer un petit logis le mieus qu'il leur etoit
possible. Et, quand les lyons[8] et autres bestes en approchoient
pour les devorer, le mary avec sa harquebouse, et elle avec ses
prieres, se defendoient si bien, que non seulement les bestes ne les
ausoient approcher, mais bien souvent en tuoient de bonnes à
45 manger. Ainsi, avec telles chairs et les herbes du païs, y vecurent
quelque tems, apres que le pain leur fut failly.

Toutesfois, à la longue, le mary ne peut porter telle nourriture;
et, à cause des eaues qu'ilz buvoient, deveint si enflé qu'en peu de
tems il mourut, n'ayant service ne consolation que de sa femme,
50 laquelle luy servoit de medecin et confesseur, en sorte qu'il passa
joyeusement de ce desert en la celeste patrie. Et sa pauvre femme,
demeurée seule, l'enterra le plus profond en terre qu'il fut possible.
Si est ce que les bestes en eurent incontinent le sentiment, et
veindrent manger la charongne. Mais la pauvre femme, à coupz
55 de harquebouze, defendoit de sa petite maisonnette que la chair
de son mary n'eut tel sepulcre. Ainsi vivant, quant au cors de vie
bestiale, et quant à l'ame de vie angelique, passoit son tems en
lectures, contemplations, prieres et oraisons, ayant un esprit
joyeus et content dedans un cors ammaigry et demy mort.

60 Mais Celuy qui n'abandonne jamais les siens au besoin, et qui
au desespoir des hommes montre sa puissance, ne permeit que la
vertu qu'il avoit mise en cette femme fut ignorée des hommes, mais
voulut qu'elle fut connue à sa gloire. Et feit qu'au bout de quelque
tems, un des navires de cette armée passant devant cette ile, les
65 gens qui etoient dedans aviserent quelque fumée, qui leur feit
souvenir de ceus qu'ilz y avoient laissez, et delibererent aler voir
ce que Dieu en avoit fait. La pauvre femme se tira au bord de la
mer, voyant approcher le navire, auquel lieu ceus qui etoient
dedans la trouverent à leur arrivée. Et, apres en avoir rendues
70 graces à Dieu, les mena en sa pauvre maisonnette, et leur montra

de quoy elle vivoit durant sa miserable demeure. Ce qui leur eut
eté incroyable, sans la connoiscence qu'ilz avoient que Dieu est
aussi puissant de nourrir en un desert ses serviteurs,[9] comme aus
plus grans festins du monde. Et, ne pouvant demeurer en tel lieu,
emmenerent avec eus cette pauvre femme droit à la Rochelle, où 75
apres long navygage ilz arriverent.

Et, quand ilz eurent fait entendre aus abitans la fidelité et
perseverance de cette femme, elle fut receue en grand honneur de
toutes les Dames, qui volontiers luy baillerent leurs filles pour
apprendre à lire et à ecrire. Et à cet honnette metier là gangna le 80
surplus de sa vie, n'ayant autre desir que d'exhorter un chacun
en l'amour et confience de notre Seigneur, se proposant en
exemple pour la grande misericorde dont il avoit usé envers elle.

A cette heure, mes Dames, ne pouvez vous pas dire que je ne
loue bien les vertus que Dieu a mises en vous, lesquelles se mon- 85
trent d'autant plus grandes que le sujet est plus infirme.

— Nous ne sommes pas marryes, dit Oysille, de ce que vous
louez les graces de Notre Seigneur en nous. Car, à dire verité,
tout bien vient de luy, mais il faut passer condemnation, qu'aussi
peu favorise l'homme à l'ouvrage de Dieu, que la femme. Car 90
l'un et l'autre, par son courir et son vouloir, ne fait que planter,
et Dieu donne accroiscement.— Si vous avez bien veue l'Ecriture,
dit Saffredan, saint Paul dit qu'Apollo a planté, et qu'il a arrosé;[10]
mais il ne parle point que les femmes ayent mises les mains à
l'ouvrage de Dieu.— Vous voudriez suyvre, dit Parlamante, 95
l'opinion des mauvais hommes qui prenent un passage de
l'Ecriture pour eus et laissent celuy qui leur est contraire. Si vous
avez leu saint Paul jusques au bout, vous trouverez qu'il se
recommande aus Dames qui ont beaucoup labouré avec luy en
l'Evangile.[11]— Quoy qu'il y ait, dit Longarine, cette femme est 100
digne de bien grand' louange, tant pour l'amour qu'elle a portée
à son mary, pour lequel elle a hazardée sa vie, que pour la foy
qu'elle a eue en Dieu, lequel, comme nous voyons, ne l'a pas
abandonnée.— Je croi, dit Ennasuyte, pour le premier, qu'il n'y
a femme icy qui n'en vousit faire autant pour sauver la vie de son 105
mary.— Je croi, dit Parlamante, qu'il y a des marys si bestes, que
celles qui vivent avec eus ne doivent point trouver etrange de
vivre avec leurs semblables. »

REJECTED READINGS

The readings listed below have been replaced in the text by readings taken, for the most part, from Ms BN 1512 and Cl. Gruget's edition of 1559. Certain other corrections are, as indicated, based on suggestions made by modern critics. Those emendations which, as far as the present editor is aware, are here proposed for the first time—and which, it may be added, are applicable likewise to other manuscript and printed versions of the *Heptaméron*—are identified by an asterisk.

IV.124 la cuyde ... la diminue: the replacement of the two feminine pronouns by masculine forms (*honneur* being masculine elsewhere in the text) was already suggested by L. Delaruelle in his 'Observations critiques sur le texte de l'*Heptaméron*' in *Mélanges de philologie, d'histoire et de littérature offerts à Joseph Vianey* (Paris, 1934), pp. 119–25.

V.21 accordent.

VIII.16 il n'y avoit rien; 155 The remainder of this discussion, from *La compagnie* ... onward, has been placed in Ms BN 1524 under Nouvelle IX. The major part of the passage appears, however, to belong to Nouvelle VIII, and the division adopted in M. Le Hir's edition (see Bibliography) and followed here is therefore a more logical one.

IX.1 A fin ... que les s. et m., suyvant ma v. p., vous y puissent ajouter foy; 25 luy tenoit; 110 tout nuz denuez; 132 comme satisfaite du tor.

XII.22 je ne craindroie; 26 de les laisser mourir; 126 qui n'etoit hardy ny fol tout ensemble, luy dit.

XXIV.102 La Royne qui pour se montrer; 144 ayant ce cruel commandement; 302 mon erreur si grand: M. Le Hir's correction of *erreur* to *cueur* appears well justified.

XXVI.166 vous n'avez; 353 à la maladie; 372 le nom; 374 Dieu m'a fait la grace de n'avoir permis, ains mourir premier, que la violence. ... The authenticity of this syntactically rather tortuous sentence is suspect. In fact, de Thou's text probably combines two different versions, for Ms BN 1512 reads: 'Dieu m'a faict la grace de morir premier que la viollance . . .', whilst Gruget's 1559 edition has: 'Dieu m'a fait la grace de n'avoir permis que la violence . . .'; 437* dist Saffredan: surely an error, in view of Saffredan's previous observations (ll. 427–32); on the other hand, the remark fits in well with Hircain's speech in l. 445 ff.; 447 l'orgueil cerche: M. Le Hir rightly substitutes *chace*.

XXIX.31 sa maison.

XXXIV.35 savoient.

XXXV.87 où il etoit.

XXXVI.124* dit Parlamante: but the earlier remark referred to in l. 125 ('mais ce que j'ay dit . . .') had been made by Longarine, as was indeed more logical; 153* J'enten bien, Parlamante (clearly an error).

XL. summary Jossebelin (cf. l. 12); 96 à un autre d'avoir fait.

XLIV.48 qui . . . s'estiment demys dieus.

LIII.106 s'il luy trouvoit; 200 qu'elles ont aprins; 202 qui soit entre elles est.

LVI.59 il esperoit; 98 qu'elle l'avisa; 144 c'est votre grace.

LVII.15 celles; 23 Loys xiime; 37 et que j'ai encore plus d'envye de le vous dire, mais je vous tien; 96 qui n'ait fait; 105 les hommes que je ne suy.

LXIII.44 il n'y a; 46 ne luy contraindoit; 47 par une extreme force; 65 partir; 81 luy oblige.

LXVII.15 faisant (M. Le Hir has made the same correction); 39 elle lisoit pour sa consolation.

NOTES

PROLOGUE

1. *Cauderetz.* Cauterets, 16 miles south of Lourdes, has since the Middle Ages been one of the foremost French thermal establishments, particularly noted for its hot sulphur springs. Rabelais includes it in his list of famous contemporary health resorts (*Pantagruel* xxxiii). Marguerite herself took the cure there on more than one occasion, the last time in the spring of 1549, the year of her death. The present Prologue was inspired by her visit, in her husband's company, in September 1546. On the topography of the Prologue see R. Ritter, *Les Solitudes de Marguerite de Navarre* (Paris, 1953), pp. 113–32. Ritter makes clear that Marguerite's characters could not have undertaken the cross-country journeys she attributes to them.

2. *la promesse . . . faite à Noë.* See Genesis ix.11 and 15.

3. *Therbes.* Tarbes, capital of the old French province of Bigorre, 25 miles north of Cauterets.

4. *Gave Bearnoys.* The Béarnais word *gave* denotes a water-course which becomes a torrent at certain seasons. The 'Gave de Béarn', now usually called the 'Gave de Pau', has its source in the Pyrenees and flows past the towns of Lourdes and Pau into the river Adour.

5. *pour ettre plusieurs ensemble.* 'By crossing in a body'.

6. *Aiguesmortes.* This town was formerly an important port. It was the point of departure for St. Louis's crusades in the thirteenth century. Marguerite herself sailed from there to Spain in 1525.

7. *Oysille.* Presumably an anagram of *Loyse.* Most editors have followed F. Frank (see under 'Principal Editions' in the Bibliography) in identifying 'Oysille' (spelt 'Oisille', 'Osille' or 'Osyle' in some versions) as Marguerite's mother, Louise de Savoie (1476–1531), widowed in 1496. Recently, however, A. J. Krailsheimer (see Bibliography) has suggested, with some degree of plausibility, that she represents Marguerite's lady-in-waiting and close friend Louise de Daillon, sénéchale de Poitou, who was some twenty years her senior; she was nevertheless to survive Marguerite by at least four years.

More recently still, J. Palermo has argued that 'Oysille' is Marguerite herself, while 'Parlamante' stands for Catherine de' Medici, and 'Hircain' for the latter's husband, the dauphin Henri, later Henri II ('L'historicité des devisants de l' « Heptaméron »' in *Revue d'Histoire Littéraire de la France,* LXIX (1969), 193–202). More conclusive evidence is, however, needed to substantiate these identifications.

8. *Notre Dame de Serrance.* The Premonstratensian abbey at Sarrance, on the famous pilgrims' route to Santiago de Compostela in Spain, owed its renown as a centre of Marian worship to reports claiming that the Virgin had appeared in the vicinity.

9. *Hircain.* Probably Henri d'Albret (1503–55), King of Navarre, Marguerite's

second husband whom she married in 1527. 'Hircain' (or 'Hircan' in other versions) may be an anagram of *Hanric*, the Béarnais form of *Henri*. Cf. n. 7.

10. *Parlamante.* Probably Marguerite herself (*parlamenter = parler*)—cf. n. 7. Our spelling represents a compromise between de Thou's 'Parlamanté' and the form 'Parlamente' found in other Mss. and in the early editions.

11. *Longarine.* Usually identified with Aimée Motier de La Fayette, widow of François de Silly, seigneur de Longray, bailli de Caen, who was killed at the battle of Pavia in 1525. She was a close confidante of Marguerite whom she accompanied on her journey to Spain later that same year. 'Longarine' would appear to be a deformation of *Longray*.

12. *Dagoncin.* Spelt 'Dagoucin' in other versions. Probably Nicolas Dangu, natural son of Cardinal Antoine Duprat (1463–1535), Chancellor of France. Marguerite appointed Dangu Bishop of Séez, in Alençon, in 1539 and Bishop of Mende in 1545. He became Chancellor of Navarre and died in 1567.

13. *Saffredan.* Probably the husband of 'Nommerfide', and accordingly identified by F. Frank with Jean Carbon de Montpezat, sénéchal de Bazadois (see n. 17). A. J. Krailsheimer, however, believes that 'Saffredan' represents Jean (or Gesane) de Bourbon, vicomte de Lavedan, who was head of Marguerite's household and *gouverneur* to her daughter Jeanne. 'Saffredan' (or 'Saffredent') may well be a nickname signifying 'greedy-tooth'.

14. *Saint Savin.* A Benedictine abbey built on an imposing site overlooking the Gave de Pau and said to have been founded by Charlemagne. In the tenth century its abbots were made responsible by the counts of Bigorre for maintaining the baths at Cauterets, and the abbey subsequently derived a considerable income from the leasing of bathing facilities and accommodation to visitors. Nicolas Dangu (see n. 12) was a commendatory abbot of St. Savin until his appointment to the see of Séez in 1539.

15. *L'Abbé.* Probably François de Foix-Candale, a cousin of Henri d'Albret, who succeeded Nicolas Dangu as commendatory abbot in 1540 and is believed to have received the King and Queen of Navarre during their visit to the abbey in August 1546.

16. *Peirchite.* Pierrefitte-Nestalas, a village situated some 5 miles from Cauterets and close to the abbey of St. Savin.

17. *Nommerfide.* According to F. Frank, an anagram of Françoise de Fiedmarcon, a member of Marguerite's household, married to Jean Carbon de Montpezat. On the other hand, A. J. Krailsheimer, who identifies 'Saffredan' as the vicomte de Lavedan (see n. 13), concludes that 'Nommerfide' may be the latter's second wife, Françoise de Silly, daughter of the baillive de Caen ('Longarine'?); he is, however, unable to account for her pseudonym. Finally, 'Nommerfide' (frequently spelt with a single 'm') makes an almost exact anagram of another member of Marguerite's household, J(ulienne) de Fromond (or possibly 'Fremond'), but Dr Krailsheimer is no doubt right to regard this discovery as 'probably more intriguing than significant'.

18. *Ennasuyte.* Anne de Vivonne (*c.* 1505–57), wife of the baron de Bourdeilles (whom she married in 1518) and mother of Brantôme, the author of the famous *Vie des Dames galantes* and other works. Her office as lady-in-waiting to Marguerite may have inspired the pseudonym: 'Anne+suite'.

19. *Geburon.* Perhaps Charles de Coucy (*c.* 1492–1565), seigneur de Burye, 'lieutenant du roi' in Guyenne and a close friend of Marguerite.

20. *la Notre Dame de Septembre.* Pilgrimages were made to the abbey—which, as already stated, was a centre of Marian worship—on the feasts of the nativity (8 September) and assumption (15 August) of the Virgin.

21. *Symontaut.* Perhaps the husband of Ennasuyte (Anne de Vivonne): François de Bourdeilles, seigneur de Montauris, of which latter name 'Symontaut' may be an anagram. He died between January 1546 and April 1549.

22. *Lavedan.* An area in the Pyrenees comprising the upper reaches of the Gave de Pau.

23. *l'Abbé.* Jean de Capdequi. The reason for Marguerite's hostility is not known.

24. *Seigneur du Bear.* The Kings of Navarre were also lords of Béarn.

25. *le saint sacrement d'union.* Holy Communion.

26. *Olleron.* Oloron, at the confluence of the Gave d'Aspe and the Gave d'Ossau.

27. *saintes lettres.* Scripture.

28. *trouvez.* There was still much hesitation at this time about the agreement of the past participle. De Thou's manuscript contains many examples of 'anticipatory' agreement.

29. *nouvellement traduites . . . en françoys.* Antoine Le Maçon's translation of the *Decameron*, prepared at Marguerite's request and dedicated to her, was published in 1545. Its immediate success is attested by several further editions during the following decade. Many of the stories had no doubt already been read in manuscript by the royal family.

30. *le Dauphin.* The future Henri II (b. 1519), who had become dauphin on the death of his brother François in 1536.

31. *la Dauphine.* Catherine de' Medici (1519–89) whom Henri had married in 1533.

32. *ma Dame Marguerite.* Marguerite de Navarre herself, or possibly her niece Marguerite de France (1523–76).

33. *les grandz affaires.* For the most important incidents of the new war against Charles V (1542–4) and the invasion of Northern France by the English, see Introduction, p. 3.

34. *la pais.* The treaty of Ardres between François I and Henry VIII (7 June 1546).

35. *l'accouchement.* The birth of either François de Valois (19 January 1544), the future King François II, or his sister Elisabeth (2 April 1545) who was to marry Philip II of Spain.

36. *autres choses.* For instance, the sudden death in the summer of 1545 of Marguerite's nephew Charles, duc D'Orléans (b. 1522).

37. *depuis midy jusques à quatre heures.* The period preceding Vespers which the whole company attends.

NOUVELLE IV

1. *son entreprise.* 'One's undertaking'.

2. *je vous raconterai*. The speaker is Ennasuyte.

3. *une Dame*. None other than Marguerite herself, according to Brantôme (*Œuvres complètes*, ed. L. Lalanne (Paris, 1864–82), ix, 679). In reality, Marguerite was widowed only once. Moreover, her first husband, Charles d'Alençon, was still alive in 1524, the last year, in view of Queen Claude's presence, when the incident could have occurred (cf. n. 5). Marguerite may have introduced these false details to prevent identification of the persons concerned. It is true, on the other hand, that her first marriage remained childless.

4. *un sien frere*. Evidently François I, if one accepts Brantôme's identification of the heroine as Marguerite. François and his sister were deeply devoted to each other.

5. *fille de Roy*. Claude de France, whom François married in 1514, was the daughter of Louis XII and Anne de Bretagne; she died on 26 July 1524, at the age of twenty-five.

6. *un gentilhomme*. According to Brantôme, this was Guillaume Gouffier (1488–1525), seigneur de Bonnivet, one of the most colourful persons of his time and a great favourite of François I who entrusted him with many military assignments and diplomatic missions. Created an admiral in 1517, he subsequently became governor first of Dauphiné and then of Guyenne. He is sometimes blamed for the disastrous defeat at Pavia, where he died (24 February 1525).

7. *tapissée . . . natée*. It was customary to cover the walls of palaces and castles with tapestries and the floors with matting.

8. *sa mere*. Philippe de Montmorency, second wife of Guillaume Gouffier, seigneur de Boissy.

9. *sa Dame d'honneur*. Brantôme names Madame de Châtillon. Blanche de Tournon, daughter of Jacques de Tournon and Jeanne de Polignac, married first Raymond d'Agout, baron de Sault (d. 1503) and subsequently, in 1505, Jacques de Châtillon, chamberlain to Charles VIII and Louis XII and who was killed in battle in Italy in 1512. She was in turn Marguerite's governess and lady-in-waiting and, above all, her devoted friend. Her brother, François de Tournon, became a cardinal.

10. *contée*. Agrees with *verité* in the preceding sentence.

NOUVELLE V

1. *Coulon*. A village in Poitou, situated on the Sèvre Niortaise, 6 miles downstream from Niort.

2. *Cordeliers*. The Franciscan friars were known under the name of 'Cordeliers' in France. No fewer than 367 Franciscan convents were founded in France up to 1550, against 148 Dominican houses (R. W. Emery, *The Friars in Medieval France* (New York, London, 1962), p. 3). Including the French Cordeliers, the Franciscans are believed to have numbered almost 100,000 at the time of the Reformation.

Being by far the largest of the mendicant orders, the Franciscans came into more frequent contact with the public than other monks. This may help to explain why Marguerite singles them out for her attacks. It is only right to add, however, that Franciscan preachers—notably Olivier Maillart (*c.* 1430–1502) and Michel Menot (*c.* 1440–1518)—had been among the severest critics of the venality and immorality of the clergy.

3. *Nyor.* There had been a Franciscan convent at Niort since at least 1264.

4. *saint Françoys.* St. Francis of Assisi (1182–1226), the founder of the order of Franciscan monks.

5. *l'Ange de Dieu.* 'The Angel of God' or 'the Angel of the Lord': a biblical expression denoting a heavenly being sent by God to deal with men as His personal agent or spokesman.

6. *comme Adam.* See Genesis iii.8–10.

7. *Ce sont sepulchres . . . pourritures.* 'Woe unto you, scribes and Pharisees, hypocrites! for ye are like unto whited sepulchres, which indeed appear beautiful outward, but are within full of dead men's bones, and of all uncleanness.' Matthew xxiii.27.

8. *Par leurs fruytz . . . ce sont.* 'The tree is known by his fruit.' Matthew xii.33. Also Luke vi.44.

9. *pour satisfaire à partie.* 'To make reparations' (to their accusers).

10. *est.* Two singular nouns coordinated by *et* were frequently followed by the verb in the singular. De Thou's text contains several examples of this practice.

11. *cassez du harnoys.* 'Worn out through service'.

NOUVELLE VIII

1. *avec une estime . . . tromper leurs marys.* 'And pride themselves on their astuteness in wishing to deceive their husbands.'

2. *Alex.* Alès, in Bas Languedoc, which formerly bore the title of *Comté*. In her choice of location, Marguerite was clearly influenced, either directly or indirectly, by the thirteenth-century verse *Roman du meunier d'Arleux* (actually Arleux-en-Gohelle near Arras, but spelt *Aleus* in the manuscript, so the subsequent confusion with Alès is understandable) by Enguerrand d'Oisy, who describes a similar incident. Other important analogues: Boccaccio, *Decameron* (viii. 4); Poggio, *Facetiae* (ccxxxvi, cclxix) of which French translations had already appeared by the time Marguerite wrote her stories; and *Les Cent Nouvelles Nouvelles* (ix). The last story, which is set in an unspecified Burgundian castle, offers particularly striking similarities with Marguerite's tale.

3. *Bornet.* A significant name, in the circumstances!

4. *ils n'avoient rien departy ensemble.* 'There was nothing they did not share'.

5. *et preschées souz le tect.* Presumably another expression suggesting the imparting of a secret. The text of Gruget's 1559 edition: *sont preschées sur le tect* (i.e. 'are proclaimed from the rooftops') seems an acceptable alternative.

6. *à qui l'on a donné congé avant son quartier.* 'Who has been dismissed without notice' (*quartier*: 'a quarter-year's wages').

7. *Mais il est bon!* 'A fine thing!'

8. *leur moitié.* 'Their other half', 'their true love'. The expression derives from a classical theme reflected in the well-known myth of the race of androgynous human beings who were cut in half by Zeus in punishment for their presump-

tuousness. Ever since, each half has longed to be reunited with the other. The best-known source of the story is Plato's *Symposium*.

9. *la Republique*. It is not in that work, however, but in the *Symposium* and the *Phaedrus* that the famous exposition of Platonic love is to be found.

10. *Non loquendo, sed moriendo confessi sunt*. From the ritual of the Feast of the Holy Innocents (28 December) held in commemoration of the massacre of the infants of Bethlehem (Matthew ii.16) whom the Catholic Church regards as its first martyrs. The *Oratio* for that day begins: *Deus, cujus hodierna die praeconium Innocentes Martyres non loquendo, sed moriendo confessi sunt: omnia in nobis vitiorum mala mortifica* . . .

NOUVELLE IX

1. *signes et miracles*. Cf. John iv.48: 'Except ye see signs and wonders, ye will not believe.' Also Mark xvi.20, Hebrews ii.4.

2. *Entre Dauphiné et Provence*. This geographical indication points to Avignon, since the two provinces bordered upon each other, except where they were separated by the Comtat Venaissin, or Papal State of Avignon, which had been acquired by the Church of Rome in 1348 and was to remain in its possession until 1791. Avignon was, of course, the seat of the papacy from 1309 until 1377.

Although Marguerite firmly places the story in the south of France and in the recent past ('il n'y a pas encores troys ans'), its authenticity has been doubted by some critics who have pointed out apparent similarities between it and the traditional, though wholly imaginary, account of the death of the twelfth-century troubadour Jaufré Rudel de Blaye. The latter was said to have been so greatly moved by reports of the moral and physical perfections of the Countess of Tripoli that he became deeply enamoured of her and embarked for Africa to see her. Having fallen ill on the voyage, he was on arrival transported, more dead than alive, to an inn where the Countess visited him (another version of the legend places their meeting on board the ship on which he had sailed). Jaufré Rudel expired in her arms.

Marguerite may well have been acquainted with the theme of the 'Princesse lointaine', but the analogy between her tale and the legend is too slight to justify more than cautious speculation as to the latter's importance as a source.

3. *de mesme elle*. 'As noble as hers'.

4. *sa vie et resurrection*. Cf. John xi.25.

5. *eurent bien à faire*. 'Had difficulty'.

6. *auquel je me tien*. 'Which I support'.

7.   'Car Nature n'est pas si sote
             qu'ele face nestre Marote
             tant seulement pour Robichon

             . . . .
             ainz nous a fez, biau filz, n'en doutes,
             toutes por touz et touz por toutes'

(*Le Roman de la Rose*, ed. F. Lecoy (Paris, 1965–6), ii, ll. 13849–56). 'La Vieille' is one of the principal characters of the poem.

NOUVELLE XII

1. *un Duc*. The subject of this tale is the murder on 6 January 1537 of Alessandro de' Medici (1510–37), first duke of Florence, by his kinsman Lorenzo di Pier-Francesco de' Medici (1514–48), known as 'Lorenzino' (because of his small stature) and also by the more pejorative nickname 'Lorenzaccio'. After fleeing to Venice, Lorenzino spent some time at Constantinople and subsequently lived in France from 1537 until 1544, in which year he returned to Venice where he was himself assassinated in 1548. It is more than likely that Marguerite's story, apparently written in 1547, is based upon an account of the event given to her by Lorenzino himself. A detailed discussion of the historical background will be found in A. Rally's article 'Commentaire de la XIIᵉ Nouvelle de l' « Heptaméron »' in *Revue du XVIᵉ siècle*, xi (1924), 208–21. The incidents here described were to inspire, among other works, James Shirley's tragedy *The Traitor* (1631) and Alfred de Musset's famous play *Lorenzaccio* (1834).

2. *Marguerite*. Margaret of Austria (1522–86), natural daughter of Charles V by a Flemish noblewoman, Margaret van Gheenst, married Alessandro de' Medici in 1533. After his assassination she married in 1542 Ottavio Farnese (1521–86), duke of Parma, by whom she became the mother of the celebrated Alessandro Farnese (1545–92). She was regent of the Netherlands in 1559–67 for her half-brother Philip II. She must not be confused with her more famous namesake, Margaret of Austria (1480–1530), duchess of Savoy, daughter of Maximilian I and Marie de Bourgogne, and regent of the Netherlands in 1507–30.

3. *honneste Dame*. Lorenzino's widowed sister Laudomina (b. 1518). According to some accounts, the lady in question was not Lorenzino's sister, but his mother's younger sister Caterina Ginori. In any case it is now generally believed that in murdering his cousin, Lorenzino was motivated by political rather than personal considerations.

4. *l'une des plus femmes de bien*. 'One of the most virtuous women'.

5. *elle sera asseurée de vous*. 'She will feel reassured on your account', i.e. 'no longer afraid of you': a double-edged remark, in view of Lorenzino's intentions!

6. *un seul homme*. Michele del Favolaccino, known as 'Scoronconcolo'.

7. *la Chose Publique*. A translation of *res publica*: 'the commonwealth, state'. Lorenzino is said to have attached to Alessandro's body a paper bearing the inscription: *Vincit amor patriae, laudumque immensa cupido*.

8. *un Evesque*. Bishop Marzio (?) de' Marzi.

9. *un mien frere*. Giuliano de' Medici who was at that time living on the family estate at Caffagiolo, outside Florence.

10. *en Turquie*. Lorenzino arrived at Constantinople on 6 April 1537.

11. *des marys*. Laudomina and Maddalena de' Medici married in 1539 Pietro and Roberto Strozzi respectively.

12. *La Belle Dame sans mercy*. A famous poem by Alain Chartier (composed 1424) which contains the following lines:

'Si gracieuse maladie
Ne met gaires de gens a mort,

Mais il chiet bien que l'en le die
Pour plus tost attraire confort.'

(Ed. A. Piaget, 2nd edition (Lille, Geneva, 1949), ll. 265-8.)

13. *à leur serment.* 'On their oaths'.

14. *quand nous commencerons . . . à la vertu.* 'When we begin by invoking honour and virtue'.

NOUVELLE XVIII

1. *saint Anthoine.* St. Anthony (*c.* 251–356), commonly regarded as the founder of monasticism, is said to have overcome violent spiritual and physical temptations. His struggles with his 'demons' inspired many paintings, particularly during the Renaissance.

2. *De frigidis et maleficiatis.* Not, as previous editors have stated, a chapter of the Decretals of Pope Boniface VIII, but *Liber iv, Titulus xv: De frigidis et maleficiatis, et impotentia coeundi* of the Decretals of Gregory IX (a collection of earlier decretals compiled on that pope's instructions). The letters cited in this section bear upon the question of the annulment of marriage on the grounds of impotence; the latter had frequently been attributed to spells cast by persons desirous of inhibiting the procreative faculties of their enemies.

NOUVELLE XIX

1. *quelque histoire.* A. de Montaiglon suggests that Marguerite may have taken the subject of this story from the medieval poem *L'Amant rendu Cordelier à l'Observance d'Amours*, which describes how an unhappy lover enters a monastery out of grief over his mistress's cruelty. The similarities between the two works are, however, slight and the differences very marked.

2. *Marquis de Mantoue.* Francesco Gonzaga (1466–1519), 4th marquess of Mantua, who succeeded his father Federico I in 1484, and in 1490 married Isabella d'Este (1474–1539), daughter of Ercole I (1431–1505), duke of Ferrara, and sister of duke Alfonso I d'Este (1476–1534). Isabella was one of the most accomplished princesses of the Italian Renaissance. Among the artists employed at the court of Mantua were Raphael, Mantegna and Giulio Romano.

Francesco Gonzaga fought against the French during Charles VIII's campaign for the conquest of Naples in 1494–5, commanding the allied Italian armies at the battle of Fornovo (July 1495). In 1499, however, he transferred his allegiance to Louis XII. In August 1509, while fighting against Venice as a member of the League of Cambrai, he was taken prisoner and remained in captivity until the following spring.

3. *une guerre.* Probably Louis XII's second Italian campaign (1501–4).

4. *s'en ala.* The subject of this sentence is 'le pauvre gentilhomme'.

5. *la Religion de l'Observance.* The convent of the Observant Franciscans who, professing to return to the primitive tradition of their order, practised as close

an observance as possible of St. Francis's rule concerning poverty and certain other matters.

6. *sainte Claire*. The convent church of St. Clara (named after the foundress of the order of Franciscan nuns). Believing that there was no church of St. Clara at Mantua, some editors have suggested that the action of the story takes place wholly or partly at Ferrara or Lyons where there were churches of that name. In fact, however, a map drawn at the close of the sixteenth century indicates the existence of a church and convent of St. Clara at Migliareto, on the outskirts of Mantua; an Observant church and monastery had stood in the town since 1142 (V. Restori, *Mantova e ditorni* (Mantua, 1905), pp. 70 and 400). The authenticity of the setting is thus beyond doubt.

7. *je me fusse ausé mettre*. When preceding the infinitive of a verb conjugated with *être* (here the reflexive verb *se mettre*) the past tense of *oser* sometimes attracted the same auxiliary to itself.

8. *quel il y fait*. 'What manner of life one leads there'.

9. *le saint baiser*. Several of the New Testament Epistles enjoin their recipients to greet one another with 'a holy kiss': see Nouvelle LVII, n. 4.

10. *la fin de la loy est charité*. 'The end of the commandment is charity.' I Timothy i.5.

11. *leurs pechez . . . beaucoup aymé*. 'Her sins, which were many, are forgiven, for she loved much.' Luke vii.47. By a double confusion, Mary of Magdala, who ministered to Christ and His disciples (Luke viii.2–3) and who was the first person to see the empty tomb and the resurrected Christ (John xx.1–2 and 11–18), became identified with both Mary of Bethany (John xi) and the repentant woman of Luke vii.37–50. As a result, Mary Magdalene came to symbolize the repentant sinner, and has generally been portrayed in Christian art as a penitent weeping at Christ's feet.

12. *qu'ilz ne voudroient, pour mourir*. 'Who would rather die than . . . '

13. *celuy qui n'ayme . . . ne voit point*. 'If a man say, I love God, and hateth his brother, he is a liar: for he that loveth not his brother whom he hath seen, how can he love God whom he hath not seen?' I John iv.20.

NOUVELLE XXIV

1. *à ouvrage moresque*. 'Damascened'.

2. *ensegne*. Such emblems, usually featuring a picture and a motto, were frequently worn in Court society. According to Brantôme, Marguerite herself excelled at devising such mottoes.

3. *dont*. 'De ce que'.

4. *coupons le . . . l'autre*. A common practice among lovers at this time.

5. *Amour decevable . . . Amour veritable*. The contrast between physical and spiritual love constitutes one of Marguerite's favourite themes, providing the subject for, among others, an *Epître* to François I and the poem *La Mort et Resurrection d'Amour* (*Suyte des Marguerites de la Marguerite des Princesses* (Lyon, 1547), pp. 65–71, 328–31).

NOUVELLE XXVI

1. *Monsieur d'Avannes*. Gabriel d'Albret (147?–1504), seigneur d'Avesnes, son of Alain le Grand, sire d'Albret. His brother, Jean d'Albret, became in 1484 King of Navarre by his marriage to Catherine de Foix; their son Henri was Marguerite's second husband (i.e. 'Hircain'). The incidents described in this story must have occurred, not during the reign of Louis XII (1498–1515), but between 1485 and 1490. In the latter year Gabriel d'Albret was appointed seneschal of Guyenne by Charles VII.

2. *Pampelune*. Pamplona, the capital of Navarre, was to be captured by the troops of Ferdinand the Catholic in 1512. Spanish Navarre was finally annexed by Ferdinand in 1516, and the dominions of the Albrets were henceforth confined to French Navarre. The latter was eventually united to France by Henri IV in 1607.

3. *sa veue et parole, où git la satisfaction de l'honnette et bonne amour*. Cf. the following passage from Baldesar Castiglione's *Il Cortegiano*: 'He [i.e. the courtier] must also reflect that just as man cannot hear with his palate or smell with his ears, beauty can in no way be enjoyed nor can the desire it arouses in our souls be satisfied through the sense of touch but solely through what has beauty for its true object, namely, the faculty of sight. So he should ignore the blind judgment of these senses and enjoy with his eyes the radiance, the grace, the loving ardour, the smiles, the mannerisms and all the other agreeable adornments of the woman he loves. Similarly, let him use his hearing to enjoy the sweetness of her voice, the modulation of her words and, if she is a musician, the music she plays. In this way, through the channels of these two faculties, which have little to do with corporeal things and are servants of reason, he will nourish his soul on the most delightful food and will not allow desire for the body to arouse in him any appetite that is at all impure.' *The Book of the Courtier*, translated by George Bull (Penguin Books Ltd: London, 1967), pp. 334–5.

4. *Notre Dame de Montserrat*. The famous monastery near Barcelona, which owes its foundation to the fact that a statue of the Virgin, said to have been carved by St. Luke and brought to Spain by St. Peter, was at one time hidden in a cave on the Montserrat.

5. *contez cette cy pour une*. 'Let this be a lesson to you'.

6. *Olly et Taffares*. Olite and Tafalla, where the kings of Navarre maintained residences, lie 24 and 20 miles south of Pamplona. Important ruins survive of the splendid castle at Olite.

7. *l'aur s'epreuve à la fornaize*. Cf. Proverbs xvii.3.

8. *humeur melencolique*. Black bile, according to ancient and medieval physiology one of the four most important fluids or 'humours' present in the human body, the others being blood, phlegm, and choler (yellow bile). Preponderance of one or other was believed to cause a person to be either melancholic, sanguine, phlegmatic or choleric.

9. *In manus*. 'Into thy hands I commend my spirit.' Psalm xxxi.5; Luke xxiii.46.

10. *porta . . . le noir*. Gabriel d'Albret never married.

11. *la mort du pecheur est tresmauvaise.* 'Mors peccatorum pessima' (Psalm xxxiii.22 in the Vulgate Bible). The corresponding verse in the Authorized Version (xxxiv.21) is somewhat different: 'Evil shall slay the wicked.'

12. *Quiconque regarde . . . en son cueur.* 'But I say unto you, that whosoever looketh on a woman to lust after her hath committed adultery with her already in his heart.' Matthew v.28.

13. *quiconque hait . . . homicide.* 'Whosoever hateth his brother is a murderer.' I John iii.15; cf. also Matthew v.22.

14. *sans accusateur.* Cf. John viii.10–11.

NOUVELLE XXIX

1. *Carelles.* Near Mayenne.

2. *gens d'apparence.* 'Persons of consequence'.

3. *Jan de Meun.* Jean de Meun considerably extended (*c.* 1277) the *Roman de la Rose* composed by Guillaume de Lorris some forty years earlier. His continuation is notable for its harshly realistic view of love and its biting satire of women.

4. *Aussi bien . . . brunettes.* These lines are taken from a lengthy description of love:

> 'Amors . . .
> c'est taigne qui riens ne refuse,
> les porpres et les buriaus use,
> car ausint bien sunt amoretes,
> souz bureaus comme souz brunetes'

(*Le Roman de la Rose*, ed. F. Lecoy (Paris, 1965–6), i, ll. 4263–304).

NOUVELLE XXXI

1. *votre bonne leçon.* i.e. the biblical passage read that morning.

2. *je les avoi assez pour recommandez.* 'They were very much on my mind.'

3. *Monsieur de Saint Vincent.* François Bonvalot, abbot of Saint-Vincent at Besançon and brother-in-law of Charles V's famous minister Nicolas Perrenot de Granvelle. Marguerite had met Bonvalot when he led an embassy to the French Court in 1539–41.

4. *Maximilian.* Maximilian I, Emperor of Germany from 1493 to 1519; he was succeeded by his grandson Charles V.

5. *nombre de gentilles femmes et autres belles filles.* The voluntary or enforced presence of women in monasteries, usually disguised in monastic habit, provides the subject of several medieval works. The theme may derive from Rutebeuf's poem *Frère Denise* (thirteenth century).

6. *Il n'etoit pas fryand, mais . . . gourmand.* 'He was not a dainty eater, but a greedy one.'

NOUVELLE XXXIV

1. *Grip*. Gript, on the Courance. Marguerite is mistaken in placing this village between Niort and Fors; it lies, in fact, 8 miles south of Niort and 2 miles south-west of Fors. Its church of St. Aubin had the singular distinction of belonging to two dioceses, since its altar stood in the diocese of Poitiers and its door in that of Saintes.

2. *seigneur de Fors*. Jacques Poussart, an officer of Marguerite's household. He was a witness to the contract of her marriage to the King of Navarre in 1527, when he signed himself 'le seigneur de Fors, bailly du Berry' (Marguerite was duchess of Berry). He is frequently mentioned in her correspondence.

3. *qu'il appeloit cordeliers*. No doubt in allusion to their gluttony. Monks were frequently ridiculed for their large stomachs; thus Rabelais calls them 'gras', 'boursouflez', 'enflez', while Erasmus and Calvin refer to them as 'ventres' (e.g. Erasmus, in a letter dated 29 March 1528: *Ventres nec graece sciunt, nec latine, et volunt esse judices scriptorum meorum*). To this day the expression 'gras comme un moine' survives in popular speech.

4. *saint Françoys*. See Nouvelle v, n. 4.

5. *la Duchesse d'Angoulesme*. Louise de Savoie (1476–1531), mother of François I and Marguerite.

6. *Les philosophes du tems passé*. See n. 8.

7. *desquelz*. 'By whom'.

8. *Diogenes*. Diogenes (died *c.* 320 B.C.), the originator of the sect of the Cynics who favoured a return to the 'natural' life, advocated an uncompromising anti-conventionalism and a profound contempt for material possessions and physical pleasures. He stressed the need for training in virtue by inuring oneself to hard-ship and by developing resistance to pleasure and pain, and maintained that only by being indifferent to the goods which fortune bestows can man be freed from fear. This aspect of Diogenes's doctrine considerably influenced Zeno of Cithium (*c.* 320–*c.* 250 B.C.), the founder of the Stoic school of philosophers who took over many important ideas from the Cynics, but not their wholesale rejec-tion of the amenities of civilization.

Diogenes became the subject of many stories, most of them probably apocry-phal. One of the most famous tells of his remark to Alexander the Great that the only favour he wished to ask of him was that Alexander should stand out of his light. The principal classical source for these stories, including the one related here, is the life of Diogenes by Diogenes Laërtius (third century A.D.).

9. *curieus*. 'Fond of luxury and precious possessions'.

10. *sans un merveilleus orgueil*. Condemnation of this *Faux Cuyder*—the presump-tuous belief that man can attain salvation by his own efforts—forms a recurrent theme of Marguerite's religious writings.

11. *au matin*. It will be remembered that Oysille reads aloud a passage from the Bible each morning.

12. *Epitre . . . aus Romains*. Ch. i, especially verses 21–7.

NOUVELLE XXXV

1. *Pampelune.* See Nouvelle xxvi, n. 2.

2. *prendre la memoire de la mor.* On Ash Wednesday, the first day of Lent, the priest marks the foreheads of the kneeling worshippers with a cross in ashes, as a symbol of penitence (cf. ll. 37–9), while at the same time pronouncing the words: *Memento, homo, quia pulvis es, et in pulverem reverteris*: 'Remember, man, that thou art dust and unto dust thou shalt return' (cf. Genesis iii.19).

3. *où.* i.e. in which chapel.

4. *qu'il luy feroit tout plein de bien.* 'That he would well reward him'.

5. *Caresme prenant.* Shrove Tuesday.

6. *Passion.* Passion Sunday.

7. *croys ny eaue benite.* Holding up a cross or making the sign of the cross, and sprinkling with holy water (cf. ll. 165, 174), were traditional methods for casting out devils, as was the imposition of hands, accompanied by appropriate commands and prayers (ll. 170–2).

8. *Alons, fortz en foy . . . ce lyon rugissant.* Cf. I Peter v.8–9: 'The devil, as a roaring lion, walketh about, seeking whom he may devour: Whom resist steadfast in the faith.'

9. *aquise à Dieu . . . son fiz.* Cf. Revelation v.9: 'thou . . . hast redeemed us to God by thy blood'; I John i.7; etc.

10. *ne s'en trouveroit point jusques à un.* 'Not one such man could be found'.

NOUVELLE XXXVI

1. *un President.* Probably Geoffroy Carles or Charles, an Italian who became a magistrate in Grenoble in 1493 and seven years later was appointed First President of the Grenoble Parlement as well as President of the Senate of Turin. Charles VIII and Louis XII entrusted him with important diplomatic missions. He married Marguerite du Mottet, by whom he had eight children. He died in 1516.

This story presents some similarities with tale xlvii of the *Cent Nouvelles Nouvelles* in which a Provençal judge, upon being informed of his wife's infidelity by a servant—whom he promptly discharges—causes her death by drowning. While Marguerite may have drawn upon this tale for certain details, in particular the part played by the servant, there seems no reason to doubt the authenticity of her story.

2. *Comment aymerez vous Dieu . . . vous voyez?* The same verse (I John iv.20) is quoted in Nouvelle xix (see n. 13 to that story). The idea that love for another human being forms the first rung of a 'ladder of love' which man ascends in his search for universal beauty and supreme virtue derives from Socrates's speech in Plato's *Symposium*. It is cited in most Renaissance love treatises, and is developed at considerable length in Pietro Bembo's great speech in the final part of Castiglione's *Il Cortegiano*.

NOUVELLE XXXVII

1. *gentilhomme de Pampelune.* See Nouvelle XXXV.
2. *President de Grenoble.* See Nouvelle XXXVI.
3. *une Dame en la maison de Loué.* Perhaps Philippe de Beaumont-Bressuire, wife of Pierre Laval, seigneur de Loué, who, after fifty years of marriage during which she bore five children, died in 1525; or her daughter-in-law Françoise de Maillé (died *c.* 1534), first wife of Giles de Laval, seigneur de Loué, whom she married in *c.* 1500 and by whom she had three children. Loué is in Anjou, 15 miles west of Le Mans.

The tale offers close similarities with one told in chapter XVII of the *Livre du Chevalier de la Tour Landry* (written in 1371–2) about the author's aunt, the dame de Languillier; the latter locality is likewise in Anjou.

4. *l'element qui doit mettre fin à toutes choses.* i.e. fire.
5. *la couchette.* At this period, the master's room frequently contained, in addition to a large bed for himself and his wife, a smaller one in which slept a trusty servant.
6. *dont . . . je suis bien d'avis.* 'To which I readily consent'.

NOUVELLE XL

1. *Rolandine.* Anne de Rohan (born *c.* 1480), the heroine of Nouvelle XXI.
2. *Comte de Josselin.* Jean II (1452–1516), vicomte de Rohan, comte de Porhoët and Léon. His father Alain IX, vicomte de Rohan, had three daughters by his first wife, Marguerite de Bretagne; and by his second wife, Marie de Lorraine, a son (the future Jean II) and a daughter, Catherine, who is the heroine of this tale. Jean II led a chequered life during which he served in turn the duke of Brittany and the French kings Louis XI and Charles VIII; Charles appointed him Lieutenant-general of Lower Brittany in 1491.
3. *un beau et june gentilhomme.* According to Dom Morice's *Histoire généalogique de la maison de Porhoët* (Bibl. Nat. nouv. acq. fr. 3065, f° 100v°), the young man's name was René de Kéradreux. He was murdered in 1479. Jean II was arrested later that same year on the orders of the duke of Brittany (f° 106v°) and spent more than four years in prison.
4. *il voudroit . . . beaucoup couté et que.* 'He would give a great deal if, he greatly wished that . . . '
5. *de mesme maison qu'elle.* 'Of as noble a family as her own'.
6. *l'autre conte.* Nouvelle XXI.

NOUVELLE XLIV

1. *ma Dame de Sedan.* Catherine de Croye, daughter of Philippe VI de Croye, comte de Chimay, who in 1491 had married Robert II de La Marck, duc de Bouillon, seigneur de Sedan. She died in 1544, her husband in 1536. Their eldest son was the celebrated Maréchal de Fleuranges, nicknamed 'Le Jeune

Aventurier', a close friend of François I and the author of interesting memoirs.

2. *faire voz questes*. The Franciscans are mendicant monks.

3. *par la sueur des peres*. See Genesis iii.19.

4. *iniques*. i.e. impious, depraved monks.

5. *au fruyt connoit on le bon arbre*. See Nouvelle v, n. 8.

6. *Colyman*. This theologian has not been identified. A Provincial supervises the heads of the religious houses in a given territorial division or 'province' of his Order.

7. *la vraye touche*. Profound belief in the supreme authority of the Bible forms a cornerstone of Marguerite's religious outlook; cf. the following lines from *Les Prisons*:

> ' . . . l'Evangile est la pierre de touche
> Où du bon or se congnoist la valeur
> Et du plus bas la foiblesse et paleur.'

(Abel Lefranc, *Les Dernières Poésies de Marguerite de Navarre* (Paris, 1896), p. 227.) On sixteenth-century evangelism see, among others, Imbart de la Tour, *Les Origines de la Réforme* (Paris, 1905–35), vol. iii.

NOUVELLE LIII

1. *Belhoste*. The identity of this nobleman remains uncertain. The alternative reading furnished by other manuscripts (e.g. BN 1512) for ll. 24–5: *qui n'etoit pas de grande maison* led E. A. Vizetelli (in his excellent notes to J. S. Chartres's English translation, *The Heptameron of the Tales of Margaret, Queen of Navarre* (London, 1894), v, 23) to identify Belhoste tentatively with either Charles de Bourbon, prince de La Roche-sur-Yon, duc de Beaupré (died 1565) or Jean VIII, seigneur de Créqui, Canaples and Pontdormi, prince de Poix (d. 1555); both these noblemen married ladies of inferior rank.

2. *ma Dame de Neuchatel*. Perhaps Jeanne de Hochberg, daughter of Philippe, comte de Neufchâtel, and widow of Louis d'Orléans, duc de Longueville (who had died in 1516). She herself died in 1543.

3. *seigneur des Chariotz*. Perhaps a punning reference to a member of the d'Escars—also written 'des Cars'—family (*car, char=chariot*) which then belonged to the minor nobility and had connections with the Court of Navarre. The person here referred to may be Jacques de Perusse, seigneur d'Escars, whose father Geoffroy de Perusse, seigneur d'Escars, had been counsellor and chamberlain to the King of Navarre; Jacques's son Anne d'Escars (b. 1546) became Cardinal de Givry.

4. *la peau de loup*. i.e. the cloak which the seigneur des Chariotz had dropped in his flight.

NOUVELLE LV

1. *Sarragosse*. After landing at Palamos, north of Barcelona, Marguerite passed through Saragossa on her journey to Madrid in 1525. She may have heard this story during her stay in Spain.

2. *mendians.* Not ordinary beggars, but the mendicant friars (cf. l. 19).

3. *Si fai, dea.* 'Indeed I do'.

4. *pour.* 'With', 'by means of'.

5. *Le sacrifice agreable . . . à mepris.* 'The sacrifices of God are a broken spirit: a broken and a contrite heart, O God, thou wilt not despise!' Psalm li.17.

6. *nous sommes le temple . . . abiter.* 'For ye are the temple of the living God; as God hath said, I will dwell in them, and walk in them.' II Corinthians vi.16.

7. *Celuy qui connoit les cueurs.* Cf. Acts i.24.

8. *œuvres . . . foy.* Sixteenth-century evangelism laid stress on justification through faith rather than works. This attitude derived from the Pauline Epistles (e.g. Ephesians ii.8–9: 'For by grace are ye saved through faith; and that not of yourselves: it is the gift of God: Not of works, lest any man should boast'; see also Romans iv.1–5; etc.).

9. *charité.* Cf. I Corinthians xvi.14: 'Let all your things be done with charity', and various other New Testament passages.

10. *Cordeliers et Mendiens.* The Franciscans apart, the major mendicant orders were the Dominicans, Carmelites and Augustinians.

NOUVELLE LVI

1. *asseuré de son baton.* 'Certain of his case', 'on sure ground'. *Baton*: either his 'stick' (for raining blows upon the Cordeliers) or, more probably, his 'staff' and, in a wider sense, 'prop', 'support' (cf. Italian *bastione*).

2. *Passe outre, et n'en tien conte.* 'Non ragioniam di lor, ma guarda e passa' (*Hell* iii.51). Virgil is referring to the souls of those whose lives have been spent in a state of apathy towards both good and evil, and who are accordingly cast out from heaven as well as hell.

3. *à Thobie.* In the Book of Tobit, one of the books of the Apocrypha.

4. *Saint Françoys.* The church of the Franciscan monastery.

5. *Ite, missa est.* The concluding words of the Mass, dismissing the congregation.

6. *je voudroi qu'il m'eut couté beaucoup et . . .* 'I should give a great deal if, I dearly wish that . . .'

7. *la Belle Dame sans mercy.* See Nouvelle XII, n. 12, where the relevant lines of the poem are quoted.

NOUVELLE LVII

1. *La Dame sans mercy.* See the final sentence of the previous story.

2. *Montmorency.* Guillaume de Montmorency (d. 1531), governor of Orléanais and 'chevalier d'honneur' to Louise de Savoie; he was the father of the famous Connétable Anne de Montmorency (1493–1567). He led an important diplomatic mission to England in May 1482 to arrange for the confirmation of the truce concluded by Louis XI and Edward IV in 1477.

3. *la chanson.* This song has not been identified.

4. *in osculo sancto.* 'Salute one another with a holy kiss.' Romans xvi.16. See also I Corinthians xvi.20; II Corinthians xiii.12; I Thessalonians v.26; I Peter v.14.

NOUVELLE LXIII

1. *Prevot de Paris.* Jean de La Barre, a favourite of François I, was appointed Bailli of Paris in 1522 and Prévôt in 1526, when the two offices were fused; he held the latter appointment until his death in 1534. Taken prisoner at the battle of Pavia (1525), he was a close companion of the King during the latter's captivity in Spain. He was created comte d'Etampes in 1526.

2. *saint Laurent.* St. Lawrence is supposed to have suffered martyrdom in Rome in A.D. 258 by being roasted on a grid. It is more likely that he was beheaded.

NOUVELLE LXVII

1. *Robertval.* Jean François de La Roque, seigneur de Roberval (1500–61), was in 1540 appointed by François I to lead an expedition to Canada together with the famous navigator Jacques Cartier (1491–1557) who had already travelled there in 1534 and 1535–6. The purpose of Roberval's expedition was to establish a permanent settlement, with himself as governor-general. Cartier left France in May 1541, and Roberval himself sailed from La Rochelle on 16 April 1542 with three ships and 250 settlers, but by the time he reached Newfoundland in June, two of Cartier's ships had already returned to France and the remaining three were on their way back. Roberval landed at Havre Sainte-Croix (Quebec); but difficulties of provisioning and the hostility of the natives forced him to abandon the venture and return to France in the autumn of 1543.

The incidents here described were also related by André Thévet in his *Cosmographie* (1575). For a comparison of the two accounts, see Ch.-A. Julien, *Les voyages de découverte et les premiers établissements* (Paris, 1948), pp. 360–5.

2. *villes et chateaus.* By the letters patent of 15 January 1541, Roberval was instructed to build 'villes et fortz, temples et eglises'.

3. *tel commencement.* A French colony was established by Cartier at Charles-Bourg-Royal—later renamed by Roberval 'France Roy sur France Prime' ('France Prime' denoting the St. Lawrence river)—and forts were built for its protection by both commanders.

4. *pour habituer le païs de Chretians.* The religious element played an important role in colonial expansion. Roberval was commanded, in the letters patent, to 'faire chose agreable à Dieu . . . et qui soit à la sanctification de son sainct nom et à l'augmentation de nostre mere saincte eglise catholique'. It may seem odd that this task should have been entrusted to Roberval who was strongly suspected of Protestant sympathies.

5. *toutes sortes d'artisans.* The settlers included also a large number of convicts recruited by Roberval from French prisons.

6. *feit tant avec.* 'Prevailed upon'.

7. *ile sur la mer.* Probably Labrador.

8. *lyons.* A reference, perhaps, not to lions, but to *lions marins,* i.e. sea-lions.

9. *nourrir en un desert ses serviteurs.* See Exodus xvi.

10. *qu'Apollo a planté, et qu'il a arrosé.* In fact, the verse in question reads: 'I have planted, Apollos watered; but God gave the increase.' I Corinthians iii.6.

11. *il se recommande aus Dames . . . en l'Evangile.* 'And I entreat thee also, good yokefellow, help those women which laboured with me in the gospel.' Philippians iv.3.

GLOSSARY

This glossary is not exhaustive. It contains only those words—and of those words only those connotations—which may present difficulties to the modern reader. As a rule each word or meaning is followed by a reference to its first appearance in the book; very occasionally, in cases of particular interest, further examples are quoted. Where only one form of a verb is glossed, it is listed in normal alphabetical order. Where several forms are included, they have been grouped under the infinitive; in the case of forms differing so considerably from the latter as to make identification difficult, a brief entry referring to the infinitive also appears in the alphabetical order.

sum. = summary.

aage, *s.m.* life XL.19.

ac(c)outrer, *v.tr.* adorn, arrange IV.48; make, prepare LXVII.40.

accoutrement, *s.m.* fine garment LIII.10.

à ce que, *conj. phr.* in order that IV.185.

ad(d)resse, *s.f.* direction PRO.19; courting IX.168.

addresser (s'); **s'a. à faire qch.** seek to do sth. XL.119.

affaire, *s.m.*; **avoir a. de** need XXXI.30.

affection, *s.f.* desire LXIII.94.

ainsi que, *conj.phr.* when, just as XIX.229.

ais, *s.m.* wooden partition XXXIV.14.

aise, *s.m.* pleasure, joy IV.31.

ajouter, *v.tr.* increase XXVI.371.

amandement, *s.m.* improvement in health PRO.11.

à mont, *adv.* upwards, upstairs LIII.120.

amourettes, *s.f.pl.* love XL.143.

amuser (s'); **s'a. à faire qch.** occupy one's time with doing sth. PRO.130.

amytié, *s.f.* love IV.sum.

ancien, *a.* aged PRO.164.

angelisé, *a.* transformed into an angel LXIII.90.

appaiser, *v.tr.* console, comfort IX.134.

appety, *s.m.* desire, lustfulness LXIII.49.

appr(e)ins, *p.p.* of *apprendre* XII.199; **a. d'amour** expert in love XIX.14.

apprivoiser (s') become a very frequent visitor LIII.61.

asseuré, *a.* safe, secure PRO.248; certain IV.99.

asseurer (s') be certain IV.115.

assignation, *s.f.* appointment VIII.28.

attente; longue a. long-suffering XXXVII.sum.

attinte, *s.f.* objective XVIII.sum.

auré (d'); v. d'auré.

avant, avant que, avant que de + inf.; before XXVI.378, XXIV.177, XVIII.63.

aveuglir, *v.tr.* blind IV.173.

aviser, *v.tr.* look at attentively XXXI.97; notice VIII.88; advise PRO.220; resolve LV.32.

bailler, *v.tr.* give VIII.73; **b. camp** offer an opportunity XVIII.169.

bandouiller, *s.m.* robber PRO.58.

barbet, *s.m.* shaggy-haired dog XXIV.164.

benefice, *s.m.* favour, good turn XII.5.

beterie, *s.f.* stupidity IX.179.

borde, *s.f.* farmhouse PRO.59.

brouillé, *a.* ill-managed, in disorder XXXVII.38.

brunette, *s.f.* fine dark cloth XXIX.68.

bruyt, *s.m.* reputation LIII.72.

buchette, *s.f.* stick PRO.161.

bureau, *s.m.* coarse woollen cloth v.98.

ça, *adv.* here; **ça bas** on earth LXIII.92.

cabinet, *s.m.* arbour in garden XXVI.141.

canette, *s.f.* burette, altar-cruet XIX. 232.

cannetille, *s.f.* braid XXIV.47.

carreau, *s.m.* square cushion PRO.345.

cas; c'est grand cas it is an extraordinary, surprising thing XL.189.

catarreus, *a.* suffering from catarrh IV.51.

caut, *a.* cunning V.15.

ceans, *adv.* here, in this house IV.119.

celer, *v.tr.* conceal IV.4.

cette cy, *dem.pron.f.* this (one) XXXVI.35.

cet(t)uy cy, *dem.pron.m.* this (one) XVIII.126.

cetuy là, *dem.pron.m.* that (one) XL.24.

chaire, *s.f.* chair XXIX.38; **ch. de verité** pulpit XLIV.64.

chamarre, *s.m.* house-coat XXVI.179.

champ; mettre aus chams provoke, anger XLIV.10.

chatier (se) behave more correctly, mend one's ways XXVI.213.

chere; faire bonne ch. make merry, make good cheer, live well XXIX.sum., XXXVI.68, LVI.139; **faire bonne ch. à qn.** welcome s.o. warmly, treat s.o. kindly, with affection IV.sum.

chose; ch. publique commonwealth, state XII.122.

cloture, *s.f.* religious enclosure, convent XIX.143.

coiffe, *s.f.* cap XII.85.

colere, *a.* choleric, testy XLIV.26.

combien que, *conj.phr.* although PRO.136.

comme, *adv.* how XII.74.

commettre, *v.tr.* entrust XXVI.30.

complexion, *s.f.* character, temperament IV.37; constitution XXVI.186.

confitures, *s.f.pl.* sweetmeats IV.54.

congé, *s.m.* permission PRO.205.

connoitre, *v.tr.* recognise IV.89.

contenance, *s.f.* countenance IV.209; behaviour IV.sum., VIII.38.

contraindre; *pr. 6* contraindent XXXVI.147; *impft. 3* contraindoit LXIII.46; *pft. 3* contraindit XVIII.70, *6* contraindirent XII.246.

controuver, *v.tr.* invent XXXVI.22.

Cordelier, *s.m.* Franciscan friar V.sum. See Nouvelle V, n.2.

cornette, *s.f.* ladies' headdress with side lappets XLIV.45.

coronne, *s.f.* tonsure LVI.sum.

cors, *s.m.* (main) part of building IV.46.

couleur, *s.f.* pretext XII.164.

court; tenir de court keep on a tight rein XXIV.91.

couvertement, *adv.* secretly XXVI.442.

couverture, *s.f.* cloak, means of concealment, dissimulation XII.235, LIII.186.

couvir, *v.tr.* cover, conceal XII.234, XXIV.112

craindre; *pr.p.* craindant IV.51; *pr. 4* craindons IX.144, *5* craindez XXVI.381, *6* craindent LVII.95; *impft. 3* craindoit XXVI.73.

croitre, *v.tr.* increase IV.124; **c. le cueur à qn.** give s.o. added courage PRO.74.

curieus, *a.* fond of luxury XXXIV.105.

cuyder, *v.tr.* believe VIII.50; be inclined to do sth. IX.105; propose to do sth. PRO.27, LIII.158.

damoyselle, *s.f.* lady-in-waiting XVIII.67; unmarried lady of minor nobility IX.sum.; married or widowed lady of minor nobility PRO.91, 92. (Cotgrave: 'A gentlewoman; any one, under the degree of a Ladie, that weares, or may weare, a Velvet hood'.)

d'auré, *a.* embroidered with gold thread IV.95.

dea; et dea term of remonstration: why, good heavens VIII.137.

debattre (se) beat LVII.54.

deceler, *v.tr.* expose, reveal LIII.168.

decevable, *a.* deceitful XXIV.224.

dechiffrer, *v.tr.* describe XXVI.62.

defaillir, *v.i.* fail, become feeble XIX.93, XXIV.229; be lacking XXVI. 95.

def(f)aire, *v.tr.* kill PRO.79.

degré, *s.m.* staircase LIII.116.

deliberé, *a.* merry IV.sum.

demeurant, *s.m.* remainder PRO.77; **au demeurant** moreover LXVII. 39.

demeure, *s.f.* stay, residence PRO.137; delay PRO.146.

demontrance, *s.f.* sign XIX.127.

departir, *v.tr.* distribute XIX.107; separate LVI.54.

departir (se) separate PRO.54; **se d. d'avec qn** leave s.o. XII.56.

dependre, *v.tr.* spend VIII.95, XXXVII.36.

deplaisir, *s.m.* grief IX.44.

depris, *s.m.* scorn XXXVII.100.

depriser, *v.tr.* despise IV.186.

depuis; d. dys ans en ça ten years ago XII.6; **d. huyt jours en ça** for the past week XXXV.147.

desavancer, *v.tr.* put at a disadvantage, harm XXXVI.42.

desceu; au d. de unknown to VIII.sum.

desestimer, *v.tr.* hold in low esteem VIII.62.

devant, *adv.* earlier, before XIX.252; **venir au devant** come into one's mind, occur to one XII.60.

devotion, *s.f.* desire LVI.86.

digner = *daigner*.

dilection, *s.f.* love XIX.284.

diminuer, *v.i.* waste away IX.45.

dire, *s.m.* statement, remarks PRO.259.

discordant, *a.* opposed (to sth.) XVIII.41.

discours, *s.m.* story XXVI.418.

dispost, *a.* agile XL.59.

divertir, *v.tr.* dissuade XIX.158.

docteur, *s.m.* theologian XIX.350.

doint, *pr.subj. 3* of *donner* IV.188.

dommageable, *a.* harmful PRO.269.

d'ond (1) whence PRO.34; *de là ond =* *là d'ond* PRO.151. (2) = *(ce) dont* PRO.133, XXIV.176. (3) = *donc* XXVI.190.

dont, *adv.* whence XXXV.3.

douter, *v.tr.* fear XXIV.117.

ebaïr (s') feel astonishment PRO.206.

effroyé, *a.* frightened XXXI.57.

embompoint, *s.m.* beauty VIII.101 (cf. **point**).

emouvoir, *v.tr.* provoke XII.195.

empeché, *a.* puzzled, at a loss XL.1.

empecher, *v.tr.* preoccupy, trouble PRO.316.

employer; il serait bien employé it would serve you (etc.) right LV.4.

engarder, *v.tr.* prevent IV.84.

enharnacher, *v.tr.* harness XXIV.48.

ennuy, *s.m.* vexation, sorrow IV.141.

ennuyé, *a.* disturbed, distressed XXIV.33.

ensemble; ensemble de as well as XII.186.

ensuyvre, *v.tr.* follow PRO.296.

entendement, *s.m.* thought XIX.20.

entendre; e. à qch consent IX.61.

ententif, *a.* attentive XXVI.178.

ententivement, *adv.* attentively LVI. 93.

enteriner, *v.tr.* grant V.72.

es = *dans les.*

esquelles = *dans lesquelles.*

estom(m)ach, *s.m.* heart, breast XIX.59.

etnique, *a.* pagan XLIV.73.

etonné, *a.* abashed IV.208; frightened VIII.39; stunned, aghast XXVI.357.

etranger (s') shun IV.210.

etrangeté, *s.f.* estrangement XXXVII. 100.

etudier; e. de faire qch seek to do sth. XXXVII.5.

experience, *s.f.* proof LVII.113.

experimenter, *v.tr.* experience, feel VIII.183; test VIII.83; give proof of, show XXIV.123.

faché, *a.* troubled, distressed XL.162.
facheus, *a.* sad PRO.212; ill-tempered IV.16.
faillir, *v.i.* fail, give way PRO.152; be lacking XXVI.131.
fantasie, *s.f.* mind, imagination, thoughts VIII.5; inclination, fancy LXIII.115.
fantastique, *a.* jealous XXVI.90.
faudrai, *fut. 1 of faillir* XXVI.60.
feste; faire la f. boast, talk excitedly (about sth.) VIII.45.
fience, *s.f.* trust XL.50.
findre; *pr.p.* findant V.36; *impft. 3* findoit XIX.223; *pft. 3* findit XXVI.128; *p.p.* fint XII.34.
fol, *a.* wanton XXVI.sum.
fors, *prep.* except XXIV.223.
fortune, *s.f.* accident, mishap XXXI.111; **de fortune, par fortune** by chance LVI.89, VIII.62.
frater (pl. **fratres**), *s.m.* friar V.54.
frise, *s.f.* rough woollen cloth, frieze XXIV.46.

gangner, *v.tr.* best (s.o.) PRO.132.
garder, *v.tr.* prevent, save s.o. from doing sth. IX.49, PRO.46.
garderobes, *s.m.* closet VIII.28.
gardian, *s.m.* Father Superior V.sum.
gayer, *v.tr.* ford PRO.22.
gentil, *a.* valiant, noble PRO.167; **gentille femme** gentlewoman XXVI.84.
gloire, *s.f.* arrogance, conceit IV.102.
glose, *s.f.* (hidden) meaning PRO.286.
gorgias, *a.* elegant, well-dressed IV.61, XXVI.79.
gorgiasement, *adv.* richly, splendidly XXXVI.66.

habituer, *v.tr.* populate LXVII.19.
halecret, *s.m.* corslet (piece of armour) XXIV.45.

haquenée, *s.f.* palfrey XXIV.61.
harquebouse, *s.f.* arquebus LXVII.42; **à toutes epreuves de h.** with complete steadfastness XXIV.285.
hayent, hayoit; v. **haÿr.**
haÿr; *pr. 6* hayent LVII.91; *impft. 3* hayoit XXXV.185.
hazardeus, *a.* foolhardy IV.3.
heur, *s.m.* good fortune XXIV.132, 291.
heure; à l'heure thereupon, at once IV.75, VIII.194; then, at that time PRO.303.
humainnement, *adv.* kindly PRO.97.
huys, *s.m.* door XII.158.

iceluy, *dem.pron.m.* this one, the latter XXXI.135.
imperfet, *a.* incomplete XII.123.
importable, *a.* unbearable XII.50.
inconvenient, *s.m.* misfortune XXXV.212.
infidele, *a.* infidel XIX.341.
intervale, *s.f.* pause, cessation XXXVI.120.

ja, *adv.* already XXVI.476; **ne ... ja** not, never XLIV.29; **ja à Dieu ne plaise** God forbid LVII.116.
joindant; *pr.p.* of *joindre* PRO.59.
joint que, *conj. phr.* apart from the fact that XVIII.150.
jouer (se)**; se j. à qn** toy, trifle with s.o. VIII.57, LIII.105.
jourd'huy; ce j. to-day XXVI.48.

lairra, lairrai; v. **laisser.**
laisser: *fut. 1* lairrai XXXV.228, lerrai LIII.77; *3* lairra XIX.164; *4* lerrons V.33.
languissant, *s.m.* sick person IX.109.
leans, *adv.* there XXVI.356.
lecture, *s.f.* lecture LVI.61.
lepre, *s.f.* vice XXXIV.136.
lerrai, lerrons; v. **laisser.**
lettres, *s.f.pl.* letter XXXV.56.
lever, *v.tr.* arrange XXVI.87.
lieu; en lieu de instead of PRO.327; **en lieu que** whereas XXVI.180.

lors, *adv.* then PRO.110; **pour lors** at that time XXIV.315.

louer (se); se l. de qn be pleased with s.o. V.32.

loyer, *s.m.* reward, deserts IV.96.

mais, *adv.* on the contrary LIII.198, LVI.138.

malgracieux, *a.* ill-disposed V.16.

malheureté, *s.f.* wickedness VIII.112.

malheureus, *a.* wicked XL.177, LXVII.21.

malice, *s.f.* wickedness XII.249.

malicieus, *a.* wicked V.15.

marchand; se trouver mauvais m. make a bad choice, be worse off XXIV.10.

marry, *a.* vexed, sad, distressed PRO.282, IX.28.

masque, *s.m.* masquerade XXVI.88.

mecanique; mecaniques gens artisans XXIX.61.

meconnoitre, *v.tr.* fail to recognize, appreciate VIII.50, IX.sum.

meconnu; faire le meconnu (la meconnue) affect ignorance XXIV.74.

mei, *pr. 1* of *mettre* XXIV.85.

mercy, *s.f.* pity XII.199.

mercyer, *v.tr.* thank PRO.86.

mes que, *conj.phr.* provided that VIII.146.

metier; avoir m. de need XXIV.243.

milhor, *s.m.* English nobleman LVII. sum.

mirer (se) look at oneself IV.63.

mistere, *s.m.* ceremony LVI.93; **jouoit son m.** carried on her intrigue XXIX.25.

mont, à; v. à mont.

moreau, *a.* black XXIV.48.

mortifié, *a.* feeble, lacking in vitality PRO.260.

mouvoir, *v.tr.* induce IX.67.

muer, *v.tr.* change XXVI.310.

munde, *a.* pure XIX.207.

mye; v. ne.

naïvement, *adv.* naturally, innately V.85.

nater, *v.tr.* cover with mats IV.48.

navygage, *s.m.* sea voyage LXVII.76.

ne; ne . . . mye not XIX.197.

necessité, *s.f.* (urgent) need PRO.159, XXIV.98; shortage, lack IX.148.

note, *s.f.* stain XXXVI.114.

nouer, *v.i.* swim V.102.

nul; faire nul annul LVII.110.

nuysance, *s.f.* harm XXIV.6.

nuytée, *s.f.* night VIII.54.

Observance, *s.f.* monastery of the Observant Franciscan Friars XIX.sum. (v. Nouvelle XIX, n.5).

occasion; par mon o. through me XVIII.109.

on(c)ques, *adv.* ever XXIV.100; **ne . . . oncques** never XIX.58; **ne . . . oncques puys** never afterwards V.74.

opilation, *s.f.* obstruction XXVI.346.

opinant, *s.m.*; **le premier o.** the first person to give his opinion, the first speaker PRO.275.

opinion; sans l'opinion without the approval XL.113.

ord, *a.* dirty, vile XIX.351.

ordre; bien en ordre well-equipped, elegant, well-dressed PRO.174, XXIV.54, XXVI.79.

ores que, *conj.phr.* when IX.90.

outrecuydance, *s.f.* presumptuousness IV.sum.

ouy; mais ouy bien but rather XXIX.63.

oÿr, *v.tr.* hear PRO.188; *pr.p.* oyant IX.84; *pr. 5* oyez XVIII.181, *6* oyent V.82; *p.p.* oÿ, ouÿ PRO.42, 134; *pft.1* oÿ, ouÿ PRO.303, *3* oÿt XII.100, *6* oÿrent PRO.60.

pantoufle, *s.f.* footwear with thick soles and high heels LIII.5.

parquoy, *adv.* wherefore, therefore PRO.30.

partement, *s.m.* departure XXIV.162.

partir, *s.m.* departure IV.201.

passer, *v.tr.* surpass IV.21.

paternotre, *s.f.* rosary PRO.327; prayer XVIII.102.

pendre, *v.i.* depend XXVI.345.

pene; mettre p. de seek to do sth. IX.84.

perachever, *v.tr.* complete, accomplish PRO.324, VIII.19.

perdurable, *a.* constant XXIV.244.

petit, *a.* delicate XXVI.186.

plaindoit; *impft. 3* of *plaindre* V.14.

plus; tant plus the more XXVI.313; **tant plus . . . et plus** the more . . . the more VIII.188.

poingnal, *s.m.* dagger XII.99.

point; en bon point handsome, lusty, in fine fettle IV.37, LVI.169.

point, *adv.* used expletively IV.86.

poisant, poisent, *a.* dull XXIX.24; heavy VIII.152.

porter, *v.tr.* endure PRO.209.

poste; en poste quickly, post-haste XXVI.354.

poupine, *s.f.* doll XIX.333.

pour ce que, *conj.phr.* because PRO.69.

pourchasser, prouchasser, *v.tr.* solicit, seek to obtain VIII.140, XII.48.

pour tant que, *conj.phr.* because XXXVI.117.

pratiquer, *v.tr.* (seek to) persuade XII.75, LXIII.20.

preind, preindrent; v. **prendre.**

premier que, *conj.phr.* before XXVI.375.

prendre; *pft. 3* preind PRO.160, *6* preindrent PRO.65.

presse; avoir la p. be courted LXIII.17.

pris; au pris (de) in comparison, compared with XVIII.128.

pris, *a.* enamoured LVI.47.

privauté, *s.f.* (mark of) intimacy IX.105.

privé, *a.* intimate IV.56.

probation, *s.f.* novitiate XIX.231.

promei, promey, *pr. 1* of *promettre* XXVI.235.

prouchasser; v. **pourchasser.**

prouvoir = *pourvoir.*

quant, *a.;* **toutes et quantes fois que** whenever LV.2.

quant et quant, *prep.phr.* at the same time as, as well as LV.39.

quiter; q. qch. à qn give up, cede sth. to s.o. XXIV.242.

raison; c'est r. que it is right that PRO.348.

ramentevoir, *v.tr.* recall PRO.334; *p.p.* ramenteu IV.222.

ramenteu; v. **ramentevoir.**

rappaiser, *v.tr.* pacify, soothe XXXVI.5.

rebelle, *a.* harsh XIX.162.

recollection, *s.f.* recapitulation PRO.245.

recompenser (se) find compensation, get one's own back PRO.283.

recouvrer, *v.tr.* obtain, procure PRO.217.

recueil, *s.m.* welcome LIII.49.

regarder, *v.tr.* think of, devise PRO.208.

religion, *s.f.* religious order, convent XIX.sum.; XIX.110; **entrer, se mettre en r.** become a monk, a nun XIX.72, 253, 260.

rememorer, *v.tr.* remember PRO.295.

rencontrer, *v.tr.* procure, find LVI.19.

repentence, *s.f.* repentance XIX.153.

repreind, *pft. 3* of *reprendre* IX.119.

restaurant, *s.m.* dainty, nourishing food XXVI.216.

resver, *v.i.* be delirious, talk nonsense LV.67.

resverie, *s.f.* foolishness, madness LV.68.

retrait, *s.m.* water-closet XXXVII.51.

revestiere, *s.m.* vestry XIX.230.

ris, rys, *s.m.* laughter XXXIV.66.

robe, *s.f.* merchandise; **bonne robe** VIII.45: in addition to signifying 'good merchandise', this expression (from Italian *buona roba*) came to mean a 'handsome, lusty woman' (cf. Rabelais, *Quart livre* ix; and La Fontaine, *Contes* II.vi: 'Elle était fille à bien armer un lit, / Pleine de suc, et donnant appétit; / Ce qu'on appelle en français bonne robe.'); it also took on the meaning of a 'woman of light virtue'.

rompreroit, *cond. 3* of *rompre* XXVI.273.

ruelle, *s.f.* space between bed and wall IV.49.

ruyner, *v.tr.* destroy, shatter XVIII.40.

rys; v. ris.

saillir, *v.i.* emerge, come out, go out, etc. PRO.155; *pr. 6* saillent XXXV.219; *pr.subj. 3* saille VIII.179.

sapience, *s.f.* wisdom XXXIV.90.

satisfaire; s. à make reparation (to s.o.) V.70; atone for IX.132; ease, salve (one's conscience) XL.91.

saye, *s.m.* doublet, soldier's tunic LVII.sum.

s'elle = *si elle*.

sembler; s. à. resemble XIX.225.

sentiment, *s.m.* scent LXVII.53.

si, *s.m.* condition; **par tel si, par un si** on condition LIII.16, XVIII.47.

si, *adv.* yet, nevertheless IV.147, VIII.183; **si est ce (que)** nevertheless IV.27.

si non que, *conj.phr.* except that PRO.83.

solliciter, *v.tr.* urge on XXVI.173.

soudin, *adv.* quickly, promptly, at once XXIV.178, 229.

soudinnement, *adv.* quickly, promptly, at once XXIV. 172.

soul, *a.* surfeited LXIII.81.

souloir, *v.i.* be accustomed to XXIV.282.

suffissent, *a.* capable PRO.292.

supposition, *s.f.* deceit XL.198.

surplus, *s.m.* remainder LXVII.81.

sus, *prep.* above IV.52.

suvenir = *subvenir.*

tabourin, *s.m.* (1) drum; **sonner le t.** boast V.107. (2) drummer VIII.15.

tect, *s.m.* roof VIII.132; **tect à pourceaus** pigsty XXXIV.43.

tems; passer son t. aus depens de qn laugh at s.o., make fun of s.o. LIII.162.

tenu, *a.* beholden IX.167.

thesaur, *s.m.* treasure V.88.

titre, *s.m.* section, chapter XVIII.155.

toile, *s.f.* net XXIV.58.

tor; tenir (le) tor à qn wrong s.o. IX.38.

touche, *s.f.* touchstone XLIV.75.

toussir, *v.i.* cough XIX.237.

tout; du tout entirely PRO.316.

trait, *s.m.;* **coup de t.** sword-thrust PRO.84.

transmuer, *v.tr.* transform LXIII.92.

travail. *s.m.* toil PRO.5; sorrow, suffering XXIV.193, 253.

travailler, *v.i.* weary XXVI.203; fret, worry LIII.164.

triomphe, *s.m.* crowning point, climax IX.129.

trompette; sonner la t. boast V. 105.

trop, *adv.* much IV.27; very XVIII.43.

trouver, *v.tr.* invent PRO.293.

trouvissions, *p.subj. 4* of *trouver* XII. 132.

veritable, *a.* upright XVIII.153.

vertu, *s.f.* force, strength IV.107, IX.121.

viande, *s.f.* food VIII.14.

volerie, *s.f.* fowling PRO.262.

vouloir; *p.subj. 1* vousisse XII.22, *6* vouissent VIII.139.

vousisse, vousissent; v. vouloir.

vrai; pour vrai in truth XL.193.